दर्द का रिश्ता

दर्द का रिश्ता

मालती जोशी

साक्षी प्रकाशन

ISBN 81-86265-98-8

संस्करण : 2025

प्रकाशक : साक्षी प्रकाशन
एस-16, नवीन शाहदरा,
दिल्ली-110032
फोन : 22324833

अक्षर संयोजक : शब्दांकन लेजर प्रिंटर्स
नवीन शाहदरा, दिल्ली-110032

मुद्रक : बी. के. ऑफसेट
नवीन शाहदरा, दिल्ली-110032

DARD KA RISHTA (Collection of Short Stories)
***by* Malti Joshi**

प्रिय सखी सुनन्दा
को सस्नेह

अनुक्रम

आखिरी शर्त

दोपहर की चिलचिलाती हुई धूप में दीदी हांफते हुए घर में दाखिल हुईं और छूटते ही बोलीं, "जरा जल्दी से तैयार तो हो जा। सराफे तक चलना है।"

"इतनी भी क्या जल्दी है? जरा बैठकर अपनी सांस तो सीधी कर लो। झपताल में चल रही है।"

"चलने दो! अब दो महीने तक मेरे पास इस मरी सांस के नखरे उठाने का समय नहीं है। अरे, इतनी कम मोहलत दी है उन लोगों ने कि मेरा तो सोचकर ही दम निकला जा रहा है। पता नहीं कैसे क्या होगा! अब देखो न—परसों फलदान है और अब तक दूल्हे की अंगूठी का पता नहीं है।"

"पहेलियां तो मत बुझाओ दीदी।" मैंने उनकी मेल ट्रेन को बीच में ही रोककर पूछा, "ये तुम किसकी शादी की बात कर रही हो?"

"लो और सुनो!" दीदी ने तुनककर कहा, "मेरे कोई दरा-पांच लड़कियां हैं?"

मैं तो अवाक् रह गई। बड़ी देर बाद मेरी आवाज फूटी, "दीदी! क्या सचमुच तुम मधु की शादी कर रही हो?"

"क्यों? तुम्हें इतना ताज्जुब क्यों हो रहा है?" दीदी ने त्योरी चढ़ाकर पूछा, "मधु अब दूध पीती बच्ची तो रही नहीं। इस उम्र में तो मैं मधु की मां बन गई थी।"

"तभी तो चालीस की होते-होते सास बनने जा रही हो! खैर, तुम अपनी बात रहने दो। तुम मधु की तरह स्कॉलर नहीं थीं। तुम्हारे सामने कोई कैरियर नहीं था। लेकिन जरा अपनी बेटी के बारे में तो सोचो! उसकी प्रीलिम की परीक्षा सिर पर है। इस हंगामे के बीच लड़की क्या खाक पढ़ पाएगी! दीदी, तुम्हारी लड़की आई.ए.एस. की तैयारी कर रही है। तुमने क्या इसे मामूली बी.ए., एम.ए. का

इम्तहान समझ लिया है!"

"अरे भाड़ में गया तुम्हारा आई.ए.एस.! तुम्हीं लोगों ने उसका दिमाग खराब किया हुआ है।"

"अरे, वाह! तुम्हारी गोल्ड मेडलिस्ट बिटिया की हौसला अफजाई भी गुनाह हो गया? हर साल बेचारी मेरिट लाती रही है। ऐसी जहीन लड़की आई.ए.एस. न बनेगी तो और कौन बनेगा! हम तो बड़ी आशा लगाए थे कि अपने परिवार में भी कोई कलेक्टर बनेगी!"

"और उस कलक्टरनी के लिए हम कमिश्नर दूल्हा कहां से लाएंगे—यह भी सोचा है?"

"तो क्या सिर्फ इसीलिए तुम इतनी ब्रिलियंट लड़की का कैरियर चौपट कर दोगी? यह तो अन्याय है दीदी!"

"अन्याय नहीं, समझदारी है। एक बार कैरियर बन जाने पर क्या ये लड़कियां हाथ आती हैं? तब इनके पर निकल आते हैं।"

"लेकिन दीदी..."

"अब लैक्चर ही झाड़ती रहोगी या उठोगी भी। सारा मूड चौपट कर दिया। यह तो हुआ नहीं कि बधाई ही दे देती। घर-वर के बारे में पूछताछ ही कर लेती। बस अपना ज्ञान बघारने बैठ गई। छोटी बहनों का यही तो कर्त्तव्य होता है। एक मैं ही पागल थी जो धूप में भागी-भागी यहां आई थी, भाषण सुनने!"

दीदी के तेवर देखकर मैंने चुपचाप अपना आक्रोश गटक लिया और कपड़े बदलने लग गई। मुश्किल से दस मिनट लगे होंगे। लेकिन सड़क पर आने के बाद ध्यान आया कि दीदी का पारा अभी उतरा नहीं। वैसे उन्हें मनाना ऐसा मुश्किल भी नहीं था। मैंने बस थोड़ी-सी उत्सुकता जताकर दूल्हे का पता-ठिकाना पूछ लिया और दीदी का सारा गुस्सा उड़न-छू हो गया। घंटे-भर से वे जैसे इसी अवसर की प्रतीक्षा में थीं। एक बार जो शुरू हुईं तो बस, बोलती ही चली गईं। होने वाले दामाद की पूरी वंशावली मुझे सुना गईं। फिर बड़े मनोयोग से उन्होंने यह बताया कि कितनी खोजबीन के बाद यह हीरा उनके हाथ लगा है। मधु ने पूर्वजन्म में बड़े पुण्य किए होंगे। नहीं तो इतनी बड़ी जगह की तो वे कल्पना ही नहीं कर सकते थे। कैसे-कैसे धनीमानी लोग रिश्ते की आस लगाए बैठे थे। ढेर-सा दान-दहेज हर कहीं से मिल रहा था, पर लड़के ने मधु को देखा और बस सारे फोटो वापस कर दिए।

यह दामाद-प्रसंग पूरे रास्ते चलता रहा। प्रशंसा के लिए दीदी को जैसे शब्द ही नहीं मिल रहे थे। पर मेरा मन पूरे समय मधु में ही अटका रहा। बेचारी लड़की! भविष्य को लेकर उसने कैसे-कैसे सपने बुने थे, सब धरे रह गए। हम लोगों ने भी उसके लिए बड़ी ऊंची कल्पनाएं की थीं। पर सब व्यर्थ हो गईं।

अपनी पुश्तैनी दुकान से दीदी ने हीरे-जैसे दामाद के लिए हीरे की अंगूठी खरीदी। एक बड़ी-सी चांदी की ट्रे भी खरीदी गई। मधु का सेट तो बनकर तैयार था। उसकी सास के लिए तीन तोले के मंगलसूत्र का ऑर्डर दिया गया। दुकान से उतरते हुए दीदी भेद-भरे अंदाज में बोलीं, ''सास-पिटारा ऐसा भेजूंगी कि देखना, आंखें फटी-की-फटी रह जाएंगी।''

दीदी उस समय उत्सह की मूर्ति बनी हुई थीं। शादी का जैसे उन पर नशा-सा चढ़ गया था। उनका बस चलता तो शायद उस दिन पूरा बाजार ही खरीद लेतीं। जब पर्स में सिर्फ किराए के लायक पैसे बच रहे, तभी उन्होंने अपनी खरीददारी बंद की।

इतनी जोखिम के साथ उन्हें घर अकेले भेजने का साहस नहीं हुआ। मैं भी साथ हो ली। मधु से मिलने का भी मन हो रहा था।

घर एकदम सुनसान था।

मधु के रहते घर में इतना सन्नाटा! आश्चर्य था, चौबीस घंटे चीखता ट्रांजिस्टर और उसके सुर में सुर मिलाकर गाती मधु--ये तो दीदी के घर के स्थायी प्रतीक थे!

''मधु घर में नहीं...?''

''अपने कमरे में होगी!'' दीदी ने बताया और फिर एकदम याचना-भरे स्वर में कहने लगीं, ''तेरे हाथ जोड़ती हूं कुसुम! उसके पास जाकर कुछ ऐसी-वैसी बात मत करना। वह पहले ही मुंह फुलाये बैठी है। अब तुम उसके गुस्से को हवा मत देना...अपन साधारण लोग हैं बहन। बहुत ऊंचे सपने देखना हमें शोभा नहीं देता।''

''दीदी, सपने देखने पर तो तुम प्रतिबंध नहीं लगा सकतीं। बाकी तुम अपने मन की कर ही रही हो।''

''सपनों से जिंदगी नहीं चलती रे। क्या सभी सपने पूरे हो जाते हैं? अब इसी को ले लो। हर साल इतने लोग परीक्षा देते हैं। क्या सभी पास हो जाते

हैं? फिर उसी आशा में उम्र बढ़ाने से फायदा? इतना अच्छा रिश्ता रोज-रोज थोड़े ही मिलता है।''

दीदी की बात में कोई खास वजन नहीं था। पर उनके स्वर का गीलापन मुझे छू गया। उन्हें आश्वस्त करके ही मैंने मधु के कमरे में पांव दिया।

अपनी मेज के पास गुमसुम बैठी मधु सूनी आंखों से खिड़की के पार देख रही थी। सामने फ्रांस की राज्यक्रांति का इतिहास खुला पड़ा था। उसके पन्ने हवा में फड़फड़ा रहे थे।

''हैलो हनी!'' मैं उसे बांहों में भरकर कहा, ''तुम तो बड़ी छुपी रुस्तम निकलीं। चुपके-चुपके सब तय कर डाला। हमें हवा भी न लगने दी!''

उत्तर में मधु ने दो बूंद आंसू टपका दिए...बस!

''धत् पगली! ऐसे रोते हैं कहीं!'' मैंने उसे पुचकारते हुए कहा। पर मन न जाने कैसा हो आया।

''दीदी! मधु तो रो रही है?'' मैंने दीदी के पास बैठते हुए कहा।

''शादी की बात सुनकर सभी लड़कियां रोती हैं।'' दीदी ने निर्लिप्त भाव से मुझे चाय का कप पकड़ा दिया, ''तुम भी रोई थीं? हम भी रोए थे।''

''तुम क्यों रोई थीं, याद है दीदी? कॉलेज जाने का तुम्हारा अरमान मन में रह गया था! अम्मां-बाबूजी ने कहा था कि तुम्हें बी.ए. करा देंगे तो हम लड़का कहां से लाएंगे? आज वही अन्याय तुम अपनी बिटिया के साथ कर रही हो। पीढ़ियां बदल गईं पर हमारी मान्यताएं वहीं-की-वहीं हैं। हम उन्हें अम्मां-बाबूजी कहते थे बच्चे हमें मम्मी-पापा कहते हैं। बस, इतना ही फर्क आया है। बाकी सब तो वैसा-का-वैसा ही है।''

''वैसा-का-वैसा कहां है? मेरी लड़की डबल एम.ए. है। मैंने जो सहा है, उसका दसवां हिंस्सा भी मैंने उसके हिस्से में नहीं आने दिया।'' और फिर जैसे अतीत में खोते हुए बोलीं, ''उस समय मैं क्यों रोई थी जानती हो? सगाई के बाद मेरा गाना-बजाना छुड़वा दिया गया था। मेरी सास इसके लिए खास हिदायत कर गई थीं। जब तक वह जीती रहीं, मुझे कभी गुनगुनाने भी न दिया। अब तो खैर मेरी आवाज ही मर गई है।''

''इसीलिए मैंने मधु को कभी नहीं टोका। उसकी दादी गालियां निकालती रहीं, पापा तो हमेशा ही बरसते रहे, पर मैं हमेशा उसका बचाव करती रही।

मेरा गला घोंट दिया, कोई बात नहीं, पर लड़की पर यह अन्याय नहीं होने दूंगी। मैंने तो मधु की सास से साफ-साफ कह दिया है। मैं पिछली पीढ़ी की थी, इसलिए मन मारकर भी जी गई। मेरी लड़की से यह न हो सकेगा।''

मैं दीदी का तमतमाया चेहरा देखती रह गई। वक्त ने उनके घाव भर दिए थे, पर टीस अब भी बाकी थी। प्रसंग छिड़ते ही उनकी वह पीड़ा सतह पर आ गई थी।

मुझे चुप देखकर ममता-भरे स्वर में बोलीं, ''तुझे मधु की पढ़ाई की चिंता है न! देख भाग्य में विद्या होगी तो पढ़ ही लेगी। वैसे वे लोग बड़े समझदार हैं।''

''अब रहने भी दो दीदी! शादी के बाद पढ़ना क्या होता है मुझसे पूछो। सारा घर जैसे आप पर पहरा देता है। अहसान जताता है। और अगर बदकिस्मती से कहीं फेल हो गए तो बस, सारी जिंदगी ताने सुनते ही बीतती है।''

दीदी के घर से लौटते हुए मन बेहद उदास था। उनकी मौन व्यथा का एकाएक साक्षात्कार हो जाने से मैं चौंक गई थी। अनजाने ही मेरे अपने भी कुछ घाव हरे हो गए थे।

और इन सबसे ऊपर था, मधु का आंसू-भीगा चेहरा जो किसी तरह आंखों से हटता ही न था।

सच, अगर हमें अपने बच्चों के पंख कुतरने ही होते हैं तो पहले हम उन्हें आकांक्षाओं का आकाश देते ही क्यों हैं?

घर में प्रवेश करते हुए डर रही थी कि सबके मुंह फूले मिलेंगे। पड़ोस से चाबी लेकर घर खोलना न बच्चों को अच्छा लगता है, न उनके पापा को। सबके स्वागत में मेरा दरवाजे पर मिलना जैसे जरूरी है।

लेकिन घर में मौसम खुशगवार था। वातावरण से प्रसन्नता की महक आ रही थी। चलते समय दीदी ने जबरदस्ती एक मिठाई का पैकेट थमा दिया था। मिठाई और मधु की शादी की खुशखबरी एक साथ पाकर जनता और भी खुश हो गई।

आश्चर्य तो तब हुआ, जब श्रीमानजी भी मेरे सामने काजू की बरफी का डिब्बा खोलकर खड़े हो गए, ''लो, श्रीमतीजी, तुम भी हमारी ओर से मुंह मीठा करो। तुम्हारी बिटिया भी झंडे गाड़कर आई है।''

''अच्छा।'' मैंने खुशी से डगमगाते हुए पूछा, ''क्या हुआ?''

"ओ मम्मी! आई एम सो हैप्पी टुडे" मेरी षोडशी कन्या मेरे गले से झूल गई।

"अरे, पहले मुझे बताओ तो कुछ।"

"तुम्हारी बिटिया को 'मद्रास कला केंद्र' की स्कॉलरशिप मिली है।"

"किसलिए?"

"भरत नाट्यम् के...क्या कहते हैं उसे...हां, गहन प्रशिक्षण के लिए। एक्सटेन्सिव स्टडी इन भरत नाट्यम्! अब हमारी लाडो तीन साल तक मद्रास में रहकर बड़े-बड़े महारथियों से प्रशिक्षण प्राप्त करेगी।"

"ओ ममा! आई एम सो हैप्पी!" शीतल फिर एक बार मुझसे झूलने को थी कि मैंने उसे सख्ती से अलग किया। और उसी सख्त लहजे में उसके पिता से पूछा, "तीन साल तक मद्रास में रहेगी? और उसकी पढ़ाई का क्या होगा?"

"अरे भई, पढ़ने के लिए ही तो जा रही है। बताया न कि गहन प्रशिक्षण के लिए जा रही है।"

"अरे वाह, यह कोई पढ़ाई है। अच्छा-भला तो नाच लेती है। अब और प्रशिक्षण लेकर क्या करेगी!"

"बी.ए.,एम.ए. करके ही कोई क्या कर लेता है! जरा इस बात पर तो गौर करो कि आठ सौ दस लोगों ने फार्म भरे थे। उनमें से केवल दस को चुना गया है। और उन दस भाग्यशाली लोगों में तुम्हारी बिटिया भी एक है।"

"कब भरे गए थे फार्म? किससे पूछकर भरे गए थे?" आवेश से मेरा गला ही रुंध गया।

"इतना एक्साइट क्यों हो रही हो? इतना बड़ा कदम क्या वह अपने मन से उठाएगी? मैंने भरवाया था और शायद तुम्हें बताया भी था।"

"गलत! मुझे बताया होता तो मैं कभी हां न करती। मैंने तो इसे डॉक्टर बनाने का सपना देखा था।"

"छी...मैं नहीं बनूंगी डॉक्टर! मुझे वह चीर-फाड़ जरा भी अच्छी नहीं लगती।" शीतल ने ऐसे मुंह बनाया जैसे उसे उबकाई आ रही हो।

"तुम्हें तो बस पैरों में घुंघरू बांधकर मटकना अच्छा लगता है।" मैंने उससे भी बुरा मुंह बनाकर कहा।

"यह अच्छी जबरदस्ती है!" शीतल के पिता सहायता के लिए दौड़ पड़े, "अगर उसकी दिलचस्पी मेडिकल प्रोफेशन में नहीं है..."

"तो न सही। दुनिया में और भी तो विद्याएं हैं...कि बस नाचना ही रह गया है!"

"पर ममा, इसमें बुराई क्या है?"

"देखो!" वे गंभीर होकर बोले, "बच्चों पर अपनी पसंद-नापसंद लादने के दिन अब लद गए। अब हमें उनकी रुचि का भी ध्यान रखना चाहिए।"

"और कैसे ध्यान रखा जाता है?" मैंने चिढ़कर कहा, "इसके लिए हमने ट्यूटर रखे, महंगी पोशाकें सिलवाईं, रियाज के लिए टेपरिकार्डर खरीदा। बच्चों के शौक के लिए हम कब पीछे हटे हैं! बल्कि अपनी हैसियत से कुछ ज्यादा ही करते रहे हैं। पर इसका मतलब यह थोड़े ही है कि सब-कुछ छोड़कर उसी में जुट जाओ। रुपया भी फूंको और साल भी बिगाड़ो। देखो, शौक अपनी जगह है, कैरियर अपनी जगह।"

"डांस सिर्फ शीतल का शौक या हॉबी नहीं है कुसुम! वह इसे अपना कैरियर बनाना चाहती है?"

"वाह, क्या बात है! कल को उसकी शादी भी करनी है कि नहीं।"

"ये शादी की बात बीच में कहां से ले आईं?"

"क्यों? कुछ गलत कहा मैंने? कल को लड़के वाले पूछेंगे तो अपने पास कुछ जवाब तो होना चाहिए कि नहीं? कि यही कह देंगे कि साहब लड़की पढ़ी-लिखी है। बस, नाचना जानती है। वह क्या कहते हैं...गहन प्रशिक्षण प्राप्त है। बहुत अच्छा लगेगा न यह कहते हुए।"

"कम-से-कम मुझे तो बुरा नहीं लगेगा?

और इस बात को सुनने के बाद कितने लड़के शादी के लिए तैयार होंगे?"

"तुम्हें संदेह क्यों हो रहा है!"

"इसलिए कि मैं हिंदुस्तानी लड़कों की मनोवृत्ति को आपसे ज्यादा समझती हूं। मैं जानती हूं कि अपने को अत्याधुनिक कहने वाले युवक भी पत्नी को स्टेज पर नाचते नहीं देख सकते। कला की प्रशंसा करना एक बात है—कलाकार से शादी करना एकदम दूसरी।"

"शादी, शादी, शादी!" शीतल एकदम चीख पड़ी, "बंद करो ममा! बोर हो गई हूं मैं तो। क्या लड़की के कैरियर की यही एक आखिरी शर्त है। शादी! ओ गॉड!"

"हां, यही आखिरी और अनिवार्य शर्त है", मैंने कहा और दोनों हाथों से अपना चेहरा ढांप लिया। मेरी प्रगतिशीलता का नकाब किसी ने फाड़कर फेंक दिया। और मुझे अब अपने चेहरे पर शर्म आ रही थी।

शुभ कामना

राघवन साहब रोज की तरह सुबह की सैर को निकले थे। सर्किट हाउस की पहाड़ी के सामने से गुजरे तो देखा चाय की गुमटी के पास सेक्सन ऑफिस की जीप खड़ी है, ड्राइवर और निगम उसके पास खड़े-खड़े चाय पी रहे हैं।

वे वहीं ठिठक गये और कड़कदार आवाज में पूछा, "ये गाड़ी इदर में कइसा खड़ा है?"

उन्हें इस तरह अचानक सामने पाकर ड्राइवर तो सकपका गया, उसकी चाय तक छलक गयी, पर निगम पर कोई प्रतिक्रिया नहीं हुई, उसने इत्मीनान से अपनी चाय समाप्त की और कप बोनट पर रखते हुए निर्भीक स्वर में कहा, "ऊपर मिनिस्टर साहब ठहरे हैं, उनके लिए चाय जा रही है।"

क्षण-भर को राघवन साहब की भौंहें तन गयीं पर वे अपने को जब्त कर गये। यह उनकी विशेषता थी। गुस्सा पी जाना उन्हें खूब आता था। कुछ क्षण वे असमंजस में खड़े रहे। मिनिस्टर साहब के दौरे की कोई सूचना सरकारी तौर पर उन्हें नहीं मिली थी। अपने रास्ते वापस लौट जाना ही उन्हें श्रेयस्कर लगा। वे दो-चार कदम चले भी, फिर पता नहीं क्या सोचकर लौट पड़े और पहाड़ी चढ़ने लगे। शायद उन्हें निगम के चुगली खाने का डर हो। वे अच्छी तरह जानते थे कि निगम मंत्री महोदय में मुंह लगा हुआ है। एक तरह से उनका जासूस बनकर प्रोजेक्ट में घूमता रहता है।

उन्हें पहाड़ी चढ़ते देखकर अहसान जैसे सोते से जागा। पलक झपकते ही उसने गाड़ी स्टार्ट की और बड़े साहब के पास ले जाकर खड़ी कर दी। राघवन साहब ने एक बार विनम्र मुद्रा में खड़े हुए ड्राइवर को देखा और वे बिना किसी हीलो-हुज्जत के गाड़ी में बैठ गये। पिछले वर्ष उन्हें एक 'माइल्ड अटैक' हो चुका था, इसीलिए वे चढ़ाई से कतराने लगे थे।

ऊपर सब-कुछ सुनसान था।

गाड़ी का हॉर्न सुनते ही चौकीदार दौड़ा-दौड़ा आया और गुनगुनाते हुए फाटक खोलने लगा। पर जैसे ही उसकी नजर बड़े साहब पर पड़ी, उसके होश गुम हो गये। फाटक खोलकर उसने झुककर मुजरा किया और अदब से एक ओर खड़ा हो गया।

''चौकीदार!'' साहब ने गाड़ी से उतरकर कड़कदार आवाज में कहा, ''मंत्रीजी को हमारा सलाम बोलो।''

''अभी जगे नहीं हैं हुजूर।''

''खानसामा किधर है?''

''अपने कौटर में मालिक।''

''इदर चाय क्यों नहीं बनाता? गुमटी से क्यों मंगाता?''

''इधर ही बनती है हुजूर! जरा जग तो जायें मंत्रीजी।''

राघवन साहब ने अर्थपूर्ण दृष्टि से अहसान की ओर देखा। पर वह सिर झुकाये गाड़ी की विंड स्क्रीन पोंछता रहा।

''अच्छा, हम इदर बगीचा में बैठता है। मिनिस्टर साहब उठेगा तो हमारा सलाम बोलना।''

उनकी बात अभी पूरी भी नहीं हो पायी थी कि ड्रेसिंग गाउन का लबादा ओढ़े मंत्रीजी बरामदे में नमूदार हुए और उन्होंने चौकीदार को आवाज दी।

चौकीदार से पहले राघवन साहब बरामदे में थे।

''गुडमार्निंग सर!''

मंत्रीजी ऐसे चौंके जैसे सांप देख लिया हो। पर बड़ी कुशलता से उन्होंने अपने को संभाल लिया और बड़े रूखे स्वर में पूछा, ''कहिए?''

''कुछ नहीं सर! आपके आने का पता चला तो विश करने चला आया।''

''इतना कष्ट करने की जरूरत नहीं थी मिस्टर राघवन! ये मिनिस्टरों की जी-हुजूरी अब छोड़ दीजिए। इसके बदले थोड़ा अपने काम में ध्यान लगायें तो बेहतर होगा।''

''हम...हम समझे नहीं, सर!''

''आप न समझें पर हम तो आपको खूब समझते हैं। जनता के पैसों के साथ यहां कैसा खिलवाड़ हो रहा है, हमें खूब पता है। राई-रत्ती की खबर रखते हैं हम। आपके घपलों की एक-एक फाइल हमारे पास है।''

राघवन साहब मूर्तिवत खड़े रह गये। उनका चेहरा पहले सफेद, फिर पीला और अंत में स्याह पड़ता चला गया। मंत्रीजी धाराप्रवाह बोल रहे थे। और यहां-वहां दुबके लोग आतंकित और अचंभित होकर सुन रहे थे। चौकीदार, माली, खानसामा, अहसान ड्राइवर, मंत्रीजी का ड्राइवर और पीछे-पीछे चला आया निगम भी।

"तो सुन रहे हैं आप! नौकरी की खैर चाहते हैं तो अपने काम में मन लगाइए। सौ बार सलाम बजा लाने से कुछ नहीं होगा। आय वांट वर्क डन, क्लीन वर्क...अंडरस्टैंड?"

पूरे पंद्रह मिनट तक बोलने के बाद मंत्रीजी तो कमरे में लोप हो गये, पर राघवन साहब बड़ी देर तक सिर झुकाये वहीं खड़े रह गये। उनकी जैसे सारी शक्ति ही किसी ने निचोड़ ली थी।

बड़ी देर बाद उन्होंने नजरें उठायीं—उन चेहरों को देखा, जो उनके इस अपमान के साक्षी थे, फिर लड़खड़ाते कदमों से सीढ़ियां उतरकर सीधे गाड़ी में आकर बैठ गये। ड्राइवर दौड़ा-दौड़ा आया तो उन्होंने बायां हाथ व्हील पर रखकर दाहिना हाथ आगे बढ़ा दिया। अहसान ने अदब से चाबियों का गुच्छा उन्हें थमा दिया। वह जब तक दौड़कर पीछे की सीट पर बैठता, गाड़ी स्टार्ट हो चुकी थी।

गाड़ी पहाड़ी की सर्पीली ढलवां सड़क पर लुढ़कती जा रही थी।

थोड़ी दूर तक तो उसकी गति ठीक-ठाक रही, फिर अचानक ही वह पटरी छोड़कर डगमगाने लगी। और फिर जब तक देखने वाले कुछ समझ पाते, वह सड़क की रेलिंग तोड़कर तीन-चार पलटियां खा चुकी थी।

जब तक कोई दौड़कर वहां पहुंचता, सब-कुछ समाप्त हो चुका था।

बार-बार पछाड़ खाती मिसेज राघवन को संभालते हुए गौरी यह किस्सा पता नहीं कितनी बार सुन चुकी थी। हर व्यक्ति उस प्रसंग को इस तरह दोहरा रहा था जैसे वह उस वीभत्स नाटक का प्रत्यक्षदर्शी रहा हो। अब तो गौरी के अंतःपटल पर भी राघवन साहब के अंतिम क्षणों का चित्र स्पष्ट रूप से उभर आया था। मंत्रीजी का अनदेखा चेहरा उस दृश्यबंध में खलनायक की भूमिका निभा रहा था। इतने बड़े हादसे के बाद उनका चुपचाप अंतर्धान हो जाना उनके इस रंग को और गहरा कर रहा था।

फुसफुसाहटों का बाजार गरम था। किसी ने बताया कि पिछले दिनों मंत्रीजी

ने अपने एक प्रियजन को राघवन साहब के पास भेजा था। उसके लिए कुछ करने का मतलब था, सारे नियमों को ताक पर रख देना। राघवन साहब बड़े उसूलों वाले व्यक्ति थे। उनकी आचार संहिता बड़ी स्पष्ट थी। मंत्रीजी उस समय तो अपने अपमान को पी गये पर अवसर मिलते ही उन्होंने बदला ले लिया।

कुछ लोगों का कहना था कि निगम को देखकर ही साहब को मौके की नजाकत समझ लेनी थी। गांव के रिश्ते से निगम मंत्रीजी को जीजाजी कहता था। पर उनका जो रिश्ता निगम की बीवी के साथ था, वह किसी से छिपा नहीं था। इसी रिश्ते की बदौलत प्रोजेक्ट कॉलोनी में उसे बड़ा-सा क्वार्टर मिला हुआ था। जबकि वह महज बालवाड़ी की एक शिक्षिका थी। मंत्रीजी के अनौपचारिक दौरे अकसर लगते रहते। तब निगम दंपति का खाना सर्किट हाउस पर ही होता था। एक सरकारी जीप तब उनकी सेवा में तैनात रहती। यह एक खुला रहस्य था। सभी इसे जानते थे और अनदेखा कर जाते थे।

यह तो होनी ही उन्हें बुलाकर ले गयी। नहीं तो उतनी सुबह राघवन साहब मंत्रीजी को सलाम बजाने क्यों पहुंचते?

एक सप्ताह पूरी कॉलोनी शोक में डूबी रही। इतने बड़े अधिकारी की यह आकस्मिक मृत्यु सबके दिल दहला गयी थी। इस बीच ऑफिसर्स क्लब तो बंद ही रहा, कॉलोनी का ओपेन एयर सिनेमाघर भी लगभग खाली ही रहा, लोगों ने पार्टियां या प्रीतिभोज निरस्त कर दिये। कॉलोनी का स्कूल भी तीन दिन तक बंद रहा। दाह-संस्कार के बाद बहुत बड़ी शोकसभा हुई थी जिसमें बड़ी ही भावपूर्ण श्रद्धांजलियां दी गयीं। अधिकारी वर्ग तो शोकसभा करने के बाद अपने में सिमट गया था। अपना रोष और दुख उसने बड़े ही आभिजात्य ढंग से पी लिया था। पर मजदूरों के रोष का सैलाब कई दिन तक उफनता रहा। 'खून के बदले खून' के नारे लगाते हुए वे कई जुलूस निकाल चुके थे। उनका आवेश देखकर डर-सा लगने लगता था।

खबर मिलते ही राघवन साहब के परिजन आ गये थे। आते ही यहां का सब-कुछ समेटकर वे लोग मिसेज राघवन को साथ लेकर कोयंबतूर चले गये और लोगों ने जैसे राहत की सांस ली। उन लोगों की उपस्थिति मन पर एक भार बनती जा रही थी। सबके ऊपर जैसे एक दुख की चादर तन गयी थी और उससे बाहर निकलने के लिए लोग छटपटा रहे थे।

इन दस-बारह दिनों में गौरी जैसे दूसरी दुनिया में जी रही थी। घर का काम जैसे-तैसे निबटाकर वह सुबह-सबेरे ही बंगले पर पहुंच जाती। जल्दी से कुछ बनाकर रोते-बिलखते परिजनों को मनुहार करके खिलाती। नौकरों से साफ-सफाई करवाती, सौदा-सुलुफ मंगवाती, सामान बंधवाती। शेष समय में मिसेज राघवन के पास बैठकर मिलने वालों से निपटती। वहां से देर रात घर लौटती, तब भी वहां का शोकाकुल वातावरण साथ चला आता। लगता जैसे अभी-अभी अर्थी उठते देख आयी हो।

जब मिसेज राघवन अपने परिजनों के साथ अपने घर, अपने देश लौट गयीं, तब जाकर वह कुछ प्रकृतिस्थ हो पायी। पता नहीं कितने लंबे अरसे बाद उसने अपने छोटे-से घरौंदे में अपार शांति का अनुभव किया। मिसेज राघवन के बिछुड़ने का दुख तो बहुत हुआ। उनसे परिचय बहुत पुराना था। शादी के बाद जब वह पहली बार पति के साथ अरनीखेड़ा की छोटी-सी बस्ती में पहुंची थी तो बस यही एक ढंग का पड़ोस मिला था। अफसर थे राघवन साहब, पर पत्नी में अफसरियत की गंध जरा भी नहीं थी। इस नयी-नवेली दुलहिन को उन्होंने बड़ी बहन की तरह सहारा दिया था। गृहस्थी का मूलमंत्र दिया था, गर्भावस्था में देखभाल की थी, छोटे बच्चों की हारी-बीमारी में सलाह दी थी। उसके बाद स्थानांतर होते रहे पर स्नेह की डोर नहीं टूटी। यहां प्रोजेक्ट में आकर तो जैसे संबंध और दृढ़ हो गये थे। वे उनके लिये बॉस की पत्नी नहीं वरन अक्का (बड़ी बहन) हो गई थीं।

इसीलिए मिसेज राघवन का दुख, पीड़ा उसे बहुत गहरे बींध गयी थी। उनका अपनों के बीच लौट जाना उसे अच्छा ही लगा। नहीं तो उसे लगता था, वह पागल हो जायेंगी।

फिर धीरे-धीरे उसने बाहर की आहट लेना शुरू किया। बीच वाले दिनों में वह मानसिक और शारीरिक रूप से इतनी व्यस्त थी कि घर से बाहर की दुनिया का उसे कुछ अता-पता ही नहीं था। अब पता चला कि राघवन साहब की मृत्यु एक रहस्य के आवरण में डूब गयी है और लोग तरह-तरह की बातें करने लगे हैं।

उसने सुना कि साधु पुरुष के रूप में सुविख्यात मि. राघवन उतने दूध के धुले नहीं थे। इधर वे एक गबन के केस में फंस गये थे। मिनिस्टर साहब उसी की जांच के लिए आकस्मिक रूप से पधारे थे। पता लगते ही राघवन साहब

भेंट-पूजा लेकर सर्किट हाउस पहुंच गये थे। पर मिनिस्टर का रुख देखकर वे बौखला गये थे और बदहवासी में उन्होंने आत्महत्या ही कर ली थी।

एक और अफवाह यह थी कि उस समय साहब बेतहाशा पिये हुए थे। उन्हें यह भी होश नहीं था कि वे किससे बात कर रहे हैं। वे एकदम बदतमीजी पर उतर आये थे। उसके बाद उन्होंने ड्राइवर से गाड़ी की चाबियां छीन ली थीं और उसी डगमग स्थिति में गाड़ी स्टार्ट कर दी थी। ऐसे में संतुलन न खोते तो आश्चर्य था।

इनमें से किसी भी बात पर गौरी को विश्वास नहीं आता था। वे लोग क्या उन्हें आज से जानते थे? यहां आने के बाद से सदानंद तो एक तरह से उनके पी.ए. ही बन गये थे। देवता की तरह पूजते थे उन्हें, हमेशा कहते, 'ऐसे सच्चरित्र, कर्मनिष्ठ अधिकारी के पास काम करना भाग्य की बात है।'

अफसरों के घर जाकर चापलूसी करना उन्हें कभी नहीं भाया। न वह पत्नी को किसी के यहां ले गये। पर राघवन साहब तो कभी अधिकारी लगे ही नहीं, खासकर उनकी पत्नी। गौरी स्नेह से उन्हें अक्का कहती। जब मन होता बंगले पर पहुंच जाती। वे भी जब-तब बिना किसी लवाजमे के आ जातीं। गौरी उनसे इडली-डोसा, सांबर बनाना सीखती, उनसे अचार की विधियां पूछती। उनके बच्चों को दही-बड़े बनाकर खिलाती। उनकी नातिन के लिए स्वेटर बुन देती। इतना सात्विक वातावरण था उस घर में कि दूसरे ऑफिसर्स को देखकर उबकाई आती थी।

इसीलिए जब ऐसी उलटी-सीधी अफवाहें उड़ने लगीं तो वे लोग बेचैन हो उठे। सदानंद तो जी-जान से उनका खंडन करने में जुट जाते। सात्विक रोष से उनका चेहरा तमतमा उठता। उनके इस आवेश को लोग उपहास से, संदेह से देखने लगते।

तब गौरी बड़ी मुश्किल से पति को चुप कराती। पर उन्हें सांत्वना देना बहुत कठिन लगता। राघवन साहब की मृत्यु से भी दारुण था उनके चरित्र-हनन का दुख...

"पापा! कोई निगम आये हैं।" वे लोग शाम की चाय पी रहे थे कि रिंकी ने आकर सूचना दी।

"निगम!" सदानंद का माथा ठनका, "वह मनहूस आदमी यहां क्यों आया है?"

"निगम कौन? वही वाला?" पति का चेहरा देखकर गौरी ने पूछा।

"हूं", सदानंद ने कमीज पहनते हुए हामी भरी। बेचारे दफ्तर से लौटकर **अभी तो** जरा इत्मीनान से बैठे थे।

"आप इतने परेशान क्यों हो रहे हैं? आया है तो आने दो! अपना क्या लेगा?"

"वह कुछ लेने ही आता है भागवान! बिना मतलब किसी के घर नहीं जाता। चौथ वसूलने जाता है।"

"चौथ, मतलब?"

"चंदा, उसका मामा या चाचा एक दो कौड़ी का अखबार निकालता है। दो-तीन महीनों में 3-4 पेज छापता है। बाकी सारा कागज ब्लैक में बेच देता है। और हर अंक से पहले अफसरों के घर जाता है, जिसने कुछ दिया उसकी प्रशंसा में अखबार के पन्ने रंग डालता है, जो नहीं देता उसके बारे में ऊल-जलूल छाप देता है।"

"पहले तो कभी नहीं आया।"

"तब बड़े साहब का डर था न।"

और वे बाहर चले गये। गौरी का मन हुआ पीछे-पीछे जाकर इस बहुचर्चित, बहुआयामी व्यक्तित्व को देख ले। पर हिम्मत नहीं हुई। पति का मूड वैसे ही उखड़ा हुआ था।

पांच मिनट भी तो नहीं बीते और वे लौट आये, "क्या लफड़ा है, समझ में नहीं आ रहा।"

"क्यों?"

"मिनिस्टर साहब ने सर्किट हाउस बुलाया है।"

"जाओगे?"

"जाना ही पड़ेगा, वह राक्षस गाड़ी लेकर आया है।"

गौरी ने खिड़की से झांककर देखा, दरवाजे पर क्रीम कलर की, झंडे वाली एंबेसेडर खड़ी थी। जैसे ही सदानंद बाहर आये, ड्राइवर ने अदब से पीछे का दरवाजा खोला। उनके बैठते ही धीरे से बंद किया। निगम आगे ड्राइवर के पास बैठा। पल-भर में ही मछली की तरह फिसलती गाड़ी ओझल हो गयी।

और कोई दिन होता तो गौरी खुशी से, अभिमान से फूल उठती। पति को ससम्मान कोई बड़ा आदमी बुला भेजे तो यह गर्व की ही बात होती है। पर गौरी बहुत बेचैन थी। जब तक सदानंद लौट नहीं आये, वह दरवाजे पर

ही आंख गड़ाये रही। उसके कान गाड़ी के कर्णमधुर हॉर्न पर लगे रहे। रिंकी, मिंकी उसका मजाक उड़ाती रहीं, पर पता नहीं क्यों, सर्किट हाउस के नाम से ही उसका मन कांप गया था।

सदानंद पूरे दो घंटे बाद लौटे। वैसे ही परेशान, बौखलाये-से। कुछ देर तक तो वह प्रतीक्षा करती रही। पर जब उनकी ओर से कोई पहल नहीं हुई तो पूछ ही लिया, "क्यों बुलाया था?"

"यही तो समझ में नहीं आ रहा है कि क्यों बुलाया था।"

"मतलब? दो घंटे यों ही बिठाये रखा?"

"वहां कोई घड़ी देख भी रहा था? ड्रिंक्स का दौर चल रहा था। नये बॉस भी बैठे हुए थे।"

"अच्छा?"

"उन लोगों ने मुझे भी ऑफर किया। मैंने मना कर दिया तो कुमार साहब बोले, 'अरे, तुम तो राघवन के इतने नजदीक थे। सूखे कैसे रह गये?'..."

"आपने क्या कहा?"

"क्या कहता! यही कह दिया कि उनके पीने के बारे में सुना भर है, कभी देखा नहीं।"

"अच्छा किया। इन लोगों के मुंह ऐसे ही बंद करने चाहिए।"

मंत्रीजी के दरबार में सदानंद की यह पेशी पहली सही पर आखिरी नहीं थी, वे इस बीच कई बार आये, यों तो पहले भी आते रहे थे, पर तब आकर्षण का केंद्र कुछ और था, वे दौरे अनौपचारिक हुआ करते थे।

पर अब एकाएक उन्हें परियोजना की प्रगति में गहरी दिलचस्पी हो गयी थी। सदानंद जब भी सर्किट हाउस गये, मंत्रीजी हमेशा घिरे हुए मिले, वे सबकी समस्याएं जानने को उत्सुक थे और उनके निवारण के लिए तत्पर भी। अदना-सा चपरासी भी उनके सामने अपनी तकलीफ बेझिझक बयान कर सकता था, मजदूरों के तो वे मसीहा बन गये थे।

उनकी इस आकस्मिक सदाशयता से कुछ लोग आश्चर्यचकित थे। भाई लोग चुप नहीं बैठे। इस रहस्य का पता लगाकर ही दम लिया।

विश्वस्त सूत्रों से ज्ञात हुआ कि राघवन साहब वाली घटना मुख्यमंत्रीजी तक पहुंच गयी है और वे काफी नाराज हैं। उन्होंने मंत्रीजी को अकेले बुलाकर

काफी डांट पिलायी है और स्पष्टीकरण भी मांगा है। कुछ विरोधी खेमे वाले तो इस मामले को विधानसभा के आगामी सत्र में उछालना चाहते हैं। वे लोग शायद दुर्घटना की न्यायिक जांच की मांग भी करेंगे।

गौरी खुश थी कि यह प्रकरण जनता की अदालत में जायेगा, जो चला गया, वह तो वापस आ नहीं सकता। पर इन स्वयंभू नेताओं को एक सबक तो मिलेगा, फिर कोई व्यक्ति अपना पाप छिपाने के लिए इस तरह साधु पुरुषों को अपमानित नहीं कर सकेगा।

मंत्रीजी की परेशानी के समानांतर उन दिनों एक और खबर गर्म थी। खबर जो कभी अफवाह बनकर उड़ी थी पर अब तो सबूतों के आधार पर एक कठोर सत्य बन चुकी थी। जो बात कल तक कोई नहीं जानता था, एकदम सबकी जुबान पर आ गयी थी। हर कोई छोटा-बड़ा कह रहा था कि राघवन साहब अव्वल दर्जे के पियक्कड़ थे। कुमार साहब ने जब यहां का चार्ज लिया तो कान्फीडेंशियल कैबिनेट में बोतलों का जखीरा देखकर वे स्तब्ध रह गये थे। ड्राइवर ने बताया कि वह कई बार साहब को क्लब से गोद में उठाकर लाया है। पड़ोस के बंगले वाले नित्य के शोर-शराबे से परिचित थे पर डर और लिहाज से चुप ही रहते थे। नौकरों के लिए तो तमाशा रोज का था—क्या कहते, किससे कहते!

दुर्घटना वाली सुबह भी वे नशे में धुत्त थे। जिद करके अपनी उसी अवस्था में उन्होंने गाड़ी चलायी।

सदानंद सुनते और चुप रह जाते। प्रतिवाद करना उन्होंने एक तरह से छोड़ ही दिया था। जिस बात को छोटे-बड़े सब कसम खाकर कह रहे हों, वहां उनकी अकेली आवाज की औकात ही क्या थी?

यह एक तरह से मृतात्मा को बदनाम करने का योजनाबद्ध अभियान था। नहीं तो सदानंद ही क्यों, सब जानते थे कि 'अति' शब्द राघवन के शब्दकोश में नहीं था। वे नियम से चलने वाले व्यक्ति थे। वे दिन में केवल तीन सिगरेट पीते थे। ब्रेकफास्ट, लंच और डिनर के बाद। पिछले तीस सालों से पी रहे थे, पर कभी चौथी सिगरेट नहीं पी। कॉफी केवल सुबह-शाम दो बार पीते थे। बड़े-से-बड़ा अधिकारी भी उन्हें कम्पनी देने पर मजबूर नहीं कर सका।

इसी तरह रात को सोते समय एक छोटा पैग लेने की उनकी आदत थी। यह बात भी उन्होंने ही बतायी थी, बिना किसी लाग-लपेट के। कहते कि इंग्लैंड

के दो साल उन्हें यह लत दे गये हैं। अब मरने के बाद ही छूटेगी यह लत।

उधर दफ्तर में अजीब-सा माहौल था। वहां तो जैसे समुद्र-मंथन चल रहा था। पुरानी फाइलें फिर से निकाली जा रही थीं। सबका नये सिरे से अध्ययन हो रहा था। कुमार साहब की दराज अखबारों की पुरानी कतरनों से भर गयी थी। ये जिले भर के टटपुंजिये अखबार थे, जो समय-समय पर राघवन साहब का 'कच्चा चिट्ठा' खोलने की धमकी दिया करते थे। मगर वे न कभी इन धमकियों से डरे, न उन्होंने इन लोगों को लिफ्ट दी, न ही पैसे दिये।

उनके स्वच्छ प्रशासन में जो लोग छटपटाकर रह गये थे वे अब सिर उठाने लगे थे। कुछ लोगों ने तो यह प्रचारित कर दिया था कि पुराने साहब बड़े घाघ थे। ऊपर से ईमानदार बने रहते थे पर उनकी बाकायदा एजेंसियां थीं। कुछ तो उनके एजेंट होने का भी दम भरने लगे थे।

सदानंद सब-कुछ देखते और सिर पीटकर रह जाते। अकसर गौरी से कहते, "हर नया अफसर पहले वाले की आलोचना करता है। पर ऐसा कभी नहीं देखा कि कोई उसके सारे किये-कराये को नकार ही दे।"

"इससे इन्हें क्या लाभ होगा?"

"इन्हें श्रेय मिलेगा। इतना बड़ा प्रोजेक्ट पूरा करने का सेहरा इनके सिर होगा। पर इसका मतलब यह। तो नहीं कि तुम उस आदमी को एकदम 'ब्लैक लिस्टेड' कर दो, जिसने यहां अपना खून-पसीना बहाया है। यह तो सरासर अन्याय है।"

"जानते हैं न—सामने बचाव करने वाला कोई नहीं है।"

"हां, इसीलिए तो शेर बने हुए हैं। अभी तक सिर्फ जुबानी-जमाखर्च चल रहा है। इसीलिए मैं भी चुप हूं, जिस दिन कोई बात कागज पर आयेगी, देखना मैं भिड़ जाऊंगा।"

"सच!" गौरी कहती और उसका मन पति के प्रति अभिमान से भर उठता।

"पुरुष भी कैसे होते हैं।" गौरी अक्सर सोचती, अफसर सामने रहेगा तो बिछ-बिछ जायेंगे। उनके आंखों से ओझल होते ही इनके तेवर बदल जायेंगे।

"यह तो सत्ता की राजनीति है डियर! यहां स्त्री और पुरुष सब एक-से हैं।" सदानंद कहते, "तख्ता पलटा नहीं कि लोगों की मान्यताएं भी बदल जाती हैं।"

"वाह रे लोग!" गौरी मुंह बिचका देती। उसे क्या पता था कि एक दिन उसे भी इन लोगों से दो-चार होना पड़ेगा।

कुछ लोगों के आनन-फानन में स्थानांतर हो गये थे। उनकी पत्नियों को महिला मंडल की ओर से फेयरवेल था। आयोजन मिसेज नटराजन के बंगले के लॉन पर किया गया था। मौसम भी खुशगवार था और माहौल भी। कहीं से भी वह विदाई की पार्टी नहीं लग रही थी।

वैसे भी मिसेज कासलीवाल, मिसेज दत्ता और मिसेज माथुर इतनी खुश थीं कि गौरी को हैरत हो रही थी। उसका तो ट्रांसफर के नाम से ही दम फूल जाता है। हर बार गृहस्थी समेटकर नयी जगह ले जाना पहाड़-सा लगता है। और फिर उस अनजानी जगह में इतनी जिल्लतें झेलनी पड़ती हैं कि सारी अफसरशाही धरी रह जाती है।

वह तो प्रोजेक्ट में आकर खुश है। छोटा ही सही, क्वार्टर मिला हुआ है। एक बुद्धू-सा खलासी भी है, जो ऊपर के काम करवा देता है। इससे ज्यादा सुविधाओं की न तो उसे आदत है न ही अपेक्षा।

गपशप के बीच कब नाश्ता लग गया, किसी को पता ही न चला। नाश्ते के साथ ही बातचीत ने दूसरा मोड़ ले लिया। महिलाओं की पार्टी हो और किसी का व्रत न निकले, यह असंभव है। बहुत सोच-समझकर बुधवार का दिन रखा गया था पर फिर भी मिसेज सक्सेना का प्रदोष निकल आया।

''कितने व्रत करती हैं आप मिसेज सक्सेना?'' किसी ने टोका।

''कहां भई! एक पूनम और ये प्रदोष, बस!''

और फिर व्रत-चर्चा शुरू हुई तो उसे मिसेज राघवन पर जाकर रुकना ही था।

''बाप रे! मैडम जैसे व्रत-उपवास तो कोई नहीं कर सकता। हफ्ते में शायद ही कोई दिन छूटता था।''

''सच में उपवास होता था या छूत-छात की वजह से बहाना बना देती थीं, भगवान जाने!''

''नहीं जी, बहुत गॉडफीयरिंग लेडी थीं। इस तरह झूठ नहीं बोल सकती थीं।''

फिर मिसेज राघवन की अतिशय धार्मिक प्रकृति की, अत्यधिक पूजा-पाठ की चर्चा होने लगी। उनके सादे रहन-सहन, बनाव-सिंगार से परहेज आदि विषय भी टिप्पणियों के माध्यम बने।

''भई, हमें तो वह आयडिया जंचता नहीं।'' मिसेज सरन एकदम बोल

उठीं, "बीवियां तो जोगन बनी हुई भगवान के सामने नाक पकड़कर बैठ जाती हैं, फिर उनके मियां लोग इधर-उधर ताक-झांक करते फिरते हैं।"

"किसने की ताक-झांक?" गौरी एकदम रोष में फूट पड़ी।

"अरे, हम एक बात कह रहे हैं।" पचहत्तर किलो के उस मक्खन के पहाड़ ने एक जुमला उछाल दिया।

"लेकिन बात भी तो सोच-समझकर की जानी चाहिए। यह थोड़े ही कि..." कहते-कहते रुक गयी गौरी। यह क्या हो गया है उसे? क्या भूल गयी कि इस औरत के एक इशारे पर सदानंद की सी.आर. खराब हो सकती है। कैरियर मिट्टी में मिल सकता है।

पर अब क्या होना था! तीर तो हाथ से निकल चुका था।

मिसेज सरन तो सकपकाकर चुप हो गयी थीं। पर उनका लाल-भभूका चेहरा देखकर कई कृपाकांक्षी महिलाएं सहायता को दौड़ पड़ी थीं। मिसेज सामंत ने तो जैसे मुंह चिढ़ाते हुए कहा, "अब आप तो कुछ न कहिए मिसेज पंडित, आप तो चौबीसों घंटे वहां घुसी रहती थीं।"

"क्या मतलब?" गौरी सन्न रह गयी थी।

पर किसी ने उसे मतलब समझाने की चेष्टा नहीं की। सब एक-दूसरे को देखकर मुस्करा दीं।

घर पहुंचते ही सदानंद को एकदम सामने देखा तो वह बिलख पड़ी, "मुझे यहां से कहीं दूर ले चलिए प्लीज! अपना तबादला करवा लीजिए।"

"तुम यहां से ऊब गयी हो न!"

खिड़की से छनकर आती चांदनी में गौरी तृप्त भाव से लेटी थी, पति की बात सुनते ही चौंक पड़ी।

"उस दिन तुम तबादला करवाने को कह रही थीं न! कुछ संयोग बनता दिखाई दे रहा है।"

उसका मन धक-से रह गया, उसने अपने आसपास बिखरी गृहस्थी को देखा और उसे फिर एक बार समेटने के खयाल से उसके चेहरे पर हवाइयां उड़ने लगीं। सदानंद उसे देखकर मुस्करा दिये, "क्यों, डर गयीं?"

"नहीं, बहुत खुश हो रही हूं" उसने व्यंग्य से कहा।

"खुश होने की तो बात ही है, इस बार तुम्हें ऐसी-वैसी जगह थोड़े ले

जाऊंगा। वहां बंगला होगा, नौकर-चाकर होंगे, जीप होगी। न तुम्हें सामान बांधना होगा, न खोलना होगा। सब अपने-आप हो जायेगा। बस, कुर्सी पर बैठकर निर्देश भर देती रहना।''

''कहां के सपने देख रहे हो? ऐसी जगह कौन भेज देगा तुम्हें? चढ़ावे के लिए गांठ में कुछ है भी।''

''आज जानती हो क्या हुआ। सलाहकार समिति की मीटिंग थी न। उसके बाद जब सब लोग चलने लगे थे तो मंत्री महोदय ने मुझे रोक लिया। पता नहीं क्यों? मैं तो खुद हैरान था। बड़ी देर तक इधर-उधर की बातें करते रहे, फिर एकदम बोले–'पंडित, मुझे आज पता चला कि तुम अपने समय के टॉपर हो, फिर तुम यहां ऑफिस में क्यों सड़ रहे हो? तुम्हें तो कहीं और होना चाहिए था, जहां तुम्हारे ज्ञान का सही उपयोग हो सके'।''

''कहा क्यों नहीं कि हमारे पास हजार की थैली होती तो हम भी कहीं होते।''

''कमाल करती हो! ऐसी बात कोई मिनिस्टर से कहता है! और उन्हें क्या पता नहीं है?''

''फिर पूछते क्यों हैं?''

''अरे भई, वे तो खुद दुखी हैं, कह रहे थे कि जैसी चूहा-दौड़ अधिकारियों में मची हुई है, उसे देखकर तो तरस आता है। ये लोग देश को कहां ले जायेंगे।''

''देश बेचारे का क्या है! पहले नेता लोग नोच-खसोट लें। जो बच रहेगा उसे अफसर निबटा देंगे।''

''मंत्रीजी कह रहे थे,'' सदानंद ने गौरी की टिप्पणी को अनसुनी करके कहा, ''मुझे तुम जैसे दो-चार भी होशियार, ईमानदार और कर्मठ अधिकारी मिल जायें तो मैं डिपार्टमेंट की कायापलट करके रख दूं। पर ऐसे लोग मिलते कहां हैं?''

''एक तो मिल गया है न! उसे ही निहाल कर दो।''

''वही तो बता रहा हूं, तुम जब से उलटा ही बोले चली जा रही हो। जरा खुश नजर आ रहे थे तो मैंने भी कह दिया, 'दफ्तर का बाबू बना रहा हूं हमेशा। लिखा-पढ़ा सब जंग खा रहा है। आप मौका दें तो दिखाऊं काम क्या होता है, कैसे किया जाता है।'

फिर बोले, 'तैयार रहना, किसी भी दिन बुला भेजूंगा, तब मना मत

करना' ।''

कुछ क्षण कमरे में नीरवता व्याप्त रही। सदानंद चुपचाप गौरी की प्रतिक्रिया आंकते रहे। पर जब वह मौन ही साधे रही तो फीकी-सी हंसी हंसकर बोले, ''मेरे लिए तो कोई फर्क नहीं पड़ता। सभी नौकरियां एक-सी हैं, काम करने वाले को तो हर जगह खटना ही पड़ता है। पर सोचा, चलो, इसी बहाने तुम लोग कुछ दिन सत्ता का स्वाद चख लोगे। खासकर तुम! तुम अपनों के बीच सिर उठाकर चल सकोगी। मेरी फटीचर जिंदगी के कारण तुम लोगों को कैसी शर्मिंदगी झेलनी पड़ती है, क्या मैं जानता नहीं?''

गौरी के एकदम आंसू निकल आये और उसने मुंह फेर लिया। पिछली कई यादें बर्र के छत्ते की तरह उस पर टूट पड़ीं, गमी हो या खुशी—जब भी अपनों के बीच गयी है, उसे हमेशा नीचा ही देखना पड़ा है। उन अवसरों पर—खासकर शादी-ब्याह के अवसरों पर अपनी विपन्नता सौ गुना बड़ी होकर उसके सामने खड़ी हो गयी है। अपने गहने-कपड़ों को लेकर एक हीन-बोध उसके मन में घर कर गया है।

उसकी छोटी बहन तो एकदम मुंहफट है। साफ कह देती है, ''दीदी, दुनिया कहां-से-कहां पहुंची गयी है पर तुम अभी वहीं-की-वहीं हो। इस तरह के कंगन आजकल कोई पहनता भी है। जीजाजी से कहिए, नये बनवायें।''

या कहेगी—

''दीदी, तृप्ति की शादी में आओ तो जरा 5-6 दिन पहले आ जाना। तुम्हें ढंग की साड़ियां खरीदवा देंगे। ये बाबा आदम के जमाने की बनारसी कब तक सहेजोगी।''

गौरी गीता से क्या कहे, कैसे कहे कि इन कंगनों को महाजन की दाढ़ से बचाने में ही उसका सारा कौशल, सारी शक्ति खर्च हो जाती है। नये बनवाने का तो प्रश्न ही नहीं उठता।

वही हाल साड़ियों का है। शादी में जो 4-5 मिली थीं वे ही चल रही हैं। नयी के लिये तो कभी सोचा ही नहीं। घर-गृहस्थी के सारे खर्च निबटाकर मुश्किल से इतना बचता है कि वह रोजमर्रा पहनने के कपड़े बनवा ले।

पर गीता इन बातों को समझती कहां है? उसके यहां तो टकसाल खुली हुई है। उसके डॉक्टर पति ने एक्स-रे की मशीन क्या लगा ली, मानो नोट छापने की मशीन डाल ली है। शहर-भर के मरीज उसी के यहां आते हैं। सरकारी

अस्पतालों की मशीनें तो हमेशा खराब ही बनी रहती हैं।

वह तो अब दूर-दराज वाले इस प्रोजेक्ट पर आकर बड़ी खुश है। दूरी का बहाना बनाकर अधिकांश निमंत्रण टाल ही देती है। वहां जाकर मनःताप झेलने से तो उलाहने सुनना ही ठीक है।

वैसे यहां रहकर भी चैन कहां है? घर से मां की चिट्ठियां आती रहती हैं। उनमें उसकी सहेलियों की, चचेरी-ममेरी बहनों की गाथाएं होती हैं—शकुन ने लाल रंग की मारुति खरीदी है, रेखा मकान पर दूसरी मंजिल बनवा रही है, रत्ना गर्मियों में पहाड़ पर जा रही है, किरण ने हीरों का सेट बनवाया है, नीलम भाई के पास अमरीका गयी है।

पूरी चिट्ठी में यह एकाध वाक्य ही होता पर वह सारे मजमून पर छा जाता है। वह जानती है कि इस बहाने मां सिर्फ सूचना ही नहीं देतीं, उलाहना भी देती हैं कि बिट्टो, ब्याहा तो हमने भी तुझे इंजीनियर से था, पर तेरी किस्मत को क्या करें!

यहां भी भूले-भटके कोई मेहमान आ जाता है तो वह शर्म से भर उठती है। घर में फ्रिज न होने की दस बार शिकायत होती है। पास-पड़ोस से आइस क्यूब मांगते हुए वह लज्जा से गड़ जाती है। उसके गैस के चूल्हे को देखकर मेहमान अपने कुकिंग रेंज की याद करते हैं। टी.वी. इस तरफ अभी आया ही नहीं, इस बात से वह खुश है, नहीं तो लोग-बाग उस पर अपनी रंगीन या इंपोर्टेड पीस का रोब डालना नहीं भूलेंगे। उसकी छोटी भाभी का सारा वार्डरोब ही इंपोर्टेड है। दूसरों के घर का आधा सामान इसी विशेषण से युक्त है। ऐसे में अपने घर का देसीपन उसे भीतर तक कचोट जाता है।

मेहमान आते हैं तो उन्हें घुमाना होता है। उनके लिए गाड़ी मंगवानी होती है। अपने ही सहयोगी अफसरों की खुशामद करनी होती है। गाड़ी आ जाये तो ड्राइवरों की दामाद की तरह खातिर करनी पड़ती है, दान-दक्षिणा अलग से। इसीलिए मेहमानों के नाम से ही उसे बुखार चढ़ जाता है।

पढ़ने-लिखने में डफू उसका देवर रोडवेज में लग गया है। अब उसकी गृहस्थी की चकाचौंध देखते ही बनती है। छोटा भाई तो बिक्रीकर विभाग में है। वहां तो जैसे सोना बरसता है। बच्चे पार्क में घूमने भी जाते हैं, तो सौ का नोट ऐसे पकड़ते हैं जैसे दस का हो।

रिंकी छोटी थी तो अक्सर पूछ बैठती थी, "मम्मी, हम गरीब क्यों हैं?"

"हम गरीब नहीं हैं बेटे! हम पसीने की कमाई खाते हैं।"

सदानंद भी तो रिश्तेदारों के बीच कैसे बुझे-बुझे से रहते हैं, अब जरा उनके चेहरे पर भी रौनक आयेगी। देर से ही सही, उनकी योग्यता की कद्र हुई तो। अब वह भी सबको न्यौता देगी, बंगले की, गाड़ी की, नौकरों-चाकरों की शान दिखायेगी।

"कहां खो गयीं?"

"कुछ नहीं, सपने देख रही थी।"

"अभी से सपने मत देखो भई! मिनिस्टरों की बातों का कोई भरोसा है! और देखो, अभी किसी को कहना नहीं। बहुत से लोग घात लगाये बैठे हैं। किसी को भनक भी लग गयी तो सारा मामला बीच ही में फ्यूज हो जायेगा।"

"मम्मी, निगम अंकल आये हैं।"

"अच्छा, ये निगम तुम्हारे अंकल कब से हो गये?"

"आप ही तो कहती हैं कि बड़ों को इज्जत से बुलाना चाहिए।" रिंकी ने उसे निरुत्तर करते हुए कहा।

"ठीक है, ठीक है, ज्यादा बातें बनाने की जरूरत नहीं है। कह दो, पापा घर पर नहीं हैं।"

"कहा था। वे आपसे मिलने आये हैं।"

"मुझसे?" उसने हैरानी से कहा और बाहर चली आयी। सोफे पर पसरकर बैठा हुआ निगम उसे देखते ही उठ खड़ा हुआ और हाथ जोड़कर बोला, "बधाई हो भाभीजी, मिठाई खिलाइए।"

"किस बात की?"

"वाह, आप तो ऐसे बन रही हैं जैसे कुछ जानती ही नहीं।" गौरी ने जवाब देना जरूरी नहीं समझा।

"भाई साहब ऑर्डर लेकर चले ही आ रहे हैं। मैंने सोचा आपको पहले जाकर खुशखबरी दे दूं। पर लगता है, आप मेरा मिठाई का हक भी मारने की फिराक में हैं।"

"कैसा ऑर्डर है?" गौरी ने रुखाई से पूछा। उसे निगम की यह अनायास आत्मीयता झेलना कठिन हो रहा था।

"ट्रांसफर ऑर्डर है भाभीजी।"

"तो कोई प्रमोशन तो नहीं हुआ है। मिठाई किस बात की?"

"अब भाभीजी, हमसे तो न बनिए। यह ऑर्डर क्या किसी प्रमोशन से कम है।"

गौरी चुप रही।

"वैसे यह काम बहुत अच्छा हुआ, और समय से हो गया। यहां की नौकरी में अब कोई दम थोड़े ही है। जितना रस निकल सकता था, यार लोग निकाल चुके। अब सूखी गुठलियां चूसने को रह गयी हैं।"

"देखिए", गौरी ने जरा सख्त लहजे में कहा, "इस तरह की बातें आप घर में न करें तो बेहतर हो।"

"अरे, तो इसमें बुराई क्या है? कोई चोरी थोड़ी ही है। दुनिया की रीत है ये तो? भाभीजी, आखिर आपके भी बाल-बच्चे हैं। दो-दो लड़कियों की शादी करनी है, बाबा को काम-धंधे से लगाना है, फिर बुढ़ापे के लिए भी तो हाथ में कुछ चाहिए।"

गौरी को लगा कि शिष्टाचार निभाना अब उसके लिए कठिन हो जायेगा। तभी दरवाजे पर स्टॉफ कार रुकी और उसने राहत की सांस ली। सदानंद उतरे पर रोज की तरह उनकी मुद्रा शांत-क्लांत नहीं थी। वे अकेले भी नहीं थे। दफ्तर की पूरी मंडली उनके साथ थी। सबने एक साथ गौरी को बधाई दी और मिठाई की फरमाइश की।

उन लोगों के आते ही निगम फिर से हाथ जोड़कर खड़ा हो गया, बोला, "भाई साहब, मिठाई की अर्जी लेकर घंटे-भर से दरबार में पड़ा हूं। पर मेरी कोई सुनवाई ही नहीं हो रही है। अब आप सिफारिश कर दें तो काम बने।"

"सुनवाई क्यों नहीं होगी भई, जरूर होगी", सदानंद ने उसकी पीठ थपथपाकर कहा और रोहित को आवाज दी।

फिर घंटे-भर तक घर में जश्न-सा चलता रहा।

रोहित इस बीच तीन बार बाजार हो आया। कभी मिठाई के लिए तो कभी पान या सिगरेट के लिए। गौरी रसोई में घुसी पकौड़े, चिप्स और पापड़ तलती रही, उन्हें प्लेटों में सजाकर मनकूराम के हाथ बाहर भेजती रही।

बैठे-बैठाये 70-80 रुपये फुंक गये। फिर भी जाते समय सब लोग कहते गये, "भाभीजी, यह तो प्रोवीजनल था। बड़ी दावत तो अभी शेष है।"

आश्चर्य तो यह कि संतुष्ट तो सदानंद भी नहीं थे। बोले, "17 तारीख

को हमारी शादी की सालगिरह है न! सोचता हूं, इस बार जरा धूमधाम से मनाई जाये। क्या खयाल है?''

''बच्चों की सालगिरह तो कभी मनायी नहीं, अब शादी की मनायेंगे।'' उसने मुंह फुलाकर कहा।

''बच्चों के लिए भी मैंने तो कभी मना नहीं किया। तुम्हीं हमेशा पीछे हटती रहीं। औरों के मुकाबले में अपनी पार्टी के फीके होने का डर तुम्हें हमेशा व्यापता रहा। खैर, हमें पिछली बातें भूल जानी चाहिए। इस बार जाते-जाते ऐसा धमाका करके जायेंगे कि लोग याद करेंगे।''

गौरी को खुश होना चाहिए था। पर पता नहीं क्यों, वह वैसी ही तटस्थ बनी रही।

उसकी इस उदासीनता को सदानंद ने भी लक्ष्य किया। रात में बोले, ''लगता है, तुम्हें खास खुशी नहीं हुई। क्यों, यहां से इतना अधिक मोह हो गया है?''

''यहां से? हां, इतने दिन कहीं भी रह लो तो मोह तो हो ही जाता है।'' उसने किसी तरह कहा और अपने मन को टटोलने लगी। सच ही तो कह रहे हैं सदानंद। शाम से ही वह इतनी बुझी-बुझी-सी क्यों है, जिस समाचार की इतनी आतुर प्रतीक्षा थी, उसकी प्रतिक्रिया इतनी ठंडी क्यों? पति की तरह, बच्चों की तरह वह उल्लसित क्यों नहीं हो पाती?

शायद यह सुसंवाद उसे इतने अप्रत्याशित ढंग से, इतने अनचाहे व्यक्ति द्वारा मिला था कि उसकी खुशी जम-सी गयी थी।

उस व्यक्ति का ध्यान आते ही उससे जुड़ा पिछला कितना कुछ याद आने लगता है। अनायास ही वह पूछ बैठी, ''सुनो, अक्का की चिट्ठी याद है न! सुनो, एक काम जरूर करना। जाने से पहले बड़े साहब के सारे क्लेम्स निकलवाकर जाना।''

''उनके अपने बच्चे हैं तो!''

''हां! हैं, एक कल्पक्कम में है तो दूसरा एकदम अमरीका में। वे लोग क्या बार-बार यहां आ सकते हैं?''

''आने की जरूरत भी क्या है? सरकारी पैसा है, उसे कोई दबा नहीं सकता।''

''लेकिन वह आसानी से निकलता भी तो नहीं है। आप ही तो बताते

रहते हैं कि दफ्तर में बाबुओं ने रेट बांध रखे हैं। हिस्सा लिये बिना वे एक बिल नहीं सरकने देते। न उन्हें बीमारी से परहेज है, न मौत से। फिर?"

"फिर क्या? मैं कौन-सी हथेली लगा दूंगा। यह तो अब एक तरह से रोजमर्रा की बात हो गयी है। मैं किस-किस से बुराई मोल लेता फिरूंगा?"

गौरी हतबुद्धि हो, पति का चेहरा देखती रह गयी।

"सुनो, मेरा मतलब है उस वाले केस का क्या हुआ?"

"कौन-से?"

"वही एक्सीडेंट वाला! इनक्वायरी होनी थी न!"

"ऐसे कोई इनक्वायरियां होती हैं! वह तो वक्ती उबाल था। अपने-आप ठंडा पड़ गया। उसका क्या कोई केस बनता है?"

"मतलब? एक जिम्मेदार वरिष्ठ अधिकारी एकाएक दुनिया के परदे से गायब हो जाता है, सारा प्रोजेक्ट सन्नाटे में आ जाता है—और आप कहते हैं कि..."

"सच बताऊं, हम लोगों ने जान-बूझकर इस केस को हवा नहीं दी। नहीं तो कुछ छुटभैये नेता तो उधार खाये बैठे थे। पर हमी लोगों ने उनकी दाल नहीं गलने दी। क्योंकि अगर बात खुलनी शुरू होती है तो प्याज की तरह परत-दर-परत खुलती ही चली जाती है। मरने वाले की मिट्टी को खराब करने से क्या फायदा?"

"क्या कह रहे हैं? आप तो उनके साथ इतने साल से हैं।"

"साथ रहने से ही क्या हम किसी को जान लेते हैं? और मैं जो इतने दिनों तक उनके साथ टिका रहा तो सिर्फ इसलिए कि उनकी व्हिमूस, उनका अनुशासन झेलना सबके बस की बात नहीं थी। काम का उनका अपना ढंग था। उसके लिए वे भूख-प्यास सब भुला देते थे। अपने कर्मचारियों से भी वे यही अपेक्षा करते थे। कितने लोग ऐसी जी-तोड़ मेहनत कर पाते हैं? मैंने की ...पर उसका सिला मुझे क्या मिला? दफ्तर में गाड़कर रख दिया मुझे। इट वाज ए थैंकलेस जाब आल टुगेदर।"

वे बड़ी देर तक इसी तरह अपना गुबार निकालते रहे। पर गौरी के कानों पर एक ही वाक्य बार-बार टकरा रहा था, 'साथ रहने से ही क्या हम किसी को जान लेते हैं?'

बीस वर्ष साथ रहने के बाद भी क्या वह अपने पति को ठीक से जान

पायी है।

"रोहित," ऑफिस के लिए तैयार होते हुए सदानंद बोले, "दोपहर में जरा कैंटीन तक चले जाना। लालाराम से पूछ लेना, क्या वह सवा सौ लोगों के खाने का प्रबंध कर सकेगा? और थोड़ा खर्च का अंदाजा भी ले आना उससे।"

"पापा, लालाराम बेकार आदमी है। इतनी बड़ी पार्टी मैनेज करना उसके बस की बात नहीं है। और फिर यहां वह अकेला ही है। इस वजह से सोचता है कि उसकी मोनोपाली है। अकड़ता भी है और अनाप-शनाप दाम भी लेता है। कोई गाड़ी जा रही हो तो बताइए। मैं शहर चला जाऊंगा। वहां च्वायस भी है और क्वालिटी भी।" रोहित ने उत्साह में भरकर कहा।

"अच्छा, तुम ऐसा करो, दिन में मेरे ऑफिस का चक्कर लगा लेना। तब तक मैं तलाश करके रखता हूं।" सदानंद ने उठते हुए कहा। और फिर जेब से एक कागज निकालकर गौरी को देते हुए बोले, "सुनो, यह एक रफ ड्राफ्ट तैयार कर दिया है इनविटेशन का। तुम देखकर जरा अच्छी-सी भाषा में लिख दो। कल टाइप करवा लेंगे।"

"टाइप क्यों? कार्ड्स ही छपवा लो न! रोहित सिटी की तरफ जा तो रहा है।"

वे सकपकाकर गौरी को घूरने लगे। उन्हें समझ में नहीं आया कि यह बात उसने मजाक में कही है या उपहास में। या सचमुच वह ऐसा ही चाहती है। पर जब बड़ी देर तक उसका चेहरा पत्थर की तरह सख्त और सपाट बना रहा तो वे तिलमिला उठे। उस कागज के टुकड़े-टुकड़े करके हवा में उछालते हुए चीखे, "हां-हां, कार्ड्स भी छपवा लूंगा। इतना ताना मारने की जरूरत नहीं है। तुम्हें तो कुछ नहीं करना है न! जिंदगी में बड़ी मुश्किल से एक खुशी का मौका हाथ लगा है, पर तुम कल से ऐसे मुंह फुलाये बैठी हो जैसे घर में कोई मर गया है।"

और वे उसी मूड में दनदनाते हुए सड़क पर निकल गये, स्टाफ कार की प्रतीक्षा भी न की।

कुछ देर तो घर में सन्नाटा-सा छाया रहा। फिर तीनों बच्चे उस पर एकदम टूट पड़े। खासकर रोहित—"ये क्या हो गया है मम्मी तुम्हें? पापा का सारा मूड खराब कर दिया। बेचारे कितनी हसरत से सेलिब्रेट करने जा रहे थे।"

"क्या सेलिब्रेट कर रहे थे? शादी की सालगिरह या अपनी पोस्टिंग?"

"इस बहस में क्या तुक है मम्मी! कल ही तो सब तय हुआ था कि इसी बहाने जाते-जाते एक पार्टी कर ली जायेगी।"

"तय हुआ नहीं था, उन्होंने कहा था। मेरा उसमें कोई हिस्सा नहीं था।"

"क्यों नहीं था? यही तो हम पूछ रहे हैं? आप एकाएक हम सबसे छिटककर यों दूर क्यों खड़ी हो गयी हैं?"

चुप हो गयी गौरी। क्या जवाब दे! कैसे दे!

पहले वह खुद तो अपने मन को जान ले, ठीक से पढ़ ले। कल रात जो अचानक टूटकर बिखर गया है, पहले उसके टुकड़े तो बीन ले। तभी तो जान पायेगी कि उसे क्या हुआ है। कल सोचा था कि निगम को लेकर उसका मन खराब हो गया है। पर क्या अकेला निगम ही उसकी इस बौखलाहट के लिए जिम्मेदार है? उससे जुड़े और प्रसंग भी तो हैं, व्यक्ति भी तो हैं। और उनमें एक अहम् व्यक्ति, उसका पति भी तो है।

कल रात मन में जो चटक गया था, वह क्या था! पति की आदर्श प्रतिमा या केवल एक मोहक भ्रम!

अपनी विचार-तंद्रा से बड़ी देर में उबर पायी वह। देखा, रोहित उसे आग्नेय नेत्रों से घूर रहा है। मौके की नजाकत भांपकर रिंकी, पिंकी कब से नौ-दो-ग्यारह हो गयी हैं।

अपने ही बच्चों द्वारा यों कठघरे में खड़ा किया जाना उसे अच्छा नहीं लगा।

"रोहित!" उसने स्नेहिल स्वर में पुकारा। आंखों में अवज्ञा लिये रोहित केवल उसे देखता भर रहा।

"रोहित, मेरी परेशानी का कारण जानना चाहते हो न।" रोहित चुप बना रहा।

"बेटे!" उसने बड़े असमंजस के साथ कहना शुरू किया, "बेटे, बड़ा अभिमान था मुझे तेरे पापा पर। भ्रष्टाचार के इस महासागर में कितने लोग हैं जो चट्टान की तरह अडिग रह पाते हैं? पर यह कमाल उन्होंने कर दिखाया था। मुझे पक्का विश्वास हो गया था कि इस आदमी को कोई खरीद नहीं सकता।"

"तो, अब क्या हो गया?"

"अब वह विश्वास, वह अभिमान टूट गया है रोहित! तेरे पापा बिक गये

हैं। अपना मुंह बंद रखने की कीमत लेकर चुपचाप यहां से चले जा रहे हैं।"

"क्या बेकार की बातें करती हो मम्मी? सच, कभी-कभी तुम बेवजह भावुक बन जाती हो। और मान लो अगर तुम्हारी ही बात सच हो तो उसमें हर्ज क्या है? आजकल कौन नहीं बिकता, क्या नहीं बिकता? डिग्रियां बिकती हैं, नौकरियां बिकती हैं, गुंडे बिकते हैं, दूल्हे तो खैर, बिकते ही हैं। सबकी अपनी कीमत होती है। हर कहीं राजपुरुष अपनी दुकान सजाये हुए बैठे हैं। लोगों का ज़मीर खरीद रहे हैं, अपना बेच रहे हैं।"

"लेकिन हमने अपना ज़मीर आज तक नहीं बेचा था।"

"यही तो गलती की थी मम्मी। तभी तो जिंदगी की जरा-जरा-सी नेमतों के लिए तरसकर रह गये। अगर वक्त की आवाज बहुत पहले सुन ली होती न तो आज घर का नक्शा कुछ और ही होता। मैं सदर के उस फटीचर कॉलेज में बी.कॉम की डिग्री के लिए सड़ता न होता। पचास हजार डोनेशन के साथ मुझे भी किसी इंजीनियरिंग कॉलेज में दाखिला मिल गया होता। रिंकी, पिंकी ठाठ से किसी पब्लिक स्कूल में पढ़ती होतीं। आज की तरह रिश्तेदारों के बीच सहमी-सहमी-सी नहीं रहतीं, बल्कि गर्व से सीना तानकर चलतीं। तब हमारे दरवाजे पर गाड़ी होती और घर के अंदर वह सब होता जो आजकल हर किसी ऐरे-गैरे के पास होता है।"

"हां, आज कुछ नहीं है हमारे पास।" गौरी ने तैश में आकर कहा, "फिर भी हमें मलाल नहीं था रोहित, गर्व था, अभिमान था। उस अभाव में भी हम सिर उठाकर चलते थे।"

"मम्मी! जब गर्व करने के लिए पास में और कुछ नहीं होता, तो यही सिद्धांत काम आते हैं। और मलाल न होने की बात तुम मुझसे मत कहो। मैंने कितनी बार तुम्हें छुपकर आंसू बहाते हुए देखा है। और तब मुझे इतना ताव आता था कि क्या दुनिया-भर के सदाचार का ठेका हमीं ने ले रखा है। हम औरों की तरह खुलकर जी क्यों नहीं सकते?"

यह रोहित नहीं, उसके मुंह से युग-धर्म बोल रहा था। वह अपने उस आक्रोश को वाणी दे रहा था जो उसने बरसों से जब्त कर रखा था। और वह क्या केवल अपनी ही बात कर रहा था? गौरी की दबी-दबी व्यथा को भी तो उजागर कर रहा था।

आज वह बड़े आदर्शवादी वक्तव्य दे रही है। पर वह हर समय अपने भाग्य पर बिसूरती रही है। क्या उसका यही बिसूरना, मन-ही-मन कुढ़ना सदानंद को उकसा गया है? फिर इतने दिन जो सहा, वह क्या यों ही व्यर्थ होने के लिए था?

शाम को वे थोड़ा जल्दी लौट आये थे। आते ही रोहित से कहकर अपना सूटकेस मचान से उतरवाया था।

"कहां की तैयारी हो रही है?"

"जरा दो जोड़ी धुले कपड़े तो निकाल दो मेरे।" उन्होंने गौरी की बात को अनसुना करते हुए कहा, "और मेरी शेविंग किट, तेल, साबुन, तौलिया—सब यहां लाकर रख दो।"

"लेकिन जाना कहां है?"

"अब और कहां जाना है?"

"लेकिन यह एकाएक प्रोग्राम कैसे बन गया?"

"बस बन गया। एक बार रिलीव होने के बाद देर करने में तुक ही क्या थी? सक्सेना बोला—जितनी जल्दी पहुंच जाओ अच्छा है। वह चौबे सी.एम. का आदमी है। कुछ जुगाड़ बिठाने लगा तो मुश्किल हो जायेगी।"

"मुश्किल क्यों होगी? आपके पास ऑर्डर है।"

"ऑर्डर से क्या होता है? तुम नहीं समझोगी इन बातों को। यह तो रेस है, रेस। जो जीत जाये वह मीर है। तुम तो चटपट खाना चढ़ाओ। मुझे नौ बजे की बस से निकल जाना है।"

'अगर यह रेस है तो तुम इसमें कितने दिन टिक पाओगे? दो कदम चलकर ही हांफने लगोगे।' उसने कहना चाहा पर नहीं कहा। चुपचाप किचन में चली गयी।

उस रात खाने की मेज पर काफी गहमागहमी रही। बच्चों के उत्साह का अंत नहीं था।

"पापा, वहां तो बड़ा-सा बंगला होगा न।"

"होना तो चाहिए।"

"तो साथ में खुली जगह भी होगी। अच्छा है, मम्मी का बागवानी का

शौक पूरा हो जायेगा।''

''पापा, अपन तो लॉन में एक झूला भी लगवायेंगे।''

''पापा, पूरे में बगीचा नहीं लगवाइएगा। थोड़ी जगह बैडमिंटन कोर्ट के लिए खुली छोड़ दीजिएगा।''

''पापा, अब तो अपने घर में भी फोन होगा न! मैं रोज अपनी सहेलियों से बात किया करूंगी।''

''पापा, हम स्कूल पैदल नहीं जायेंगे, गाड़ी में छोड़ना होगा।''

''पापा, आई वांट ए मोटर बाइक पॉजिटिव्हली। अब हम साइकिल पर न चढ़ेंगे।''

बातें थीं कि खत्म ही नहीं हो रही थीं। बच्चे जैसे सारे अरमान आज ही निकालने को आतुर थे। समय का बंधन न होता तो वे लोग शायद सारी रात वहीं बैठकर सपने बुनते रहते। इस सारे हंगामे के बीच गौरी खामोश बनी रही। कहने लायक कोई बात ही उसके होंठों तक नहीं आयी। अपनी उमंग में बच्चों ने चाहे इसे लक्ष्य न किया हो, पर सदानंद की नजरों से यह बात छूटी नहीं।

वह रसोई में बर्तन समेट रही थी। ठाकुरजी को प्रणाम करने के लिए जब वे भीतर आये तो बोले, ''सुनो, नयी पोस्टिंग पर पहली बार जा रहा हूं। शुभ कामनाएं न दे सको तो न सही, पर ऐसी मनहूस शक्ल बनाकर असगुन तो मत करो।''

और ठाकुरजी को मत्था टेककर वे बाहर निकल गये। अपनी सारी वेदना, हताशा, गौरी पर उड़ेल गये।

वह जैसे एकदम नींद से जागी। ठाकुरजी के पास पड़ी स्टील की डिबिया उठाकर बाहर आयी, बोली, ''सुनो, नयी जगह जा रहे हो। ये बाबा की विभूति लगा लो। उनका ये रक्षाकवच साथ रहेगा तो मुझे चिंता नहीं रहेगी।''

पत्नी का कातर, चिंतातुर स्वर सुनकर सदानंद पहले तो चौंके, फिर उनका चेहरा एकदम खिल उठा। अवसाद के घने बादल एकदम बिला गये। पर श्रद्धा से विभूति माथे पर लगाते हुए बोले, ''यह तुम्हें अच्छा याद आ गया। इस समय तो मुझे उनके आशीर्वाद की खास जरूरत है। देखो न! विभूति लगाते ही सारा तनाव दूर हो गया।''

फिर पत्नी को स्नेहिल चितवन से नहलाते हुए बोले, ''अच्छ चलूं, बच्चों का ख़याल रखना। मैं दो-चार दिन में ही लौट आऊंगा। नथिंग टु वरी।''

और लड़कियों को प्यार से थपथपाते हुए वे रोहित के साथ बाहर निकल गये। लड़कियां देर तक दरवाजे पर खड़ी हाथ हिलाती रहीं।

''गुडलक पापा! बेस्ट ऑफ जर्नी पापा!'' गौरी का मन हुआ रिंकी, पिंकी के स्वर में स्वर मिलाकर वह भी कहे, ''गुडलक! गुडलक!''

पर तभी मिसेज राघवन का आंसुओं से भीगा चेहरा उसकी आंखों में तैर गया और उसके शब्द गले में ही अटक गये।

कोउ न जाननहार

"तुम्हारे जीजाजी नहीं रहे!"

कप में चाय डालते हुए मेरे हाथ अनायास कांप गये। मैंने इनकी ओर प्रश्नार्थक दृष्टि से देखा—अखबार हाथ में लिये ये कुटिल ढंग से मुस्करा रहे थे। उस क्षण वे मुझे बड़े अजनबी-से लगे।

मैंने अखबार उनके हाथ से झपट लिया। पहले ही पृष्ठ पर काले चौखाने में समाचार था...

नगर के प्रसिद्ध कपड़ा व्यवसायी, रोटेरियन श्री सेठ बनवारी लालजी का लंबी बीमारी के बाद बंबई के एक नर्सिंग होम में निधन हो गया।

समाचार तो काफी लंबा था, पर और आगे पढ़ने की इच्छा ही नहीं हुई। अखबार को मेज पर पटककर कसैले स्वर में मैंने कहा—"मेरे जीजाजी को परलोकवासी हुए अठारह बर्ष बीत गये। आपको शायद मैं बता चुकी हूं।"

चौंकने की बारी अब उनकी थी, "सॉरी अनु!" उन्होंने अपराधी स्वर में कहा और किसी तरह चाय समाप्त कर वहां से उठ गये।

उनके चेहरे पर पुते अपराधबोध ने बाद में मुझे धिक्कारना शुरू किया। इतना ताव खाने की क्या जरूरत थी भला! सब-कुछ जानते-बूझते भी उन्होंने आज तक इस विषय में कभी कुछ नहीं कहा था। आज ही पता नहीं कैसे इतनी ओछी बात कह गये।

पर वे तो पराये ही हैं। हम लोग जो दीदी के परम आत्मीय हैं—हम भी तो इस अपराध से बरी नहीं हैं। हम भी तो दल बांधकर दीदी का न्याय करने

बैठ गये थे और उतना बड़ा अन्याय कर डाला था। उसकी टीस अब तक सालती है।

हम सब लोग तब अम्मां की तेरही पर भैया के यहां इकट्ठे हुए थे।

बेचारी अम्मां, मन में यह अरमान लिये ही चली गयीं कि बेटा उन्हें 'बेटी की कमाई' खाने के पाप से उबार ले और अपने साथ लिवा ले जाये। जिस दिन भैया का रिजल्ट आया था उसी दिन उन्होंने ऐलान कर दिया था कि अब वे 'किसी की' धोंस नहीं सहेंगी। अपने कमाऊ पूत के पास जाकर रहेंगी।

पर वह शुभ दिन कभी आया ही नहीं।

सरकार की नयी नीति के मुताबिक **भैया** की पहली पोस्टिंग वज्र देहात में हो गयी थी। ढंग से आने-जाने का साधन भी नहीं था। कॉलेज से नये-नये निकले डॉक्टर दो वर्ष तक देहातों में खट सकते थे। अधिकांश लोगों ने सरकारी नौकरी का मोह त्याग दिया। जो खाते-पीते घर के थे, वह तो अपनी क्लीनिक खोलकर बैठ गये। कुछ पैसा कमाने के लिए खाड़ी के देशों में चले गये।

भैया मन मारकर नौकरी करते रहे। पर जब भी घर आते, अपनी दुर्दशा का बखान कर अम्मां को रुला-रुला देते थे। अम्मां ने लाख कहा—"मुझे साथ ले चल। कम-से-कम खाने-पीने का तो आराम हो जायेगा।"

भैया कानों पर हाथ रख लेते, "तुम्हारी छूत-छात वहां कौन संभालेगा? और फिर रोज तो तुम्हें बीमार होना है।"

"तू डॉक्टर जो साथ होगा।"

"मैं तुम्हें देखूंगा या अपने मरीजों को? और फिर गांव में न ढंग की दवाई मिलती है, न इंजेक्शन मिलते हैं। शहर ले जाना चाहो तो ढंग की सवारी भी नहीं है। ना बाबा, कल को तुम्हें कुछ हो गया तो ये बहनें मुझे नोच खायेंगी।"

अम्मां बेचारी तो बेटे के हाथ से मरने को भी तैयार थीं, पर बेटा दूसरी ही उधेड़बुन में था। लगातार कोशिश करने के बाद उन्हें आखिर पी.जी. में एडमिशन मिल ही गया। फिर से पढ़ाई की बात सुनकर अम्मां को तो काठ मार गया जैसे, पर भैया ने उन्हें समझा दिया कि आजकल एम.बी.बी.एस. की डिग्री को कोई टके सेर भी नहीं पूछता। और फिर इस पढ़ाई में तो वेतन भी मिलेगा।

और अम्मां का मन रखने के लिए भैया स्टाइपैड के रुपये मिलते ही पांच-पचास उन्हें जेब खर्च के लिए थमा देते। अम्मां धन्य हो जातीं। उनका सोया हुआ आत्मसम्मान फिर जाग उठता। वह नहीं जानती थीं कि भैया इसका

दोगुना दीदी से वसूल लेते थे।

एम.डी. करते-करते पता नहीं कब भैया अपने एक प्रोफेसर की नजरों में चढ़ गये। उनके बहनोई को एक ऐसे ही होनहार डॉक्टर की तलाश थी, जो उनका क्लीनिक भी देखे और उनकी इकलौती बेटी का हाथ भी थाम सके। उनके दोनों बेटे विदेशों में जाकर बस गये थे। न उन्हें देश में रुचि थी, न पिता के फलते-फूलते व्यवसाय में।

बस, चट मंगनी पट ब्याह वाली बात हो गयी। हम लोगों को कुछ सोचने का मौका ही नहीं मिला। अम्मां तो इतने अच्छे रिश्ते की बात सुनकर ही गद्‌गद् हो गयी थीं। दोनों कुलों में आज तक न तो ऐसी शानदार शादी हुई थी, न ऐसा जोरदार दहेज आया था। देखने वालों की आंखें फटी-की-फटी रह गयी थीं।

लेकिन शादी के बाद भाभी तो घर में आयी नहीं—हां, भैया जरूर ससुराल चले गये। जाते समय भाभी अपना सारा सामान बटोरकर ले गयीं। एक तिनका भी यहां नहीं छोड़ा। घर फिर वैसे का वैसा निराभरण अकिंचन रह गया। और इस बार तो भैया भी चले गये। उनका नौकरी पर जाना और जबलपुर जाना—दो अलग बातें थीं। वे जब 'ग्राम कुल्था' के लोगों को चिकित्सा सुविधाएं दे रहे थे, तब वे और हम सब छुट्टियों की आशा लगाये रहते थे। अम्मां उनकी पसंद की कोई चीज बनते ही रो पड़ती थीं। पता नहीं कितने पकवान उनके आगमन तक मुल्तवी हो जाते। जाते हुए हर बार एक पूरी डोलची भरकर खाद्य-सामग्री भैया को साथ ले जानी होती थी।

पर अब तो पूरा परिदृश्य ही बदल गया था। भैया अपनी संपन्न ससुराल में हर तरह का वैभव भोग रहे थे। अब तो नौकरी नहीं थी, धंधा था, इसलिए छुट्टी का सवाल ही नहीं उठता था। अब तो चिट्ठी के लिए भी हम लोग तरस जाते थे। तीज-त्योहार पर वे आते तो लगता, घर में एक नहीं, दो-दो मेहमान आ गये हों। भाभी हर बार आते समय ढेर सारी मिठाइयां लातीं, सबके लिए कीमती साड़ियां और तोहफे लातीं, पर हम लोगों के संबंध औपचारिक ही बने रहे। उनमें स्नेह की स्निग्धता आ ही नहीं सकी।

भैया अम्मां के लिए दवाइयों का बक्सा ही ले आते पर अम्मां की दुखी आत्मा बेटे के स्नेहिल स्पर्श के लिए तरसकर रह जाती। दो-चार दिन धूमधाम मचाकर वे लोग चले जाते और घर पहले से अधिक सूना हो जाता।

भैया की शादी के बाद अम्मां ने बड़े-बड़े सपने संजोये थे, पर हाथ कुछ

नहीं आया। हर बार बेटे को विदा करते समय मन मसोसकर रह जातीं वे। बुढ़ापा बेटे की छांव में कट जाता तो अच्छा था। पर समधियाने में जाकर कैसे रहें।

सामने तो कुछ कहने की हिम्मत नहीं पड़ती थी। मौका भी नहीं मिलता था, पर बाद में मुझसे चिट्ठी लिखवातीं कि "बेटे, अब अपना घर-बार बसाओ। ससुराल में चार दिन की पहुनई अच्छी लगती है—तीसों दिन रहने से मान घटता है।" ऐसी तीन-चार चिट्ठियों के बाद एक बार भैया ने मुझे ही डांटकर लिख दिया था—"यह क्या ऊलजलूल लिखा करती हो तुम! जानती नहीं, यहां सब लोग पढ़ते हैं। कम-से-कम मुक्ता तो पढ़ती ही है। और अलग घर बसाना क्या इतना सरल है! हजार-आठ सौ तो किराये के लिए चाहिए। तुम्हारी भाभी को लेकर किसी दड़बे में तो नहीं रह सकता। जरा पैर जमने तो दो मेरे।"

और पैर जमाने के लिए उन्हें 4-5 साल लग गये। इस बीच टिंकू और पिंकी भी आ गये। फिर उन लोगों का आना और भी कम होता चला गया। क्योंकि छोटे-छोटे बच्चों को लेकर इतनी दूर का सफर भाभी के लिए मुश्किल था।

जिन दिनों भैया अपने नये बंगले में शिफ्ट हुए उन्हीं दिनों यह तनु दीदी का कांड हो गया। पूरे एक महीने तक सारा घर परेशान रहा। सबकी भूख-प्यास गायब हो गयी थी। उनकी शादी के बाद ही सबने राहत की सांस ली। छुट्टी के बाद वापस लौटते हुए भैया ने साफ कह दिया—"अम्मां, अब तुम अनु को निबटाकर मेरे पास आना। दीदी तो दिन-भर घर में रहती नहीं। तुम भी न रहोगी तो...और फिर यहां रहकर तुम ठीक से घर-बार भी देख सकोगी। वहां तो मुझे समय नहीं मिलेगा।"

मतलब यह कि वे अम्मां को ले जाने के लिए तैयार थे। पर अनु भी साथ जाये ये गवारा नहीं था।

कुछ तो अम्मां तनु दीदी के कांड से बौखलायी हुई थीं, कुछ उन्हें बेटे के पास जाने की भी उतावली थी, उन्होंने मेरी शादी की ऐसी जल्दी मचायी कि बी.ए. भी नहीं करने दिया। दस-पांच लोगों से कह-सुनकर मेरा ब्याह पक्का कर ही डाला।

विदा वाले दिन मैंने आंखों में आंसू भरकर भाभी से कहा था—"अम्मां को अपने साथ ले जाना भाभी। यहां वह बहुत अकेली पड़ जाएंगी। दीदी से उनकी एक पल को भी नहीं बनती है।"

"ले जाएंगे भई", भाभी ने मेरे गाल थपथपाकर कहा था–"आखिर हमीं तो ले जाएंगे। दूसरा कौन बैठा है।"

उनके स्वर में इकलौती पुत्रवधू होने की बेजारी साफ झलक रही थी।

पर अम्मां का जाना टलता ही रहा। और फिर एक दिन अचानक उन्होंने खाट पकड़ ली। उन्हें लकवा मार गया था। भैया-भाभी दौड़े-दौड़े आये। उन्होंने रुपयों की बरसात करके डॉक्टरों की एक पूरी फौज जुटायी। दिन-भर के लिए नर्स का भी इंतजाम कर दिया और लौट गये। जाते-जाते अम्मां को आश्वस्त कर गये कि "सफर के लायक होते ही मैं तुम्हें ले जाऊंगा।"

पर इतने बड़े आश्वासन के आवजूद भी अम्मां का चेहरा वैसा ही भावहीन बना रहा। न तो वे रोयीं और न मुस्करायीं। इस कड़वे सत्य को जैसे उन्होंने पचा लिया था कि बेटे के घर में उनके लिए स्थान नहीं है। उन दो सालों में मैं तीन-चार बार उनके पास रह आयी थी। उनका निस्सहाय, लाचार व्यक्तित्व देखकर रोना आता था, पर अम्मां एकदम शांत हो गयी थीं। न रोना, न बिसूरना, न शिकायत, न उलाहना, नियति से जैसे उन्होंने समझौता कर लिया था।

बेटे-बहू ने जीते जी तो अम्मां को सुख नहीं दिया, पर उनकी मृत्यु को जरूर संवार दिया। ऐसी शान से अर्थी उठी कि देखने वाले दंग रह गये। पाई-पाई दांत से पकड़ने वाली अम्मां पर सैकड़ों के सिक्के लुटाये गये। पचास किलो तो फूल आये थे, पुरानी-सी शॉल और बची-खुची ऊन के स्वेटर में ठिठुरने वाली अम्मां को कश्मीरी दुशाला उढ़ाकर विदा किया गया था। वहां से लौटने के बाद चंदन की लकड़ी और शुद्ध घी का हिसाब भी किसी ने बताया था। सभी अद्‌भुत था।

उस रात आंसू पोंछते हुए भाभी बोलीं–"बेचारी अम्मांजी अपने जिम्मेदारियों से, अपनी बीमारियों से खुद ही जूझती रहीं। चाहकर भी हमारे पास नहीं आ सकीं। अब कम-से-कम उनका श्राद्ध तो बेटे के घर होने दो। हम लोगों को इतनी सेवा का मौका तो दो।"

नाते-रिश्तेदार सुशीला बहू के वचन सुनकर गद्‌गद्‌ हो गये थे। फिर बहस की गुंजाइश ही नहीं रही। तीसरे के बाद हम सब मय लाव-लश्कर जबलपुर चले आये। तनु दीदी बड़ी दुष्ट हैं। बोलीं–"भाभी का वहां छोटे से घर में, उस पुरातन माहौल में दम घुट रहा होगा, तभी तो यह प्रेम उमड़ा है।"

खैर कुछ भी हो—भैया-भाभी ने अंतिम संस्कारों में दिल खोलकर खर्च किया। कोई कोर-कसर नहीं रहने दी। जिस बंगले ने अम्मां के दीन-हीन व्यक्तित्व को सदा नकारा था, वहां अब उनका एक एनलार्ज्ड चित्र बड़ी प्रतिष्ठा के साथ लगा हुआ था। तेरह दिन तक वहां फोटो के सामने भजन होता रहा। रोज गरुड़-पुराण बांचा गया। अम्मां तो कभी तीर्थयात्रा पर जा नहीं सकीं, पर उनका अस्थिकलश धूमधाम से संगम में विसर्जित हुआ। वे हमेशा अपनी झलगी खटिया पर जीर्ण-शीर्ण बिस्तर में सोती रहीं, पर ब्राह्मणों को सेमल की रुई के गद्दे, तकिये और मखमल की रजाइयां दी गयीं। "एक ठो सनमाइका का पलंग भी बनवा देते", तनु दीदी ने चिढ़कर कहा था। मैंने ही तब बड़ी मुश्किल से उन्हें चुप कराया था।

भाभी हमारे यहां हमेशा मेहमान बनकर ही आती रहीं। एक कप चाय भी बनाकर दे देतीं तो अम्मां जैसे धन्य हो जातीं, पर इस समय पता नहीं उनमें कहां से उत्साह आ गया था, नौकरों की फौज साथ लेकर दौड़-दौड़कर सब व्यवस्था कर रही थीं। गहमा-गहमी ऐसी थी, जैसे कोई शादी का घर हो।

श्राद्ध वाले दिन तो सचमुच उत्सव का-सा वातावरण था। भाभी की मां तो कहती भी जा रही थीं—"अरे, ये तो खुशी का मौका है। बड़े-बूढ़ों की मौत का कोई मातम थोड़े ही मनता है! फिर बहनजी तो अपने सारे फर्ज पूरे करके गयी हैं। सब बाल-बच्चे ठिकाने से लग गये। अब तो भरे दरबार में चले जाना ही अच्छा था। बेचारी, अपने कष्टों से भी मुक्ति पा गयीं। भई, कोई कितनी ही सेवा करे, अपना कष्ट आप ही झेलना पड़ता है।"

उनका यह वेदांत सुन-सुनकर हम लोगों के कान पक गये थे। उस माहौल में अम्मां के लिए आंसू बहाना भी मजाक लगता था।

तेरही वाले दिन सेठजी भी पधारे थे। उन्होंने आयोजन में हाथ भी बंटाया था, पर जिस अपनत्व का वे प्रदर्शन कर रहे थे, उसका दशांश भी उन्हें नहीं मिला। उन्हें देखते ही भैया-भाभी के मुंह फूल गये थे। उनका उखड़ा मूड देखकर नाते-रिश्तेदारों में खुसुर-फुसुर शुरू हो गई थी।

सेठजी शायद वापसी का रिजर्वेशन करवाकर ही आये थे। वे उसी रात विलासपुर एक्सप्रेस से लौट गये। उन्हें छोड़ने कोई स्टेशन तो क्या जाता, भैया दरवाजे पर भी नहीं आये। सिरदर्द का बहाना करके लेटे रहे। भाभी पतिव्रता

भारतीय नारी की तरह उनकी सेवा में लगी रहीं। गपशप के बहाने मैं और तनु दीदी भी उस कमरे में सिमट आये थे।

दीदी ने मंगू को भेजकर साइकिल रिक्शा बुलवाया। उसमें सेठजी को विदा करने के बाद वे दनादन सीढ़ियां चढ़कर आंधी की तरह कमरे में आयीं और बोलीं, "भैया, यह क्या तमाशा है?"

"क्या हुआ दीदी?"

"यहां हर ऐरे-गैरे आदमी के लिए गाड़ियां दौड़ रही हैं और सेठजी को रिक्शे पर जाना पड़ा। तुम्हारी तबीयत ठीक नहीं थी, तुम स्टेशन नहीं जा सकते थे, न सही, पर भेजने का प्रबंध तो कर सकते थे। वे गाड़ियों के मोहताज नहीं हैं। उनके दरवाजे पर दो-दो इंपाला खड़ी हैं। पर तुम्हारा भी तो कुछ फर्ज बनता था। कुछ अपनी, कुछ उनकी इज्जत का तो खयाल किया होता।"

"दीदी, जो शख्स बिना बुलाये किसी के यहां पहुंच जाता है, उसे इज्जत की अपेक्षा नहीं रखनी चाहिए।"

"कोई तुम्हारे लड़के की शादी नहीं थी कि उन्हें बुलावे की जरूरत होती। वे तुम्हारा ऐश्वर्य देखने नहीं, अम्मां के प्रति अपनी श्रद्धा व्यक्त करने आये थे। इस घर से उनके कुछ संबंध हैं। यह तो उनका बड़प्पन है कि इतनी दूर आकर उन्होंने इसे निभाया।"

"इस घर से उनके जैसे संबंध हैं, सब जानते हैं।"

यह तो अच्छा हुआ कि भाभी समझदारी से उठकर चली गयीं, नहीं तो उनके सामने यह चर्चा बड़ी अटपटी लग रही थी। उनके जाते ही भैया ने भी जैसे राहत महसूस की। बोले—"दीदी, वैसे कहना तो नहीं चाहिए, आज तक कभी कहा भी नहीं। पर अब यह सब अच्छा नहीं लगता। उसे तो सबको देख-देखकर आदत-सी पड़ गयी है। अब तो बोलने वाले भी थककर चुप हो गये हैं, पर उनका यहां आना जरा अच्छा नहीं लगा। मैंने जान-बूझकर उन्हें कार्ड नहीं भेजा था, फिर भी वे चले आये। मेरे ससुराल वालों का तो खयाल किया होता। मैं तो शर्म से जमीन में गड़ा जा रहा हूं।"

दीदी हतबुद्धि होकर छोटे भाई का प्रवचन सुन रही थीं। हर शब्द के साथ उनके चेहरे की रेखाएं तनती जा रही थीं। भैया के चुप होते ही कसैले स्वर में बोलीं—"कपिल, पहली बार ससुराल किसकी कार में बैठकर गये थे, याद है? नयी बहू को पहली बार किसके गेस्ट हाउस में ठहराया था, यह तो याद

होगा! तब तुम्हें शर्म क्यों नहीं आयी? इतने ही शर्मदार थे तो पी.एम.टी. की परीक्षा में बार-बार क्यों बैठते रहे? कहीं क्लर्क क्यों नहीं बन गये? डॉक्टरी पढ़ना क्या ऐसा जरूरी था? और लगी-लगाई नौकरी छोड़कर दोबारा कॉलेज ज्वाइन करते हुए भी तुम्हें शर्म नहीं आयी थी? अब किस बात पर आ रही है?''

''मेरी मजबूरी को समझने की कोशिश करो दीदी। अब तक मैंने कभी कुछ कहा है?''

''नहीं कहा है तो कोई एहसान नहीं किया भैया। सब-कुछ देख-सुनकर भी तुम और तुम्हारी अम्मां आंखों पर पट्टी क्यों बांधे रहीं? तुम्हें हर कीमत पर डॉक्टर बनना था। लड़कियों को अच्छे घरों में ब्याहना था, इसके लिए पैसा कहां से आयेगा, कैसे आयेगा, इसकी तुम लोगों को कोई चिंता नहीं थी। आज तुम्हारे सब काम पूरे हो गये हैं, तुमने अपने पैर जमा लिये हैं। बहनों से भी फारिग हो चुके हो और अब तो अम्मां को भी फूंक आये हो। अब आराम से बैठकर बड़ी बहन को ऊंच-नीच समझा सकते हो। उस पर शर्म कर सकते हो, जिसने तुम्हारे लिए अपना सर्वस्व त्याग दिया।''

भैया का चेहरा इतना-सा निकल आया। तनु को शायद दया आ गयी। बोली—''भैया को गलत मत समझो दीदी। उन्हें, हमें, सबको आप पर नाज है। आपके त्याग और तपस्या को तो हम कभी भुला ही नहीं सकते। पर अपने ससुराल वालों का तो खयाल करना पड़ता है न। उनके मुंह तो हम बंद नहीं कर सकते।''

''अरे वाह, सूप बोला तो बोला, अब छलनी भी बोलने लगी। क्या कहते हैं तुम्हारे ससुराल वाले? तुम्हारे मुछंदर ससुर ने जब तीस हजार के लिए मुंह फाड़ा था, तब नहीं सोचा कि ये बिना बाप के बच्चे हैं? इतना पैसा कहां से देंगे? और तुम्हारा यह गोबर-गणेश सतीश। प्रेम करते समय तो होश नहीं था, शादी की बात उठते ही लल्लूजी मां के आंचल तले छुप गये। बाप के आज्ञाकारी पुत्र बन गये। तनु, याद रखो कि यदि उस समय मैंने भी हाथ खींच लिया होता तो तुम्हारी मुनमुन आज किसी अनाथालय में होती। या क्या पता, उसे पैदा ही नहीं होने दिया जाता। तुम्हारी अम्मां ने अपने बच्चे पालने के लिए मेरे अजन्मे बच्चे को मरवा डाला था। पर मैंने ऐसा नहीं होने दिया। तुम्हारी अम्मां ने...''

''ये बार-बार तुम्हारी अम्मां क्यों कह रही हो दीदी? क्या वह तुम्हारी मां

नहीं थीं?''

''नहीं, मेरी मां तो बाबूजी के साथ विदा हो गयी। अब जो घर में थी, वह तुम्हारी मां थी। एक स्वार्थी, झगड़ालू, मुंहफट, खूसट बुढ़िया थी, जिसने मेरा जीवन नर्क बना दिया था। तुमने तो उसका श्राद्ध आज किया है। मैं तो उसका तर्पण बरसों पहले कर चुकी हूं।''

अम्मां के भव्य श्राद्ध का यह कैसा समापन था?

शादी के चार साल बाद भी अपने परिवेश से जुड़े रहने की पता नहीं मेरी कैसी जिद थी कि अपने शहर का एक अखबार मैं जरूर मंगाती थी। अम्मां की मृत्यु के बाद घर छूट गया था पर शहर से अब भी मोह था। परिचित गली-मोहल्लों के नाम, लोगों के नाम मुझे बरबस अतीत में खींच ले जाते। घर में और किसी को उस पेपर से लगाव नहीं था। हर महीने बिल आने पर इस विषय पर एक परिचर्चा हो जाती थी। पर फिर भी ये मेरा इतना-सा अनुरोध रखे हुए थे।

और वही अखबार आज सुबह-सुबह मेरी शांत गृहस्थी में लहरें उठा गया।

सारा दिन ये अनमने बने रहे। दोपहर को काम का बहाना बनाकर लंच पर भी नहीं आये। शाम के नाश्ते के बाद तुरंत कपड़े पहनते हुए बोले—''जरा सिटी तक जा रहा हूं। बुआजी के यहां भी होता आऊंगा। नाश्ता बहुत हैवी हो गया है। खाने पर इंतजार मत करना।''

मैं कहना चाह रही थी कि आप क्यों घर से भागे-भागे फिर रहे हैं? आपने क्या किया है? क्या मैंने आपसे कुछ कहा है?

पर ऐसी बातें कहने-सुनने का भी एक समय होता है। मैंने भी इस संधि-प्रस्ताव को रात तक के लिए मुल्तवी कर दिया।

पर जैसे ही इन्होंने स्कूटर बाहर निकाला और उस पर बड़ी अदा के साथ सवार हुए, मेरा मन फिर फुफकार उठा। अपनी शादी की वह शर्मनाक घटना याद आ गयी।

मेहमानों से खचाखच भरा सजा-संवरा शामियाना बारात की आतुरता से प्रतीक्षा कर रहा था। पर नौ बजे के बाद भी उन लोगों का कोई अता-पता नहीं था, आतुरता धीरे-धीरे आशंका में बदलने लगी क्योंकि जनवासे से जो भी लौटता यही कहता कि वहां तो आराम से पसरे हुए हैं। बारात चढ़ने के कोई लक्षण

नजर नहीं आ रहे।

आखिर साढ़े नौ बजे संदेश मिला कि पहले स्कूटर की बात हो जाये, तभी जयमाल होगी। हम सब तो स्तब्ध रह गये। रिश्ता तय करते समय ऐसी कोई बात नहीं हुई थी, पर इस तर्क पर कोई कान ही नहीं दे रहा था। बाराती तो क्या, घराती भी यह कह रहे थे कि इंजीनियर दूल्हे को स्कूटर तो मिलना ही चाहिए। इसमें पहले से तय क्या करना है! इतनी समझ तो सबको होती है। खासकर तब, जबकि वे लोग 'हार्ड कैश' भी नहीं ले रहे हैं।

मेरी मौसी, चाची, बुआ वगैरह सब फुसफुसा रही थीं कि इतनी ऊंची छलांग लगाने की क्या जरूरत थी? घर-वर तो अपनी हैसियत से ही देखना चाहिए।

इस मौके पर अम्मां ने वही किया, जिसकी उनसे अपेक्षा थी। वे दहाड़ मारकर रो पड़ीं—"हाय, आज बिटिया के बाप जिंदा होते तो यह फजीहत क्यों होती!"

भैया एकदम चिढ़ गये, बोले—"अम्मां, ये ताने किसे दे रही हो तुम! क्या कसर छोड़ी है हमने? तुमने तो बहू को मंगलसूत्र के अलावा एक छल्ला भी नहीं पहनाया। पर उसने अपना पांच-पांच तोला सोना दोनों लड़कियों को दिया है। फ्रिज समेत सारा सामान दे रहे हैं। दस-बीस हजार ऊपर से लगा रहे हैं। और क्या करें? रुपये क्या मेरे यहां पेड़ों पर फलते हैं? हां, पहले से पता होता तो कुछ इंतजाम भी कर लेते। पर वे तो अड़ गये हैं। या तो स्कूटर दो या पैसे—अभी, इसी वक्त।"

मुझे भी ताव आ गया। सारी लाज-शरम छोड़कर मैंने कहा—"भैया, लौटा दो बारात। ऐसे लालचियों के यहां मुझे शादी नहीं करनी है। तुम उनकी फरमाइशें कहां तक पूरी करोगे? मैं कुंआरी रह लूंगी। पढ़ी-लिखी हूं—नौकरी करके पेट भर लूंगी।"

अपने ओजस्वी भाषण पर मैं स्वयं ही मुग्ध हुई जा रही थी कि दीदी की कड़कदार आवाज सुनाई दी—"तुम लोग अब चुप भी रहोगे या तमाशा ही किये जाओगे?" और फिर अपने सदा के संयत धीमे स्वर में बोलीं—"शांत हो जाओ, सब व्यवस्था हो गयी है।"

व्यवस्था क्या हुई है, यह तो मैं उस समय नहीं जान सकी, पर व्यवस्था किसने की है, यह अंदाजा मुझे था, इसीलिए मैं निश्चिंत हो गयी थी। हम लोगों का एक ही आधार स्तंभ था—सेठजी। हर प्रकार के संकट में उनका ही सहारा

था। उस दिन भी उन्होंने ही हमारी प्रतिष्ठा बचायी थी। उतनी रात को एक दोस्त का शो-रूम खुलवाकर वे नयी गाड़ी उठा लाये थे और वर पक्ष के मुंह पर दे मारी थी।

सेठजी का सौम्य, शांत, सुदर्शन, वैभव और विद्वता से दमकता व्यक्तित्व याद आते ही मन कैसा हो उठा।

"हाय, ये सेठजी हैं?" भाभी ने जब पहली बार उन्हें देखा था तो चिहुंक उठी थीं–"मैं तो समझी कि कोई पग्गड़धारी, मुच्छड़, बड़ी तोंद वाले आसामी होंगे। ये तो वकील या प्रोफेसर लगते हैं। किसी कोने से सेठ नजर नहीं आते।"

हम लोगों को भी तब पहली बार अहसास हुआ कि उनका व्यक्तित्व नाम के जरा भी अनुरूप नहीं है। पैतृक व्यवसाय सम्हाले हुए थे, इसीलिए वे सेठजी थे। वैसे एम.ए. इंगलिश की डिग्री उनके पास थी। यही नहीं, वे कलामर्मज्ञ और संगीतप्रेमी भी थे। उनके पास दुर्लभ रेकॉर्ड्स का संकलन था और उनकी लाइब्रेरी चर्चा का विषय थी।

उनकी गृहस्थी अनमेल विवाह का एक उत्कृष्ट उदाहरण थी। पत्नी साधारण रूप-रंग वाली स्कूली शिक्षा प्राप्त गृहिणी थीं, पर वह अपने साथ अपार संपत्ति लायी थीं। परिवार की डगमगाती नाव को उन्होंने ही सहारा दिया था। साथ में एक-एक करके चार कुलदीपक भी दिए थे, इसीलिए बड़ी ठसक से रहती थीं। बड़ी सेठानीजी अकसर मंदिर आते-जाते अम्मां के पास थोड़ी देर बैठ लेती थीं। तब वे बहू के उद्दंड स्वभाव की, बेटे की अपार सहनशीलता की गाथा सुनाकर मन हलका कर लेती थीं।

घर के इसी वातावरण ने सेठजी को गंभीर बना दिया था। बहुत छोटी उम्र में परिवार का, व्यवसाय का बोझ कंधे पर आ पड़ा था, इसीलिए वे असमय प्रौढ़ भी हो गये थे। वैसे उम्र उनकी बहुत ज्यादा नहीं थी। उनका बड़ा बेटा मुश्किल से मेरे बराबर रहा होगा, पर नियति के थपेड़ों ने उन्हें बौना नहीं किया था, बल्कि उनके व्यक्तित्व को एक गरिमा प्रदान की थी।

मैं तो उन्हें बचपन से देखती आ रही थी। हमारे तो मकान मालिक ही थे। पर जब भी देखा, मन में एक श्रद्धा ही उपजी थी।

उनकी सदाशयता के विषय में बहुत कुछ सुन रखा था, पर उसे जानने का अवसर दीदी की शादी में ही मिला। निमंत्रण-पत्र छपकर आते ही बाबूजी

सबसे पहले कोठी पर ही गये थे। इतना अच्छा दामाद पाने के लिए बधाई देते हुए सेठजी ने कहा—"पंडितजी, मेरे लायक जो भी सेवा हो, अवश्य बतलाइएगा। संकोच करने की जरूरत नहीं है। आप बड़े जरूर हैं, पर लड़की की शादी का अभी आपको अनुभव नहीं है। मैं पांच-पांच बहनों को ब्याह चुका हूं। बारातियों का ऊंट किस करवट बैठेगा, इसे भगवान भी नहीं जानते।"

सिर्फ कहकर ही वे चुप नहीं हुए, जनवासे के लिए उन्होंने अपना गेस्ट हाउस खोल दिया। खुद अपनी देखरेख में उसकी साफ-सफाई करवायी। तब से तो जैसे परंपरा-सी बन गयी। किरायेदारों के यहां जब भी शादी-ब्याह होता, गेस्ट हाउस बारात के लिए रिजर्व हो जाता। भैया की शादी में तो दुल्हन को भी वहीं ठहराया गया था। हम लोगों का घर छोटा था और मेहमानों से ठसाठस भरा हुआ था, इसलिए परछन के बाद भाभी को सीधे वहीं ले गये थे। सुबह नहा-धोकर वे दोनों आ जाते, रात को वापस लौट जाते। तीन-चार दिन तक, जब तक भाभी रहीं, यही क्रम चलता रहा।

दीदी के ससुराल वाले तो जनवासे की चमक-दमक देखकर ही दंग रह गये थे। तिस पर उनकी सेवा के लिए गाड़ी भी थी। ढेर-के-ढेर लोग बटोर लाये थे, पर उनसे ढूंढकर भी कहीं कोई नुक्स निकालते न बना।

भाग्य की बात...इतने धूमधाम से ब्याही गयीं दीदी, ससुराल में साल-भर भी नहीं रह पायीं। दो दिन की नामालूम-सी बीमारी में जीजाजी अचानक चल बसे और सूनी मांग लिये दीदी पुराने घर में लौट आयीं। साथ में था दो महीने का गर्भस्थ शिशु और ससुराल की ढेर सारी लांछनाएं।

हम लोगों पर तो जैसे पहाड़ टूट पड़ा। अम्मां रो-रोकर पागल हो गयीं और बाबूजी एकदम टूट से गये। कितने चाव से उन्होंने अपनी लाडली बिटिया का ब्याह किया था। अपनी हैसियत से कुछ ज्यादा ही खर्च कर गये थे। उस कर्ज से अभी उबर भी न पाये थे कि यह वज्रपात हो गया। दुख तो अपनी जगह था ही, बेटी का पूरा जीवन एक प्रश्नचिह्न बनकर उनके सामने खड़ा हो गया।

शादी में जितने आये थे, उससे कुछ ज्यादा ही रिश्तेदार इस बार इकट्ठे हो गये थे।

सबके मन में एक प्रश्न था। अब मनु का क्या होगा? इसी समस्या को सुलझाने के लिए परिजनों की एक पंचायत-सी जुड़ी। यह तो सबने एकमत

से स्वीकार कर लिया कि मनु की दूसरी शादी करनी है। अभी बेचारी की उम्र ही क्या है। जाति में न मिला तो अंतर्जातीय वर खोज लेंगे। आजकल तो ये आम बात हो गयी है।

समस्या अगर थी तो बच्चे की। विधवा विवाह तो अब प्रचलित हो गये हैं, पर समाज अभी इतना प्रबुद्ध नहीं हुआ कि उसकी संतान को भी स्वीकार कर ले।

फिर इस अनचाहे बच्चे की जिम्मेदारी कौन लेगा? ससुराल वाले तो बात नहीं पूछेंगे। यहां जो हैं, वे ही बड़ी मुश्किल से पल रहे हैं। तब?

तब इस अजन्मे मेहमान से मुक्ति पाना ही श्रेयस्कर होगा।

इस आकस्मिक आघात के बाद दीदी एकदम पत्थर हो गयी थीं। अम्मां दिन-रात रोया करतीं, पर दीदी की आंख से एक आंसू नहीं टपकता। वे चुपचाप एक कोने में बैठी शून्य में ताकती रहतीं। उनके गर्भ में पलने वाला वह जीव उन्हें बेहद परेशान किये हुए था। एक बूंद पानी भी पीने नहीं दे रहा था, पर वही शायद उनका सबसे बड़ा संबल था, उसकी आहट के सहारे ही वह इतना बड़ा दुख चुपचाप झेल गयी थीं, अपने इसी लाडले के निर्वासन की भनक कान में पड़ते ही वे चीत्कार कर उठीं। उन्होंने अम्मां-बाबूजी के पैर पकड़ लिये। वे जिस तरह अपने अजन्मे शिशु के जीवनदान के लिए रो रही थीं, गिड़गिड़ा रही थीं, उसे देख-सुनकर सबके दिल दहल गये।

बड़ी मुश्किल से उन्हें चुप कराया जा सका। फिर मामा, मामी, मौसी, बुआ, चाचा, ताऊ, सभी उन्हें घेरकर बैठ गये और एक-एक कर समझाने लगे, "देखो मनु, यह समय भावनाओं में बहने का नहीं है, जाने वाला तो चला गया, पर तुम्हारा अपना पूरा जीवन तुम्हारे सामने है। आज जिसे तुम अपनी जिंदगी का सहारा समझ रही हो, कल वो वही तुम्हारे पैरों की बेड़ी बन जायेगा। और यह तो सोचो कि उसे लेकर रहोगी कहां? ससुराल वाले तो नाता तोड़ ही चुके हैं। अम्मां-बाबूजी क्या जिंदगी-भर बने रहेंगे! उसके बाद क्या भाई की गृहस्थी में फालतू सामान की तरह पड़ी रहोगी? तुम रहना भी चाहो तो क्या कोई चैन से रहने देगा? भाई तुम्हारा अपना है, पर भाभी तो पराये घर से आयेगी। वह तुम्हें झेल लेगी? अगर बच्चा तुम्हारी गोद में आ ही जाता तो उसे छीनने का किसी को हक नहीं था। पर अब यही समझ लो कि भगवान ने हमें एक मौका

दिया है। हो सकता है, कल को कोई समझदार लड़का तुम्हारा हाथ थामना चाहे, उस समय यह मोह, यह जिद तुम्हें बहुत महंगी पड़ेगी। निर्णय खुद ही लेना है, पर जल्दी। तुम्हारी अपनी जिंदगी है, जैसी चाहो मोड़ लो। हम सब तो केवल सलाह दे सकते हैं—बस!''

पता नहीं मन पर कितना बड़ा पत्थर रखकर दीदी ने सबकी मर्जी के सामने घुटने टेक दिये। होनी की भयावहता का शायद उन्हें पहली बार अहसास हुआ था।

अस्पताल से जब लौटीं तो दीदी तन से ही नहीं, मन से भी रीत गयी थीं। चलती-फिरती प्रेत हों जैसे। घर-भर में मैं ही सबसे छोटी थी और उनकी लाडली भी। दुख की घड़ियों में वे मुझसे ही कुछ बोल-बतिया लेती थीं। मेरे कहने से दो-चार दाने मुंह में डाल लेती थीं। पर इस हादसे के बाद तो वे मुझसे भी कट गयीं। उदासी की एक मोटी-सी चादर में उन्होंने जैसे अपने आपको कैद कर लिया। वे तो अपने दुख में घुल ही रही थीं। अम्मां-बाबूजी भी उन्हें देख-देखकर छीजने लगे।

जाहिर था कि यह स्थिति अधिक दिन तक चल नहीं सकती थी। दीदी के खालीपन को किसी तरह भरना ही था, इसलिए नौकरी के लिए दौड़-धूप शुरू हो गयी । बी.ए. पास थीं, काम तो कहीं-न-कहीं लग ही जाता पर सबने सुझाया कि जब करनी ही है तो जीजाजी के ऑफिस में क्यों नहीं? वहां चयन में प्राथमिकता तो मिलेगी ही। नौकरी भी पक्की हो जायेगी।

इसके साथ ही जीजाजी के इंश्योरेंस, प्रोविडेंट फंड और पेंशन आदि की कार्रवाई शुरू हो गयी। ये सारे काम बहुत जानलेवा थे। भैया अभी छोटे थे और बाबूजी तो एकदम पस्त हो चुके थे। सारी भागदौड़ का जिम्मा सेठजी ने अपने ऊपर ले लिया। उनके दो-चार वकील लगे ही रहते थे। वे इस समय बड़े काम आये। बाबूजी दफ्तर-दफ्तर भटकने की जहमत से बच गये। बीमे की पॉलिसी पर जीजाजी की मां का नॉमिनेशन था। उसे बदलने का बेचारों को मौका ही नहीं मिला था। उसके लिए भी कोर्ट-कचहरी करनी थी। इन सबके लिए बाबूजी के पास न रुपया था, न हिम्मत।

सेठजी उस समय देवदूत-से लगे थे तो कोई आश्चर्य नहीं था।

नौकरी के साथ दीदी के जीवन का एक अनचीन्हा, अनसोचा और अनचाहा

पर्व प्रारंभ हुआ। उस दिन से ही घर में ऐसी गहमागहमी थी, जैसे कोई बच्चा पहली बार स्कूल जा रहा हो। अरसे बाद घर में कड़ाही चढ़ी थी और अम्मां ने देशी घी में पूड़ियां उतारी थीं। बाबूजी नया लंच बॉक्स ले आये थे। रंगीन फोल्डिंग छाता पड़ोस की चाची दे गयी थीं। तनु ने दीदी का बड़ा-सा जूड़ा बना दिया था। अम्मां ने बाम्बे डाइंग की एक प्यारी-सी साड़ी पहनने के लिए निकाल दी थी। सामने वाली शुक्लाइन आकर कह गयी थीं—''मनु, काली ही सही, बिंदी जरूर लगा लेना। बेकार किसी की सहानुभूति बटोरने की जरूरत नहीं है। और फिर हर सामने वाला व्यक्ति दूध का धुला नहीं होता। ऐसे में बिंदी रक्षा-कवच का काम करती है।''

दीदी बिना किसी प्रतिवाद के सबकी सुन रही थीं, सबके मन की कर रही थीं। वे इन दिनों यंत्रचालित गुड़िया-सी बन गयी थीं, जहां साथ चलने को कहा जाता, चल देतीं, जिस कागज पर हस्ताक्षर करवाये जाते, कर देतीं। जो दिया जाता, पहन लेतीं। जो सामने आ जाता, खा लेतीं। उनकी अपनी कोई इच्छा-अनिच्छा, पसंद-नापसंद नहीं रह गयी थी।

उनके जीवन का यह महाशून्य नौकरी की आपाधापी में शायद थोड़ा भर जायेगा, यही सोचकर सबने इस नौकरी के लिए पहल की थी।

बाबूजी वातावरण को सहज बनाने का बार-बार प्रयास कर रहे थे। अम्मां से कह रहे थे, ''अरे, आजकल लड़कियों की नौकरी कोई अजूबा नहीं रह गयी है। पहले तो दफ्तरों में इक्का-दुक्का औरतें नजर आती थीं। अब तो आधी से ज्यादा मेजें इन्हीं लोगों ने घेर रखी हैं। जमाना ही ऐसा आ गया है। एक की कमाई में गुजारा कहां होता है? वर्माजी ने तो इसीलिए अपनी बेबी को बैंक में लगवा दिया है। कहते हैं कि लड़के वाले लड़की बाद में देखते हैं, पहले नौकरी की पूछते हैं। सभी को जरूरत होती है, ऐसा भी नहीं है। कुछ तो शौक के लिए भी कर लेती हैं। तभी तो लड़के मारे-मारे फिरते हैं, लेकिन लड़कियां भी क्या करें। इतना पढ़ा-लिखा है, उसका कुछ उपयोग तो हो!''

बाबूजी का प्रवचन अम्मां के लिए कम, दीदी के लिए ज्यादा था, ताकि वे जान लें कि उनके जीवन में कुछ असामान्य नहीं घट रहा है। वे तो बस प्रवाह की एक लहर बनने जा रही हैं।

ठीक दस बजे बाबूजी ने भैया को रिक्शा लेने भेजा। हंसकर बोले, ''पहले दिन तो रईसी झाड़ लें। फिर तो रोज बस में जाना ही है।''

उनका यह परिहास भी इतना करुण था कि मुझे तो रुलाई छूट गयी। पर दीदी चप्पल पहने दरवाजे के पास मूर्तिवत खड़ी रह गयीं। रिक्शा आते ही जैसे वे चलने को हुईं तो बाबूजी ने कहा, "बेटे, पहले दिन काम पर जा रही हो। ठाकुरजी के हाथ तो जोड़ लो।"

और हम सबको चकित करती दीदी एकदम तनकर खड़ी हो गयीं और नागिन की तरह फुफकारकर बोलीं—"किस खुशी में?"

जल्दी में बाबूजी को कोई उत्तर ही न देते बना।

"उस परमपिता परमात्मा से जाकर क्या कहूं? यही कि हे प्रभो, तू बहुत दयालु है। तेरी असीम अनुकंपा से श्री आलोक कुमार की कुर्सी खाली हो गयी है और सौभाग्य से मुझे मिल गयी है—यही न कि और कुछ भी करना पड़ेगा।"

बहुत देर बाद बाबूजी का बोल फूटा। मरी-सी आवाज में बोले, "देखो बिटिया! तुम्हारा मन न हो तो न सही। नौकरी करना कोई ऐसा जरूरी नहीं है। हम लोगों ने तो यही सोचा था कि तुम्हारा दिल लग जायेगा।"

"दिल लगे या न लगे, बाबूजी, मुझे नौकरी तो करनी ही है। कब तक आप पर बोझ बनी रहूंगी, पर मेहरबानी करके भगवान का धन्यवाद करने के लिए तो मत कहिए।"

और वे चप्पल फटकारती हुई रिक्शे पर जाकर बैठ गयीं।

हम सब स्तब्ध थे। पिछले दिनों दीदी इतनी चुप-चुप थीं कि हम उनकी आवाज ही भूल गये थे। आज उन्होंने अपना सारा संचित आक्रोश हम सब पर उंडेल दिया था।

सुबह से बाबूजी ने बड़ी मुश्किल से हिम्मत जुटायी थी। दीदी की बातें सुनकर उनका मुंह सूख गया। किसी तरह अपने को ठेलकर वे बाहर ले गये और सिर नीचा करके दीदी की बगल में जाकर बैठ गये।

दीदी को दफ्तर पहुंचाकर वे एक बजे घर लौटे थे। मई की तपती दोपहरी में पैदल चलकर आये थे, जैसे अपने-आपको सजा दे रहे हों, धूप और थकान से बेहाल, पसीने से लथपथ वे आते ही निढाल होकर पड़ गये। शाम तक तो डॉक्टर बुलाने की नौबत आ गयी।

डॉ. मेहरा ने बताया कि धूप लग गयी है। पर हम सब जानते थे कि धूप नहीं, उन्हें दीदी की बात लग गयी है। इतने दिनों तक बड़ी मुश्किल से अपने पर काबू किये हुए थे वे। एक झटके में ही बिखर गये। इस घटना के

बाद दो महीने वे जीवित रहे, पर ऐसे कि जैसे बेहोशी में जी रहे हों। उनके जीवन का रस ही जैसे किसी ने निचोड़ लिया हो। और जिस दुख को वे इतने दिन तक मन-ही-मन पीते रहे, वही एक दिन उन्हें निगल गया।

छह महीने के भीतर हम पर यह दूसरा वज्रपात था। संकट और परीक्षा की इन घड़ियों में दीदी अगर हमारे साथ नहीं होतीं, तो पता नहीं हमारा क्या बनता! यह बात तो बहुत छोटी-सी है कि उन्हीं के दम से हमारे यहां दोनों वक्त का चूल्हा जल रहा था। सबसे महत्त्वपूर्ण तो यह था कि उन्होंने एक पल के लिए भी हमें यह महसूस नहीं होने दिया कि हम अब अनाथ हो गये हैं। वे फिर से पहले वाली स्नेहमयी दीदी बन गयी थीं। पहले वे हमें अपनी ओट में छिपाकर अम्मां-बाबूजी के रोष से बचा लेती थीं, अब विधाता के कोप से हमारी रक्षा कर रही थीं। पहले अपने जेब खर्च से हमारी छोटी-मोटी फरमाइशें पूरी कर दिया करती थीं। अब जिंदगी की अहम् जरूरतों को पूरा कर रही थीं। अब फिर से उनसे अपने सुख-दुख की बात की जा सकती थी। उनकी गोद में सिर छिपाकर निस्संकोच रोया जा सकता था।

बाबूजी की प्राइवेट नौकरी थी। पेंशन का वहां कोई प्रावधान नहीं था, फिर भी उन्होंने भैया की नौकरी के लिए पेशकश की थी। भैया तो एकदम रुआंसे हो गये थे। बचपन से ही वे डॉक्टर बनने का सपना पाले हुए थे। बाबूजी की भी यही तमन्ना थी। अब उन्नीस वर्ष की कच्ची उम्र में बाबूगीरी में चिपकने की कल्पना उनके लिए असहनीय थी। बेचारे एकदम गुमसुम से हो गये।

पर उन्हें अपने अरमानों का गला नहीं घोंटना पड़ा। दीदी ने आगे बढ़कर नौकरी का वह प्रस्ताव ठुकरा दिया—"बाबूजी नहीं रहे तो क्या हुआ, मैं तो हूं। मैं अपने भाई को डॉक्टर बनाऊंगी।"

मुसीबत अगर थी तो अम्मां को लेकर थी। पता नहीं कैसी हो गयी थीं कि उन्हें समझना और समझाना मुश्किल हो गया था। उनका दुख स्वाभाविक था। पर उसे व्यक्त करने का ढंग बड़ा अशोभनीय, लज्जास्पद था। जीजाजी की मृत्यु के बाद उनका लगातार रोना देखकर हम लोग परेशान हो गये थे। पर बाबूजी की मृत्यु पर तो उनका शोक अनर्गल प्रलाप में बदल गया था। अपने सारे सुसंस्कार ताक कर रखकर वे दिन-रात दीदी को कोसती रहतीं कि "खसम को खाकर मरने यहां आ गयी और बाप को भी खा गयी। दोनों घर उजाड़कर

अब महारानी चैन से बैठी हैं।''

हम लोग सुनते और कांप-कांप जाते। इस तरह की भाषा पहले कभी सुनी भी नहीं थी। अपनी स्नेहशीला जननी का यह रूप हमारे लिए सर्वथा नया था। क्या ये वही अम्मां हैं, जिन्होंने दीदी की शादी के दो महीने पहले से ही रोना-कलपना शुरू कर दिया था! शादी का काम करते या उसकी बात भी करते-करते उनके आंसू निकल आते थे। विदा के दिन तो वे एकदम बेहोश हो गयी थीं।

दीदी जब अपने दुर्भाग्य का लेख लेकर ससुराल से लौटीं तो अम्मां ने उन्हें ऐसे सहेज लिया था जैसे वह नन्ही बच्ची हों, अपनी ममता का ऐसा मजबूत घेरा उनके चारों ओर बना दिया था कि संवेदना प्रकट करने वाले भी दीदी तक पहुंच नहीं पाते थे।

वे ही अम्मां अब कैसी हो गयी थीं। उनके स्नेह का स्रोत किसने सोख लिया था।

और उस दिन तो हद ही हो गयी।

मैं बैठक वाले कमरे में बैठकर पढ़ रही थी कि पड़ोस की चाची ने आवाज दी—''अनु जरा सुनना!''

दरवाजा खोलकर देखा, लकदक साड़ी पहने, मेहंदी-महावर लगाये सजी-संवरी चाची कहीं जाने को तैयार खड़ी थीं।

''ये चाबी रख ले अनु। पप्पू-मुन्ना स्कूल से लौटें तो दे देना।''

वे जाने को मुड़ी थीं कि अम्मां बाहर निकल आयीं, ''इतनी धूप में कहां जा रही हो दुलहिन?''

चाची एकदम सकपका गयीं। अम्मां का और उनका पिछले पंद्रह-बीस वर्षों का साथ था। बुलावे में, मंदिर में, बाजार में—हर कहीं दोनों साथ ही जाती थीं। इसीलिए चाची बेचारी बाहर ही चाबी देकर खिसक रही थीं कि अम्मां ने रोक ही लिया, ''इतनी धूप में कहां चल दीं?''

चाची सकुचाकर बोलीं, ''परले मोहल्ले वाली शुक्लाइन ने सुहागिनें न्यौती हैं। कब से जाना था, पर काम निपटाते यह टेम हो गया। चलूंगी अब। अनु, चाबी का खयाल रखना बिटिया।''

और चाची जैसे जान छुड़ाकर भागीं। अम्मां दरवाजे में देर तक खड़ी उन्हें जाते देखती रहीं। बाबूजी की मृत्यु के बाद से अम्मां ने घर के बाहर पैर नहीं

दिया था, पर पास-पड़ेस की खोज-खबर रखने की आदत वे नहीं छोड़ पायी थीं।

चाची जब तक दिखाई देती रहीं अम्मां उन्हें देखती रहीं। उनके गली में ओझल होते ही वे पछाड़ खाकर जमीन पर गिर पड़ीं और भूमि पर लोट-लोटकर रोने लगीं।

मैं तो एकदम घबरा गयी। तनु दीदी भी भीतर से दौड़कर आ गयीं, "क्या हुआ अम्मां?" हम दोनों पूछती रह गयीं, पर न उन्होंने कोई उत्तर दिया और न ही उनकी रुलाई का वेग कम हुआ।

शाम पांच, साढ़े पांच बजे दीदी थकी-हारी दफ्तर से लौटीं। अम्मां उस समय भी अस्त-व्यस्त अवस्था में नंगे फर्श पर पड़ी हुई थीं।

"क्या हुआ?" दीदी ने घबराकर पूछा।

अम्मां एकदम उठ बैठीं—"अब होने को और क्या बाकी रह गया है करमजली! पता नहीं किस कुघड़ी में अपनी सूनी मांग लेकर घर में घुसी थी कि मेरा भी सिंगार छिन गया। निगोड़ी मुझे भी अपना जैसा कर गयी।"

हम तीनों जैसे पत्थर हो गयीं। हम तो यही समझे थे कि बाबूजी के वियोग में अम्मां पगला गयी हैं, पर शायद उससे भी बड़ा दुख था सुहागिन की उपाधि का छिन जाना। कितनी ठसक के साथ शादी-ब्याह में, मुंडन-कनछेदन में जाती थीं, वह अधिकार छिन गया। अपनी इस हताशा को वे इतने निर्मम ढंग से दीदी पर थोपेंगी, किसने सोचा था।

पूरी शाम घर में सन्नाटा-सा रहा। हम बार-बार कनखियों से दीदी को देख रहे थे। पर उन्हें जैसे कुछ भी नहीं व्यापता था इन दिनों। उन्होंने इत्मीनान से स्टोव जलाकर अपने लिए चाय बनायी। फिर हम दोनों बहनों को आवाज देकर कहा—"तनु! तू आटा लगा, तब तक अनु सब्जी काट देगी। मैं जरा कपड़े बदलकर आती हूं। फिर चटपट खाना बना दूंगी। खा-पीकर तुम लोग पढ़ने बैठो। ये रोना-धोना अब रोज का ही लगा रहेगा।"

इस पर अम्मां ने फिर कोई बहुत ही कड़वी बात कही, पर दीदी उसे चुपचाप पी गयीं और मुंह-हाथ धोने चली गयीं। रोज की तरह उन्होंने फटाफट खाना बनाया और बैठक के कमरे में बैठकर पेपर देखती रहीं। आठ बजे भैया कोचिंग क्लास से लौटे तो उन्होंने मुझे आदेश दिया, "अनु, फटाफट सबकी थालियां लगा लो, मैं आ रही हूं। अम्मां खा रही हों तो उन्हें भी बुला लो।"

हमें मालूम था, अम्मां नहीं खायेंगी। कोई उन्हें मनाने भी नहीं गया। सब

चुपचाप अपने-अपने आसन पर बैठ गये और वे बगल के कमरे में बैठी बड़बड़ाती रहीं।

हम लोग चुपचाप कौर निगल रहे थे। एक अजीब-सा मौन हमारे बीच तन गया था। जब आधे से अधिक खा चुके तो दीदी ने ही उस मनहूस चुप्पी को तोड़ते हुए आवाज दी—"अम्मां!"

"हमें नहीं खाना, कह तो दिया।"

"मैं खाने के लिए नहीं पूछ रही हूं। रखा है, जब मर्जी हो खा लेना। मैं तो यह बतला रही थी कि आज दफ्तर में अशोक आया था।"

"कौन अशोक?"

"अशोक, मेरा देवर। इतनी जल्दी भूल गयीं?"

"क्या कह रहा था?"

"कुछ नहीं। पिछली बातों के लिए माफी मांग रहा था। कह रहा था, मां ने बुलाया है। पापा भी याद कर रहे हैं।"

अम्मां अब बहुत देर तक उदासीन नहीं रह सकीं। उठकर रसोई में आ गयीं और वहीं फर्श पर बैठकर बोलीं—"अब बड़ी याद आ रही है। तब तो अपशकुनी, कुलच्छनी जाने क्या-क्या कहकर घर से निकाल ही दिया था।"

"उनका क्या दोष है, अम्मां! जवान-जहान बेटा इस तरह अचानक चला गया। उनके दुख की कोई सीमा है। ऐसे में कहने-सुनने का होश किसे रहता है!"

"अशोक क्या कह रहा था?"

"कहा तो, माफी मांग रहा था, घर चलने की जिद कर रहा था। पिछली बातों पर पछता रहा था।"

"वाह, बड़ा पछतावा हो रहा है अब। तुम्हारे बाप के मरने पर कोई झांकने भी नहीं आया। इतना-सा व्यवहार भी तब निभाते न बना। अब बड़ा प्यार आ रहा है!"

"प्यार क्यों नहीं आयेगा अम्मां! उनके बेटे की ढाई सौ रुपये पेंशन मंजूर हुई है। पंद्रह हजार इंश्योरेंस का मिलेगा। लोग-बाग सब खबर रखते हैं। और ठीक भी है। उनके बेटे की कमाई है, पहला हक उन्हीं का बनता है।"

सब लोग मन-ही-मन हिसाब लगाने लगे। पंद्रह हजार एकमुश्त, ढाई सौ रुपये पेंशन और दीदी की तनख्वाह।

हमारी इसी उधेड़बुन को बीच में रोककर भैया ने कहा, "तुम्हारा पैसा है दीदी, जिसे चाहो दे दो। पर उन लोगों ने तुम्हारे साथ जो सलूक किया है उसे मत भूलना।"

"मेरी याददाश्त बहुत अच्छी है कपिल, मैं किसी का भी व्यवहार नहीं भूली हूं। इसीलिए आज तुम सबके सामने यह बात रख रही हूं। मैंने तो सोचा था कि अपना जीवन बरबाद हो गया, कोई बात नहीं। मैं बाबूजी की जगह ले लूंगी। उनके सपनों को आकार दूंगी। तुम्हें डॉक्टर बनाऊंगी, इन दोनों का ब्याह करूंगी। पर मेरे यहां रहने से अम्मां का कलेजा दिन-रात जलता है। सोचती हूं, वहीं चली जाऊं। ताने-उलाहने तो दोनों जगह सुनना है। तब अपने घर में ही क्यों न रहूं।"

हम सबका कौर हाथ ही में रह गया। दीदी चली जायेंगी। मतलब ये जो रूखा-सूखा दोनों वक्त मिल रहा था, उसके भी लाले पड़ जायेंगे।

हम लोग अभी अपने ही सोच में डूबे थे कि अम्मां एकदम उठीं और दीदी के गले से लिपटकर बिलख उठीं—"हाय, मैं मर जाऊं, मेरी जबान में कीड़े पड़ जायें। अपना राई-सा दुख सहेजती रही। बिटिया का पहाड़-सा दुख आंखों की ओट हो गया। वे तो कौओं की तरह घात लगाये बैठे हैं। पर उन्हीं कसाइयों के यहां अपनी लाडली को मैं दुबारा नहीं भेजूंगी।"

अम्मां रोते-रोते दीदी को पुचकार रही थीं, बलैयां ले रही थीं। दीदी पत्थर की-सी मूर्ति बनी बैठी रहीं। जैसे ही अम्मां की पकड़ थोड़ी ढीली हुई, वे उठकर बरतन समेटने लगीं।

एक प्रश्न मन में उमड़ा था, पर पूछने की हिम्मत नहीं हुई, क्योंकि उस क्षण दीदी एकदम परायी लग उठी थीं पर आज भी मन में वह प्रश्न वैसा ही अनुत्तरित है।

क्या उस दिन अशोक सचमुच दफ्तर में आगा था?

उसके बाद तो सारा परिदृश्य ही बदल गया। बाबूजी की जिम्मेदारियां तो उन्होंने बहुत पहले ओढ़ ली थीं, पर गृहस्वामिनी की हैसियत से जिस मान-सम्मान का, सुख-सुविधा का उन्हें अधिकार था, उस पर अब ध्यान दिया जाने लगा।

उस छोटे से घर में एक ही कमरा ऐसा था, जो जरा अलग-थलग-सा था। पहले वह अम्मां-बाबूजी का कमरा हुआ करता था। बाद में भैया ने उसे अपना

स्टडीरूम बना लिया। वह कमरा कब और कैसे दीदी का हो गया, पता ही न चला। वे एक धुरी बन गयीं, जिसके चारों ओर सारा घर घूमता था। उनके आराम का पूरा ध्यान रखा जाता। सुबह अब उनके उठते ही और शाम को दफ्तर से लौटते ही गरमा-गरम चाय का कप उनका स्वागत करता। दोनों वक्त ताजा, उनकी पसंद का खाना समय से तैयार मिलता। सुबह वे मुंह-हाथ धोकर आतीं, तब तक बिस्तर पर साफ चादर बिछ चुकी होती। कमरा धुला-पुंछा मिलता। रात को सोने के लिए कमरे में जातीं तो दिन वाली चादर के स्थान पर सफेद चादर लगी मिलती। मसहरी भी कोई-न-कोई तान ही देता।

इनमें से किसी भी बात के लिए दीदी ने कभी आग्रह नहीं किया था। वे पहले की तरह सहज-सामान्य बनी रहना चाहती थीं। पर अम्मां को यह गवारा न था। कभी रसोई में हाथ बंटाने जातीं तो अम्मां प्यार से झिड़क देतीं, ''रहने दे, दिन-भर वहां मगज खपाकर आयी है, अब क्या आग तापेगी। चलकर आराम कर। ये दोनों जो ऊंट-सी घूम रही हैं, किस काम की हैं।'

इतवार को अगर दीदी अपनी साड़ियां धोने या प्रेस करने बैठ जातीं तो अम्मां हम पर बरस पड़तीं, ''खा-खाकर मस्ता रही हो दोनों। यह नहीं होता कि उसकी धोती ही फींच दें। हाथ जैसे घिस जायेंगे।''

कभी दफ्तर से दीदी सब्जी लेकर लौटती दिखाई दे जातीं तो अम्मां भैया को गली तक दौड़ा देतीं—''बिटर-बिटर देख रहे हो, पर यह नहीं होता कि आगे बढ़कर झोला ही थाम लें।''

यों तो घर में बार-बार घटते दुखद प्रसंगों ने हमारी हंसी छीन ली थी, हमें असमय गंभीर बना दिया था। आपस में लड़ना-झगड़ना भी हम लोग भूल चुके थे। घर में हरदम एक मनहूस सन्नाटा छाया रहता। हंसने-बोलने का अपना शौक हम संगी-साथियों में ही पूरा कर लेते थे।

फिर भी किसी छुट्टी के दिन सब लोग मिलकर बैठते तो एकाध ठहाका लग ही जाता था। रेडियो की आवाज एकाध बार ऊंची हो ही जाती थी। तब अम्मां झल्ला पड़तीं—''कैसे बेहया हो तुम लोग, जरा देर को चुप नहीं बैठा जाता। अभी बेचारी की जरा-सी आंख लगी होगी। हफ्ते-भर तो कमर सीधी करने का वक्त ही नहीं मिलता।''

कभी-कभी दीदी भी हमारी मजलिस में शामिल हो जातीं। पर अव्वल तो अम्मां उन्हें बैठने ही न देतीं। जबरन आराम करने भेज देतीं। वे जिद करके

बैठ भी जातीं तो हमारे मुंह पर ताले पड़ जाते। पता नहीं क्यों, एक अदृश्य-सा तनाव हमारे बीच फैल जाता। दीदी इसे ताड़ जातीं और चुपचाप उठकर चली जातीं।

इन सबके लिए वे दोषी नहीं थीं। हमारे ही मन में कहीं खोट आ गया था। वे बाबूजी की तरह घर-परिवार का भार उठाये हुए थीं, फिर भी एक बड़ा अंतर आ गया था। बाबूजी का घर में रोब-दाब था पर उन पर हमारी श्रद्धा भी थी, प्यार भी था। उनसे जो कुछ मिला, उसे हमेशा अपना अधिकार समझा। पर दीदी से हमें जो मिल रहा था उसे हम उनका कृपाप्रसाद समझकर ले रहे थे। एक परायापन बीच में आ गया था। एक अव्यक्त-सा डर भी मन में समा गया था कि वे जब चाहें हमें मझधार में छोड़कर जा सकती हैं।

दीदी बहुत शीघ्र ही समझ गयीं कि उनका एक तरह से पारिवारिक बहिष्कार किया जा रहा है। उन्होंने भी फिर हम सबसे जुड़ने की व्यर्थ की कोशिश नहीं की। अपने खालीपन को भरने के लिए उन्होंने सुबह टाइप और शाम को सितार की कक्षाओं में जाना शुरू कर दिया। टाइपिंग उनकी नौकरी के लिए जरूरी भी था और संगीत तो बी.ए. में उनका विषय रहा ही था।

दीदी की सितार शिक्षा की चर्चा सेठजी तक पता नहीं कैसे पहुंच गयी। एक दिन वे गाड़ी में आये और अपना सितार छोड़ गये। वे स्वयं कभी बजाया करते थे। अब तो व्यवसाय में इतने डूब गये थे कि महीनों हाथ नहीं लगाते थे। शो-पीस की तरह वह साज उनके हॉल में सजा रहता था।

उन्होंने दीदी को अपने संग्रह के चुनिंदा रेकार्ड्स सुनने का भी निमंत्रण दिया।

अपना साज आ जाने के बाद तो दीदी को किसी तीसरे साथी की जरूरत ही नहीं रही। वे हम लोगों से पूरी तरह कट गयीं। बस, जब मन होता उसे लेकर बैठ जातीं और करुण मधुर स्वरों से वातावरण को भर देतीं।

बार-बार प्रयत्न करने के बाद आखिर तीसरे साल भैया पी.एम.टी. की परीक्षा में सफल हो गए। दुख यही था कि एडमिशन उन्हें रायपुर कॉलेज में मिला था। ट्रांसफर के लिए थोड़ी दौड़-धूप की, पर बताया गया कि एकाध साल तो वहां निकालना ही होगा बाद में कुछ किया जा सकता है।

वैसे भी एडमिशन की खुशी खर्च के आंकड़े देखकर आधी रह गयी थी। भैया के कपड़े, किताबें, कॉलेज की फीस, हॉस्टल का एडवांस, आने-जाने का किराया और पराये शहर में हजार-पांच सौ बैंक में होना भी जरूरी था। यह सब व्यवस्था दीदी ने कैसे की, कोई नहीं जानता। किसी ने पूछा भी नहीं। अम्मां ने भी नहीं। वे तो ऐसी उदासीन बनी रहीं, जैसे किसी और की तैयारी हो रही हो। हां, रोने-धोने में उन्होंने कोई कोर-कसर नहीं छोड़ी, आठ दिन पहले से घर में एक मातम-सा छाया हुआ था।

भैया के जाते ही घर तीन अलग-अलग द्वीपों में बंट गया, दीदी वैसे ही सबसे कट गयी थीं, अब मैं और तनु भी अम्मां की स्नेह परिधि से बाहर हो गयीं। वे बेहद चिड़चिड़ी और गुस्सैल हो गयी थीं। बस दिन-भर भैया के लिए बिसूरती रहतीं और हम पर लानत भेजती रहतीं। बीच-बीच में भैया आ जाते तो लगता तपते जेठ में थोड़ी-सी बौछार हो गयी हो।

उन दिनों भैया फर्स्ट प्रोफेशनल देकर लंबी छुट्टी पर आये हुए थे। घर में रौनक आ गयी थी। अम्मां का मूड ठीक रहने लगा था। भैया की पढ़ाई कितनी खर्चीली है, इसका अंदाज मुझे नहीं था। पर फिर भी लगता कि भैया यहीं रह जायें तो कितना अच्छा हो। कम-से-कम घर का मनहूस वातावरण तो बदलेगा।

उस दिन हम तीनों खाना खा रहे थे। अरसे बाद ये मौका आया कि अम्मां हमें गरम-गरम फुलके उतारकर परोस रही थीं। भैया घर में रहते तो अम्मां साक्षात् अन्नपूर्णा बन जातीं, दिन-भर रसोई में घुसी रहतीं। जब भी मौका लगता मैं दीदी का हिस्सा चुपचाप निकालकर रख लेती। नहीं तो अम्मां तो जैसे भूल ही चुकी थीं कि उनकी और भी एक बेटी है, जो उनके लिए दफ्तर में खट रही है।

अम्मां मनुहार कर-करके भैया को कटहल के कोफ्ते और भरवां टिंडे परोस रही थीं। साथ ही वर्माजी की प्रतिभा के किस्से भी सुना रही थीं। बाबूजी की मृत्यु के बाद उनका बाहर निकलना कम हो गया था, पर वे पास-पड़ोस की पूरी खबर रखती थीं। जो भी बात हाथ लग जाती, उसे रस ले-लेकर सुनाती भी थीं। उस समय उन्हें यह भान नहीं रहता था कि सामने कौन है।

भैया मजबूरी में कुछ देर तो सुनते रहे, फिर एकाएक बोल पड़े, "अम्मां, बाहर वालों का हाल तो राई-रत्ती जानती हो, घर की भी कुछ खबर है?"

"कैसी खबर?"

"लोग कैसी-कैसी बातें कर रहे हैं?"

"कैसी बातें?"

"यही दीदी की...सेठजी की...?"

"हूं लोगों की भली चलायी। जो मुंह में आया कह दिया। एक-दो बार किसी प्रोगाम में साथ चली गयी थी तो कौन-सा गजब हो गया? लोग तो सब तिल का ताड़ बना देते हैं। भला वे तुम्हारे बाप की उमर के..."

"वे बाप की उम्र के नहीं हैं अम्मां।" भैया ने एकदम तैश में आकर कहा। फिर दूसरे ही क्षण सामान्य होते हुए बोले, "अगर हों भी तो कोई फर्क नहीं पड़ता। और लोग-बाग यों ही कुछ नहीं कहा करते। इतनी फुरसत किसी के पास नहीं है।"

"लोग जलते हैं, समझे?"

"जलेंगे क्यों?"

"इसलिए कि सब-कुछ ठीक-ठाक चल रहा है। हम लोग भूखों नहीं मर जाते? तुम्हारी पढ़ाई-लिखाई छूट जाती तो सबको ठंडक पड़ जाती। पर ऐसा हुआ नहीं न, इसीलिए सबको मिरची लग रही है।"

"फिर भी अम्मां..."

"देखो बेटा, तुम्हारे बाप मरे थे तो ये लोग कहां मुंह छिपा गये थे? इतना बड़ा खानदान है, पर किसी ने पांच पैसों को नहीं पूछा। कोई भलमनसाहत में थोड़ी-सी मदद कर देता है तो उस पर भी ये लोग कीचड़ उछालने को तैयार हैं। सच, मेरी तो ऐसी जान जलती है कि बस..."

तनु दीदी सदा की मुंहफट, एकदम से बोल उठीं, "अम्मां हम लोग दीदी की शादी क्यों नहीं कर देते?"

हम सब अवाक होकर उनका मुंह देखते रह गये। अम्मां बस क्षण-भर को चुप रही होंगी। बोलीं, "शादी कर देंगे तो खायेंगे क्या?"

उनके इस दो टूक प्रश्न का हमारे पास कोई उत्तर नहीं था। लेकिन उस क्षण अम्मां के प्रति ऐसी वितृष्णा हुई कि शब्दों में बांधी नहीं जा सकती।

तनु दीदी भी कमर कसे बैठी थीं। बोलीं, "तो क्या हम अपने स्वार्थ के लिए दीदी का जीवन बरबाद कर देंगे?"

अम्मां एकदम चिढ़ गयीं, "चुप रह मुंहजली, चबर-चबर बोले जा रही है। और शादी क्या हमने की नहीं थी उसकी? सारा फंड फूंक डाला। तभी तो आज कंगले बने बैठे हैं। अब उसकी तकदीर में सुख नहीं था तो कोई क्या करे? ये

दो-दो और छाती पर बैठी हैं। अब उनको देखें कि बड़ी की शादी करवाते रहें।''

फिर इस कड़वी चर्चा का समापन-सा करती हुई भैया से मिश्री-घुले स्वर में बोलीं, ''देखो बेटा, तुम इस पचड़े में पड़कर अपना दिमाग खराब मत करो। बस अब तो जल्दी से पढ़-लिखकर नौकरी में आ जाओ। लड़की की कमाई हम कै दिन खाते रहें?''

यह प्रसंग फिर दुबारा घर में नहीं उठा। आंख-कान बंद कर लेना भी एक कला है। अम्मां ने इसे बहुत अच्छी तरह से आत्मसात कर लिया था। क्योंकि उन्हें जीना था।

पर उनसे एक भूल हो गयी। अपनी इस उदासीनता को वे एकरस नहीं रख सकीं। जितना ही उन्होंने दीदी को अनदेखा किया, हम लोग खुली हवा में सांस लेने के लिए छटपटा जातीं। तनु दीदी तो बोल्ड थीं। कई बार कॉलेज से पिक्चर के लिए भाग जातीं या सहेलियों के यहां चली जातीं। लौटने पर उनकी शामत आती, पर वे दिलेरी से सब सह जातीं। एक दिन उनकी सहनशक्ति भी जवाब दे गयी। उन्होंने अम्मां को सुना दिया, ''जिनसे कहना चाहिए, उनके सामने तो जबान नहीं खुलती। हमीं पर रोब झाड़ती हो। वे कमाकर खिला रही हैं इसलिए।''

बाप रे! फिर तो अम्मां ने उनकी वह धुनाई की कि तीन दिन तक तनु दीदी खटिया पर पड़ी रहीं। पर उस घटना ने उन्हें और भी निर्द्वंद्व बना दिया। इतना कि फिर अम्मां भी कुछ कहते हुए सहम जातीं। यही निर्द्वंद्वता उन्हें एक दिन ले डूबी। सच, उस समय दीदी ने यदि साहस न जुटाया होता तो तनु दीदी कहीं की नहीं रहतीं।

वही दीदी अब कितनी अकेली पड़ गयी हैं!

सुबह-सुबह मैंने ऐलान कर दिया, ''प्लीज, मेरा रिजर्वेशन करवा दीजिए। दीदी के पास जाऊंगी।''

''ये एकाएक तुम्हें क्या हो गया?''

''अपनी बहन से मिलने का मन हो गया और क्या, क्यों कोई हर्ज है?''

मेरे स्वर से ही ये इतने आतंकित हो गये कि फिर उन्होंने कोई प्रतिवाद नहीं किया। शाम को चुपचाप टिकिट लाकर पकड़ा दिया और दो दिन बाद मैं गाड़ी में थी।

सफर बड़ी अजीब-सी मनःस्थिति में कटा। आम लड़कियों की तरह पीहर जाने का उत्साह मुझमें कभी नहीं रहा। पीहर ही इस लायक न था। फिर भी अपने लोगों से, परिचितों से मिलने की उमंग थी। बचपन के माहौल को फिर एक बार जी लेने की इच्छा थी।

दीदी को देखने की कल्पना मात्र से मैं सिहर जाती थी। पता नहीं नियति का यह दूसरा आघात उन्होंने कैसे सहा होगा? उस बार तो पूरा परिवार उनके साथ था, इस बार बेचारी निपट अकेली, असहाय-सी। अपना दुख कहने के लिए कोई संगी-साथी भी नहीं। कभी सोचती बुलबुल को साथ लेकर मैंने अच्छा नहीं किया। पर इतनी-सी बच्ची को छोड़ती भी कहां! हो भी सकता है कि उसकी किलकारियों से, तोतली बोली से दीदी का मन बहल जाये।

अजीब-सा असमंजस था। घर पहुंचने की ललक भी थी और डर भी लग रहा था। रिक्शे में बैठी तो घड़ी की ओर ध्यान गया। हाय, अभी तो सिर्फ चार बजे थे। एक घंटा प्रतीक्षा करनी पड़ेगी। पड़ोस की चाची को बोर करना पड़ेगा।

रिक्शा रुकते ही दूर से घर दिखाई दे गया। दरवाजे पर ताला नहीं था—बड़ी राहत महसूस हुई। मैं भी कैसी पागल थी। भला ऐसी मनःस्थिति में उनका दफ्तर जाना संभव था!

एक हाथ में बुलबुल और दूसरे में अटैची लेकर हांफती हुई दरवाजे के सामने जा खड़ी हुई और दिल धक् से रह गया। वहां तो किन्हीं कमलकिशोरजी की तख्ती लटक रही थी।

मुझे ज्यादा देर सोचना नहीं पड़ा। रिक्शे की आवाज सुनकर चाची बाहर निकल आयी थीं। वे ही मुझे हाथ पकड़कर अपने घर ले गयीं। घर पहुंचकर उन्होंने मुझे अंक में भर लिया और रो-रोकर बलैयां लेने लगीं। बेचारी बुलबुल पहले तो हक्की-बक्की-सी यह नजारा देखती रही। फिर वह भी पंचम सुर में रो उठी। तब कहीं जाकर मुझे होश आया।

तब तक भाभी चाय बनाकर ले आयी थीं। गुड़िया के लिए दूध भी आ गया था। खा-पीकर थोड़ा प्रकृतिस्थ हो लेने के बाद चाची ने बताया—"दीदी तो तुम्हारी, बरस ऊपर हो गया, कॉलोनी में रहने चली गयी हैं। तुम्हें नहीं पता?"

अपनी झेंप छिपाते हुए मैंने कहा, "हम लोग तो दफ्तर के पते पर ही चिट्ठी डाल देते हैं न! उन्होंने कभी जिक्र भी नहीं किया।"

"अकेली पड़ गयी थी बेचारी। घर में रहो तो वही-वही सब याद आता

है। इसी से मकान बदल लिया। घनश्याम आयेगा तो तुम्हें छोड़ आयेगा। बड़ी दूर की कॉलोनी है। मैं तो एक ही बार गयी थी। मरा पहाड़-का-पहाड़ है। तिमंजिले पर रहती है। मेरी तो सांस ही फूल गयी थी चढ़ते-चढ़ते।''

''अब तो सुना है, दो बच्चे भी गोद ले लिये हैं।''

भाभी ने बताया तो मैं चौंक पड़ी।

''अरे, ठीक ही किया। कल को कोई सहारा तो चाहिए। हाथ-पैर क्या सब दिन ऐसे ही रहे आयेंगे?'' चाची ने ताईद की।

''बच्चे क्या अनाथालय से लायी हैं?''

''ऐसा ही कुछ होगा। नहीं तो दो-दो बच्चे कौन दे देगा? आजकल तो सबके होते ही दो हैं।''

बहुत उत्साह वैसे भी नहीं था। अब तो यही मन होने लगा कि रात की गाड़ी से लौट जाऊं, पर नाटक तो करना ही था। घनश्याम भैया के दफ्तर से लौटते ही मैं उनके पीछे पड़ गयी। भाभी कहती रह गयीं कि खाना खाकर जाओ, पर मैंने भैया को ढंग से चाय भी न पीने दी।

शहर के बाहर पल्लवित नयी-नयी कॉलोनियां और उनमें उगते तिमंजिले मकानों का जंगल। स्कूटर की पिछली सीट पर बैठे-बैठे मैं उन सबके नाम पढ़ती जा रही थी। मुझे पता ही न चला कब स्कूटर एक क्रीम कलर की बिल्डिंग के आगे आकर खड़ा हो गया।

भारी मन से मैं सीढ़ियां चढ़ने लगी। भैया ने बुलबुल और अटैची दोनों को उठा रखा था, फिर भी मेरे पांव मन-मन भर के हो रहे थे। बड़ी मुश्किलों से यह हवाई सफर तय हुआ और हम दीदी के फ्लैट के सामने खड़े थे। पीतल की तख्ती पर काले अक्षरों में नाम चमक रहा था—श्रीमती मनीषा वार्ष्णेय। यह नाम इतना अनजाना लग रहा था कि घनश्याम भैया साथ न होते तो मुझे विश्वास ही न होता कि यह दीदी का नाम है। उस घर में तो...पर उस घर में दीदी के नाम की तख्ती लगी ही कब! वह तो बाबूजी का घर था।

भैया ने घंटी दबाते हुए बताया--''मकान दूर तो बहुत है, पर इतनी कम कीमत में इतना अच्छा फ्लैट शहर में मिलना मुश्किल था।''

तब पहली बार मुझे पता चला कि मकान दीदी का अपना है। अपना मकान, अपने बच्चे, चलो, देर से ही सही, दीदी जीवन में सेटिल तो हो रही हैं।

दरवाजा खोला दस-ग्यारह साल की एक शर्मीली, नाजुक-सी लड़की ने।

भैया ने कहा, "जाकर बताओ कि अन्नू आयी है।"

लेकिन उनकी बात पूरी होने से पहले ही दीदी पल्लू से हाथ पोंछती हुई निकल आयीं। आते ही बरबस मुझसे ऐसे लिपट गयीं कि मेरी रुलाई फूट पड़ी। फिर भैया की गोद से बुलबुल को झपटकर ऐसा घनघोर प्यार-दुलार किया कि बेचारी का दम घुटने लगा। पांच-सात मिनट बाद वह थोड़ा संभलीं और हमसे बैठने का संकेत करते हुए बोलीं—"चलो, अच्छा हुआ। अन्नू के बहाने आज घनश्याम भी पकड़ा गया। नहीं तो वह इधर का रुख ही नहीं करता।"

"आता तो रहता हूं दीदी, पर अब तुमने घर ही इतनी दूर ले लिया कि क्या कहें।"

"बड़ी मां! बर्फ तो मिली नहीं।" कहता हुआ आठ-दस साल का एक गोल-मटोल बालक घर में प्रविष्ट हुआ और हमें देखकर सहम गया।

"नहीं मिली तो कोई बात नहीं। अपन चाय बना लेते हैं। अजय, ये अन्नू मौसी हैं, मैं कभी-कभी बताया करती हूं न।"

"दीदी, ये लोग...!"

"अशोक के बच्चे हैं। अशोक, मेरा देवर। याद तो होगा!"

"अशोकजी आजकल कहां हैं?" अपना विस्मय छिपाते हुए मैंने औपचारिकता बरती।

"दो साल के लिए नाइजीरिया गया है। वीणा भी साथ गयी है। बच्चों की समस्या थी। हमने कहा, लाओ, हम रख लेते हैं।"

"इनके दादा-दादी?"

"बहुत थक गये हैं। अब उम्र भी तो हो चली है। मांजी को तो ठीक से दीखता भी नहीं है। विमला उन्हें अपने साथ ले गयी है। पर वहां गांव में बच्चे क्या करते? इसलिए मैंने रख लिया। कम-से-कम पढ़ाई का नुकसान तो नहीं होगा।"

चाय पीकर घनश्याम भैया चले गये। उनके जाते ही अजय ने अर्जी पेश की, "बड़ी मां, मैं साइकिल चलाऊं?"

"एक शर्त पर! तेज नहीं चलाओगे और उस पर सर्कस भी नहीं करोगे। मैं यहां ऊपर बालकनी से देख रही हूं।"

उसके जाते ही अंजू ने पूछा, "हम गुड़िया को पारुल के यहां ले जायें?"

"गिराओगी तो नहीं? पर पहले फ्रॉक तो बदल लो। सुबह से सिलबिल-सी

घूम रही हो।"

कहकर दीदी चुप नहीं हुईं। उन्होंने उसकी कंघी की, मुंह धुलवाया, कपड़े बदलवाये।

मैं एक कोने में बैठी चुपचाप उन्हें देखती रही। बचपन में यह सब करवाने का अधिकार मेरा था। पर वे दिन अब कितनी दूर निकल गये।

बच्चों के जाते ही मैंने कहा, "बच्चे तुम्हें आंटी क्यों नहीं कहते? बड़ी मां तो बड़ा आउट डेटेड लगता है!"

"मुझे तो बड़ा अच्छा लगता है। किसी तरह ही सही, मां होने का बोध तो कराता है।"

दीदी ने शायद यह बात सहज भाव से ही कही हो, पर मैं सहमकर रह गयी। उनके अजन्मे शिशु की याद मन में कौंध गयी।

फिर तो मौन की एक मोटी-सी चादर हम दोनों के बीच तन गयी, हालांकि दीदी को उसका अहसास नहीं हुआ। वे तो रसोई में व्यस्त हो गयी थीं। उन्हें इस रूप में बरसों बाद देखा था। उनका गुनगुनाते हुए आटा गूंधना, सब्जी की डलिया उलट-पुलट करना, मसाला पीसना—सब बड़ा अजीब-सा लग रहा था। वहां तो कभी उन्हें हाथ लगाने की जरूरत नहीं पड़ी। मैं और तनु दीदी सब काम निबटा देती थीं। मेरी शादी के दो महीने पहले से एक महाराजिन रख ली गयी थी, जो अंत तक रही। अम्मां को उसके हाथ का खाना कभी नहीं भाया। मैं जब भी जाती, अम्मां की फरमाइशें पूरी करती। उन्हें नाना व्यंजन और पसंद की सब्जियां बनाकर खिलाती। पर मेरे जाने के बाद फिर वही झींकना शुरू हो जाता। अम्मां की लाख शिकायतों के बावजूद दीदी ने कभी रसोई में पांव नहीं दिया। पर वे जिस तन्मयता से खाना बना रही थीं, बाद में जिस आत्मीयता से उन्होंने सबको खिलाया, उसे देखकर ऐसा नहीं लगा कि उन्हें कोई कष्ट या असुविधा हो रही है, बल्कि लग रहा था कि इस तरह खटने में उन्हें आनंद आ रहा था। जैसे इस उठा-पटक के लिए वे तरस गयी हों।

सफर की थकान का बहाना करके मैं आंख मूंदकर लेट गयी थी। लेटे-लेटे ही मैंने ढाई कमरों के उस घर का मुआयना कर डाला। छोटी-सी गृहस्थी, नपातुला सामान था। पर उसे बड़ी सादगी और सुघड़ता से सजाया गया था। केवल घर के बाहर ही उनके नाम की तख्ती नहीं लगी थी, घर के हर कोने पर उनके

व्यक्तित्व की छाप अंकित थी।

रात को सोते-सुलाते ग्यारह बज गये। बच्चों की तो जैसे नींद ही भाग गयी थी। आखिर दीदी को डपटना पड़ा। तब कहीं जाकर धमा-चौकड़ी समाप्त हुई। अंजू का सुबह का स्कूल था, अजय सबेरे ट्यूशन पढ़ने जाता था। दीदी न डांटतीं तो क्या करतीं!

दोनों बच्चे कमरे में रोज की तरह सोये थे। हम लोगों के लिए दीदी ने बालकनी में फर्श पर ही गद्दे डाल लिये, ताकि मैं बुलबुल के साथ फैलकर सो सकूं। तिमंजिले पर बड़ी प्यारी हवा आ रही थी। मैं तो बिस्तर से पीठ लगते ही ढेर हो गयी थी, पर दीदी बहुत देर बाद बाहर आयीं।

"क्या करने लग गयी थीं?" मैंने शिकायती लहजे में पूछा।

'अरे, कुछ मत पूछो। आज कार्यक्रम जरा उलट-पुलट हो गया न, इसलिए। नहीं तो अपना काम मैं शाम को ही निबटा डालती हूं। सुबह मुझे ही भुगतना पड़ता है।"

"अब कौन-सा काम रह गया था?"

"यही इन लोगों के कपड़े निकालकर रखना, जूते-मोजे ढूंढकर रखना, लंच बॉक्स धोना, बस्ते ठीक करना। कोई एक काम है? सुबह ऐसी हाय-तोबा मचती है कि बस। खाना बनाना मुश्किल हो जाता है। अजय को खांसी को दवाई भी देनी थी। दूध तो रह ही गया आज, अरे हां! गुड़िया का दूध ले आऊं।"

"नहीं। वह रात में नहीं पीती।" मैंने कहा, "अब तुम लेटो भी कि और कुछ याद आ गया?"

"नहीं, कुछ नहीं।" दीदी ने कहा और लेट गयीं। मैं एकटक उन्हें देख रही थी।

"क्या देख रही है?"

"देख नहीं रही, सोच रही हूं।"

"क्या?"

"यही कि अशोक की बहू ने तुम पर विश्वास किया था तो ठीक ही किया था।"

"अनु", वे शांत स्वर में बोलीं, "विश्वास कोई एक दिन में तो नहीं पैदा हो जाता।"

"यही तो सोच रही हूं। तुम्हें ठीक से जानने, समझने का अवसर उन

लोगों को कब, कैसे मिला?"

"वह एक लंबी कहानी है।"

"तो सुनाओ न!" मैंने बच्चों की तरह मचलकर कहा।

कुछ देर चुप रहने के बाद दीदी ने कहना प्रारंभ किया। "बहुत पुरानी बात है अनु, भैया तब शायद रायपुर में पढ़ता था। छुट्टियों में आया तो ब्लेजर के लिए जिद पकड़ गया। उसे लेकर एक दिन हलदीप ड्रेसिंग हॉल में जाना ही पड़ा।"

"बाप रे, वह तो बहुत बड़ी दुकान है। भीतर जाते ही डर लगता है।" मैंने आश्चर्य से कहा।

"डर तो लगता ही था, पर क्या करती, भैया की जिद थी। वैसे भी मुझे पुरुषों के कपड़ों की परख नहीं थी। मैं तो केवल पर्स साथ लेकर गयी थी। कपिल जब तक कपड़ा देख रहा था, मैं उस सजी-धजी दुकान को, उसके फैशनेबुल खरीददारों को देखती रही कि अचानक मेरी नजर अशोक पर पड़ी।"

"अशोक?"

"हां, उन अनगिनत काउंटर्स में से एक पर खड़ा वह ग्राहक को कपड़ा दिखा रहा था। मुझ पर नजर पड़ते ही उसका मुंह शर्म से लाल हो गया। उसकी वह मानसिक यंत्रणा मुझसे न झेली गयी और मैं बाहर निकल आयी। उस दिन फिर कपड़ा खरीदना न हो सका। भैया लाख भुनभुनाता रहा, पर दोबारा किसी दुकान में पांव देने का मेरा साहस नहीं हुआ। यंत्रचालित-सी मैं घर का रास्ता नापती रही। पूरे रास्ते अशोक का शर्म से झुका चेहरा मेरा पीछा करता रहा।

उस रात मैं सो नहीं सकी। शादी वाले वे सुनहरे दिन याद आते रहे। वह राम-लक्ष्मण की जोड़ी आंखों में घूमती रही। अशोक के कितने-कितने रूप स्मृति की खिड़कियों से झांकते रहे। दिन-भर मेरे आगे-पीछे डोलने वाला अशोक, भैया तक मेरी फरमाइशें पहुंचाने वाला अशोक, पापा से मेरी सिफारिश करने वाला अशोक, मेरा पक्ष लेकर अपनी मां से भिड़ जाने वाला अशोक—और दुख की उन घड़ियों में छाया की तरह साथ रहने वाला अशोक। भाभी नहीं थी मैं, जैसे उसकी संपूर्ण दुनिया थी।

दोनों भाइयों में अद्‍भुत प्यार था। वे अकसर कहते कि मैं तो परिस्थितियों के कारण नहीं पढ़ पाया, पर अशोक को जरूर पढ़ाऊंगा। इसे डॉक्टर, इंजीनियर, आई.ए.एस. बनाऊंगा। अब वे नहीं रहे तो उनका वही लाडला भाई दुकान पर

कपड़ा फाड़ रहा है और उन्हीं की पेंशन के सहारे, उनके बीमे की रकम के सहारे मेरा भाई डॉक्टरी पढ़ रहा है।

ग्लानि से भर उठी मैं। सुबह जागी तो एक निश्चय के साथ। दूसरे दिन मैं फिर उस दुकान में गयी, पर इस बार अकेले। अशोक को मैंने बाहर बुलवाया और कहा, ''कल से अगर इस दुकान पर नजर आये तो अच्छा नहीं होगा।'' वह हक्का-बक्का होकर मेरा मुंह ताकने लगा। सब-कुछ इतना अप्रत्याशित था कि उससे कुछ जवाब ही देते न बना। मैं स्वयं अपने सख्त लहजे पर चकित थी। दरअसल मुझे अपने आपसे कोफ्त हो रही थी और गुस्सा मैं उस पर उतार रही थी।

मुझे नॉर्मल होने में कुछ क्षण लगे। भीगे हुए स्वर में मैंने कहा, ''पढ़ना-लिखना छोड़कर यहां क्या कर रहे हो भैया? इस समय तो तुम्हें कॉलेज में होना था।''

''कॉलेज जाने के लिए पैसे लगते हैं, आपको शायद मालूम होगा।'' इस बार उसका स्वर रूखा था।

''मालूम है, पर तुम्हें उसकी चिंता क्यों हो रही है? अभी तो तुम्हारी चिंता करने वाले मौजूद हैं। तुम्हारे दादा नहीं रहे तो क्या हुआ। भाभी तो है।'' मैंने सूखी हंसी हंसते हुए कहा, ''और अभी दस-पांच साल तक मरने का इरादा भी नहीं है।''

उसकी आंखों में एकदम आंसू भर आये। बोला, ''भाभी! अब अकेला नहीं हूं मैं। मां, पापा तो हैं ही, साथ में बीवी भी है।''

''बीवी?''

''हां, मां का मन बहुत उचाट हो गया था। उसकी जिद थी कि बहू ले आओ। सूने घर में थोड़ी रौनक हो जायेगी। दादा की मृत्यु से मां एकदम टूट गयी हैं। उनसे घर का काम भी नहीं होता अब। फिर पापा को भी लालच था कि दस-बारह हजार कहीं से मिल जाते तो कोई बिजनेस शुरू कर देते।''

''तू ही सोच अनु, इंटर पास लड़के को क्या तो दान-दहेज मिलता और क्या नौकरी मिलती! पर दोनों की जिद ने उस दुधमुंहे बच्चे को गृहस्थी में जकड़ दिया। बेचारा ट्यूशंस करके किसी नाइट कॉलेज में डिप्लोमा कर रहा था। वह भी छूट गया।

यह सब कुछ सुनते-सुनते हम दोनों खूब रो लिये। मन का सारा कल्मष

आंसुओं में धुल गया। विदा लेते हुए मैंने कहा, "आज से मैं तुम्हारी भाभी नहीं, बड़ी बहन हूं। जिस चीज की जरूरत हो मुझसे कहो पर यह नौकरी छोड़ दो। तुम इसके लिए नहीं बने हो।"

"दीदी! इतनी बड़ी बात हो गयी और आपने घर में कभी बताया भी नहीं!"

"किसे बताती, सुनने की फुरसत किसके पास थी? और उस घर में क्या मैं अपनी ससुराल का नाम भी ले सकती थी? सुनते ही अम्मां के तन-बदन में आग लग जाती थी। शायद उन्हें डर लगा रहता था कि अगर ससुराल वालों ने मुझे बहका लिया तो उनका, उनके बच्चों का क्या होगा?"

"दीदी, अम्मां के लिए कभी-कभी तुम ज्यादा कठोर नहीं हो जातीं?"

"शायद इसलिए कि मैंने उनके स्वार्थ का नग्न रूप देखा है। जानती हो अनु, उन दिनों मामा, मौसी, बुआ हर महीने-पंद्रहवें दिन मेरे लिए रिश्ते लेकर आते थे, पर अम्मां सबको अपने आप ही चलता कर देती थीं। कह देतीं कि वह तो जोगन बनी बैठी है। शादी के नाम से ही बिदकती है। उससे बात करो तो काटने दौड़ती है। अगर उस समय मुझ तक बात आती तो शायद मैं स्वयं मना कर देती। मुझे भी बहनों की चिंता थी, भाई के कैरियर का खयाल था। पर मुझे एक मौका तो दिया होता। हर बार इतना बड़ा झूठ बोलने की क्या जरूरत थी?

कैसे अचरज की बात है अनु! अशोक को मैंने सिर्फ उसका हक दिया पर उसने उपकार समझकर ग्रहण किया और जीवन-भर के लिए मेरा ऋणी हो गया। दोनों मुझे पूजते हैं, पर जिनके लिए मैंने अपना जीवन उत्सर्ग कर दिया, वे तो इसे अपना अधिकार मानकर बैठे हुए हैं।"

चोट एकदम सीधी थी। इसलिए तिलमिलाकर मैंने कहा, "उपकार तो सब मानते हैं दीदी। हां, कहने का ढंग हर एक के पास नहीं होता। और मैं सोचती हूं कि स्वार्थ जहां जितना गहरा होता है, भाषा भी उतनी ही लच्छेदार बन जाती है।"

मेरा तीर भी निशाने पर लगा है। दीदी एकदम तड़प गयीं। बोलीं, "मुझसे किसी का क्या स्वार्थ है, जरा सुनूं तो। कौन-सी इस्टेट है मेरे पास, जो कोई मेरी खुशामद करेगा? ले-देकर यही दो कमरे हैं। कहो तो तुम्हारी बिटिया के नाम कर दूं। छोड़ जाओ इसे मेरे पास।"

दीदी अपनी बात पूरी कर भी न पायी थीं कि मैंने अनायास ही बगल

में सोयी बुलबुल को जोरों से भींच लिया। मेरी इस बचकानी हरकत पर दीदी को हंसी आ गयी। बोलीं, "अपना बच्चा दूसरों को सौंपना इतना आसान नहीं है देवीजी। उसके लिए बहुत बड़ा कलेजा चाहिए। अब बच्ची को तो छोड़, उसका दम घुट रहा है। कोई नहीं छीनेगा उसे, इत्मीनान रखो।"

झेंपकर मैंने अपनी पकड़ ढीली कर दी।

उसके घुंघराले बालों में उंगलियां फेरते हुए दीदी बोलीं, "स्वार्थ से ही सही, कोई अपना तो कहे। मैं तो प्यार की भूखी हूं रे।"

अब ये कोई मौका नहीं था। पर मैं तो बेवकूफी पर ही उतर आयी थी। बिना किसी भूमिका के पट से कह बैठी, "दीदी, पेपर में सेठजी के बारे में पढ़ा। सच बहुत अफसोस हुआ।"

वे एकदम चौंक पड़ीं। फिर सीधे मेरी आंखों में देखते हुए बोलीं, "ओह! मातमपुरसी करने आयी हो?"

अब इस बात का क्या जवाब हो सकता था। पर मैंने भी सोच लिया कि जब बात उठायी ही है तो पूरी कह डालना ही श्रेयस्कर होगा। "सच कहूं दीदी, खबर पढ़ने के बाद से बस तुम्हारे बारे में ही सोचती रही हूं। दुख की इन घड़ियों में तुम निपट अकेली हो, यह सोचकर ही मन कांप उठता था। इसीलिए तो दौड़ी चली आयी।"

"तुम आयी हो तो अच्छा ही लगा है अनु। पर इतना परेशान होने की जरूरत नहीं थी। देख तो लिया कि मैं निपट अकेली नहीं हूं। और ये अकेलापन क्या आज का है? अब तो इसकी आदत-सी हो गयी है।"

अपमान से मेरे आंसू निकल आये। शाम से जैसे कोई लगातार मुझे छल रहा है। मैं तो मूर्तिवत् सांत्वना बनकर दौड़ी आयी थी। अपना घर-बार छोड़कर, अपने पति परमेश्वर को रुष्ट करके आयी थी और यहां आकर पता चला कि मुझे इस तरह परेशान होने की जरूरत नहीं थी। कैसा जबरदस्त मोहभंग था! गुस्से में आकर मैंने पीठ फेर ली।

"अनु!"

मैंने कोई जवाब नहीं दिया।

"एक बात सुनोगी?"

मैं चुप रही।

"अनु, दो एकाकी नक्षत्र अंतरिक्ष में भटक रहे थे। संयोग था कि आपस

में टकरा गये। एक गूंज-सी हुई, जो होनी थी। कुछ स्फुलिंग बिखरे जो स्वाभाविक था। बस इतना ही था। इससे ज्यादा हम दोनों के बीच कभी कुछ नहीं था।''

मैं एकदम पलटकर उठ बैठी। मैं देखना चाह रही थी कि यह बात कहते हुए दीदी का चेहरा कैसा लग रहा है, पर नहीं देख पायी। इस बार उन्होंने पीठ फेर ली थी और नाइट लैंप का मद्धिम प्रकाश उन तक पहुंच नहीं पा रहा था।

संवेदना

दलिया सेंकते हुए मुझे लगा कि शुचि के कमरे से कुछ आवाजें आ रही हैं। अपना हाथ रोककर मैंने जरा ध्यान से सुना—शुचि की ही आवाज थी। हे भगवान! अकेले कमरे में ये लड़की किससे बात कर रही है। सच कहूं तो थोड़ा डर भी लगा कि कहीं फिर बुखार तो नहीं चढ़ आया। अभी परसों ही तो नॉर्मल आया है—इस मामले में लड़की एकदम बाप पर गई है। थर्मामीटर का पारा 99 डिग्री से ऊपर गया नहीं कि बड़बड़ाना शुरू। दोनों के दोनों मुझे नचाकर रख देते हैं।

फिर मुझसे नहीं रहा गया। कड़ाही उतारकर मैंने सीधे उसके कमरे का रुख किया। महारानी खिड़की से लगी किसी से बात कर रही थी।

"कौन है शुचि?"

"मेरी सहेली है मम्मी!"

"तो अंदर बुला लो न।"

"तुम दरवाजा तो खोलो।"

"अब ये दरवाजा भी नहीं खोल सकती—" बड़बड़ाते हुए मैंने बाहर की सिटकनी खोली। सीढ़ियों पर खड़ी उस सहेली को देखकर तो मेरी सारी झल्लाहट दूर हो गई उलटे हंसी ही आ गई। ये इतनी-सी बित्ते-भर की लड़की इसकी सहेली है। और कॉलेज की दर्जन-भर जो हैं उनका क्या होगा?"

"नमस्ते आंटी" उसने अपनी झिलमिल मुस्कान बिखेरते हुए कहा तो मुझे होश आया।

"आओ न, भीतर आओ!" कहते हुए मैं उसे भीतर शुचि के पास लिवा

ले गई।

"ये इतनी-सी सहेली कहां पा गई तुम।" मैं अब अपना कुतूहल न दबा सकी।

"मम्मी! ये सोनाली है। रोज कॉटेज वाली पाल आंटी हैं न उनकी सोनाली है। हम दोनों रोज एक ही बस-स्टॉप से चढ़ती हैं न। इसी से दोस्ती हो गई।"

"अच्छा?"

"पांच-छह दिन से मुझे देखा नहीं न इसीलिये हाल-चाल पूछने आ गई है।"

"अच्छा, ये तो बहुत अच्छा किया बेटे। तुम्हारी दीदी का भी दिल बहल जायेगा।"

"दिल का तो ठीक है मम्मी! कुछ पेट की भी तो फिक्र करो।"

"उसी की फिक्र कर रही थी बेटे—दलिया सेंक रही थी, अभी बना जाता है। आज अपनी सहेली को भी बीमारों वाला ही नाश्ता कराना।"

वापस किचन में लौटकर मैं आठ-दस साल पुरानी उस घटना को याद करने लगी थी। अस्पताल में उन दिनों बड़ा हंगामा हुआ था। एक औरत बच्ची को जन्म देते हुए मर गई थी। उसका संगी-साथी कोई नहीं था। किसी रिश्तेदार की प्रतीक्षा में वह बच्ची आठ-दस दिन तक अस्पताल में पलती रही थी। फिर सिस्टर पाल उसे अपने घर ले आई थीं। उस अनाम कुल-गोत्र वाली बालिका को उन्होंने छाती से लगाकर पाला था। उनकी मेहनत सचमुच सार्थक हुई थी। बच्ची एकदम फूल-सी खिल आई थी।

रोज कॉटेज को कई लोग नर्सेस क्वार्टर भी कह लेते थे। पाल सिस्टर वहां अपनी बूढ़ी मां के साथ रहती थीं। कई नर्सेस जिन्हें रहने को स्थान नहीं जुट पाता था, रोज कॉटेज में बतौर पेइंग गेस्ट रह जाती थीं।

सिस्टर से मेरी पहली मुलाकात रुचि के जन्म के समय हुई थी। मुश्किल से अठारह की थी मैं। बेतरह घबरा गई थी। उस समय सिस्टर ने जो स्नेह और सहारा दिया वह हमेशा याद रहेगा। मुझसे एकाध ही साल बड़ी होंगी। पर रोगियों के लिए जैसे मां थीं। शुचि के समय तो हम दोनों की अच्छी-खासी दोस्ती हो गई थी। उस समय अस्पताल ही में मेरा जन्मदिन पड़ा था। ये ढेर सारे फूल लेकर आये थे। तब सिस्टर के मुंह से अचानक निकल गया था कि आज तो उनका भी जन्मदिन है। फिर ये उनके लिये भी एक बुके लाये थे।

वार्ड में अच्छी-खासी रौनक हो गई थी।

इसके बाद दो बार और अस्पताल जाना पड़ा, पर आने वाला जीव धरती पर उतरने से पहले ही आंखें मूंद चुका था। दोनों ही लड़के थे। घोर निराशा में हम दोनों आकंठ डूब गये। सिस्टर पाल की आंखें भी हर बार गीली हो आईं।

बस, उसके बाद इस अनुभव को दोहराने की हिम्मत नहीं पड़ी।

उन दोनों को नाश्ता करवाते हुए पिछला कितना कुछ याद आ गया।

दरवाजे की बेल बजी और एक बार फिर मुझे उठना पड़ा। जब से शुचि बीमार पड़ी है, उसकी सहेलियों का तांता लगा रहता है।

लेकिन दरवाजा खोलते हुए देखा, सहेली नहीं, शुचि के पिता थे।

"बड़ी जल्दी आ गये।"

"कोई चोरी है।"

"नहीं, मेरा मतलब था–"

"कहो तो लौट जाऊं?"

उनके स्वर से आशंकित होकर इस बार मैंने उन्हें ध्यान से देखा। चेहरा बेहद उतरा हुआ था। माथे पर सलवटों का जाल-सा था। मैंने चुपचाप रसोई में जाने में ही कुशल समझी।

पुरुषों की यही आदत तो मुझे अच्छी नहीं लगती। दफ्तर में लड़-झगड़कर आयेंगे और घर आकर सारा गुस्सा बीवी पर उतारेंगे। अरे भाई आपका मूड खराब है, आप थके-हारे आये हैं–ठीक है, जरा अपनी बीवी का तो खयाल कीजिये। वह क्या दिन-भर आराम करती रही है। सौ उलझनें होती हैं और अकेली जान सब झेलती रहती है। फिर भी घर लौटने वाले का हंसकर स्वागत करती है। और ये हजरत हैं कि...

चाय लेकर बाहर गई तो देखा, वे बरामदे में आरामकुर्सी पर ही पसर गये हैं। आंखें बंद हैं और दोनों हाथ ऊपर कुर्सी की पीठ पर टंगे हुए हैं।

"तबीयत तो ठीक है न?"

"क्यों? तुम्हें क्या तकलीफ हो रही है?"

अब कोई हालचाल भी पूछे तो किससे। तभी सोनाली बाहर निकली।

"ये क्या बेटे, चल दीं?"

"हां, आंटी! घर पर बताकर नहीं आई थी। सब लोग फिकर करेंगे।"

"हां, सो तो है। अच्छा, कल फिर आना। दीदी को अच्छा लगेगा।"

"जी, अच्छा आंटी नमस्ते! नमस्ते अंकल!"

मैं बड़ी देर तक गुड़िया-सी उस लड़की को जाते हुए देखती रही। तभी इनका प्रश्न आया—"कौन थी यह लड़की?"

"अरे ये, पाल सिस्टर की सोनाली है। कुछ साल पहले उन्होंने एक लड़की को एडाप्ट किया था न! समय कितनी जल्दी बीत जाता है न! अभी कल तक तो सिस्टर इसे प्राम में घुमाया करती थी। है न!"

"यहां क्यों आई थी।"

"अरे, ये शुचि की सहेली है" मैंने हंसकर कहा—"दोनों एक ही बस-स्टॉप से चढ़ती हैं। दो-तीन दिन से शुचि को देखा नहीं तो हालचाल पूछने आ गई।"

"शुचि से कहो ऐसी-वैसी लड़कियों से दोस्ती न किया करे।"

"आप भी कमाल करते हैं। ऐसी-वैसी से क्या मतलब! और फिर कैसी भी हो, हमें कौन लड़का ब्याहना है।"

"ब्याहने के लिए मेरे घर में लड़का नहीं है। याद दिलाने की जरूरत नहीं है।"

"आपसे आज बात करना ही फिजूल है" मैंने कहा और कुर्सी की पीठ पर पसरा उनका कोट उठाकर भीतर.जा ही रही थी कि पट्ट से एक लिफाफा गिर पड़ा।

"किसकी चिट्ठी है?" मैंने लिफाफा उठाते हुए पूछा।

"हिंदी पढ़ तो लेती हो न!"

मैंने भुनभुनाते हुए पत्र खोला। ऊपर दाहिने कोने पर लखनऊ देखते ही मेरे हाथ कांप गये। शुचि के लिये इन दिनों जोर-शोर से वर-संशोधन हो रहा है। इस तरह की सारी चिट्ठियां ये दफ्तर के पते पर ही मंगाते हैं ताकि घर में किसी को, खासकर शुचि को पता न लगे। ये लखनऊ वाले अभी पिछले हफ्ते ही तो शुचि को देखकर गये हैं।

मन को मजबूती से थामकर मैंने पढ़ना शुरू किया और मेरी तो खुशी के मारे चीख निकल गई। लखनऊ वालों ने शुचि को न सिर्फ पसंद किया था बल्कि वे इसी पंचमी को शगुन देने भी आ रहे थे।

"इतनी अच्छी खबर आई है, आप हैं कि ऐसी मातमी शक्ल बनाकर बैठ गये हैं—बाबा रे, मेरी तो जान ही निकल गई थी।" मैंने उन्हें मीठी झिड़की

दी। अब मुझे उनके उखड़े मूड की परवाह नहीं थी। मेरा तो पोर-पोर खुशी से झूम रहा था। उसी ललक में जाकर मैं शुचि को भी यह शुभ समाचार दे आई। बेचारी, पहले तो भौंचक होकर देखती रही फिर एकदम शरमा गई। उसके गालों पर खिलते गुलाबों को देखकर मैं निहाल हो गई—सच, ईश्वर तेरा लाख-लाख शुक्र है। जैसी प्यारी बेटियां तुमने मुझे दीं—वैसे ही हीरे से दामाद भी जुटा दिये।

रात का खाना मैंने खूब मन लगाकर बनाया था। यह याद ही नहीं रहा कि लड़की बीमार है और खिचड़ी और दलिया पर चल रही है। उस दिन उसे बिस्तर पर खाना नहीं दिया। वह भी रोज से ज्यादा स्वस्थ और चुस्त लग रही थी। उसकी आधी बीमारी तो यह खुशखबरी सुनकर ही दूर हो गई थी।

गनीमत थी कि खाने पर इनका मूड अच्छा था और वह होना ही था। अच्छा खाना इनकी कमजोरी है और उनके गुस्से का रामबाण इलाज है। रही-सही कसर बिटिया ने पूरी कर दी। उसे देखते ही उनकी बांछें खिल गईं।

"अरे वाह! आज तो हमारी गुड़िया भी हमारे साथ खायेगी।"

"हां पापा, बिस्तर पर लेटे-लेटे बोर हो गई हूं मैं। वहां खाने का स्वाद भी तो नहीं आता।"

"आज बुखार तो नहीं आया?"

"नहीं! परसों से नॉर्मल ही चल रहा है।"

"बस अब जल्दी से ठीक हो जाना है समझी? अगले बुधवार को कौन आ रहा है जानती हो?"

"हाय पापा!" शुचि ने लड़ियाकर कहा और दोनों हाथों में अपना मुंह छिपा लिया। ये प्यार से उसके बालों में हाथ फेरते हुए उसे देखते रहे। इनका चेहरा कैसा तो हो आया था।

"अरे अब खाना शुरू भी करो। सब ठंडा हुआ जा रहा है।" मैंने बड़ी मुश्किल से अपनी रुलाई रोकते हुए कहा।

"चलो बेटे शुरू हो जाओ। खाना ठंडा हो गया तो तुम्हारी मम्मी गरम हो जायेंगी।" इन्होंने कहा।

"पापा! ये मम्मी हम दोनों को बीमार कर देंगी। देखिये तो, क्या अल्लम-गल्लम पका रखा है। आप जरा हाथ रोककर खायेंगे—"

"अरे, खा लेने दो बेटे! कुछ दिनों की तो बात है। तुम्हारे जाने के बाद

तो खिचड़ी पर ही गुजारा करना है। ये तो सब-कुछ जो बनता है न, तुम लोगों के बहाने बन जाता है।''

''हां-हां, कहते जाइए। आपके लिये तो जैसे कभी कुछ बनाया ही नहीं। सारी जिंदगी चूल्हे में झोंक दी और ये सुनने को मिल रहा है।'' मैं मुंह फुलाकर बैठ गई।

''ओह मम्मी! डोंट स्पाइल इट'', शुचि ने बीच-बचाव करते हुए कहा। ये जैसे अब उसका हमेशा का काम हो गया है। सोचती हूं, कल को वह चली जायेगी तो क्या हम लड़ते ही रहेंगे? (या कि लड़ना भी भूल जायेंगे)

''मम्मी! एक मजेदार बात बताऊं? पाल आंटी शादी कर रही हैं।''

''क्या?'' हम दोनों के मुंह से एक साथ निकला। मेरा सारा गुस्सा काफूर हो चुका था और अब मैं उत्सुक होकर बैठ गई थी।—''इस उम्र में शादी! जानती है, मुझसे भी एक साल बड़ी हैं पाल सिस्टर।''

''अरे, यही तो उम्र है जब आदमी को सच्ची कम्पेनियनशिप की जरूरत होती है।''

''आप चुप रहिये। हां, तो किससे कर रही हैं?''

''वो लास्ट ईयर रोडवेज का एक भयानक एक्सीडेंट हुआ था न। उसमें दिल्ली के एक व्यापारी भी थे। अपनी टांग तुड़वाकर तीन महीने अस्पताल में पड़े रहे। बस वो आंटी की सेवा पर रीझ गये और उन्होंने आंटी के सामने शादी का प्रस्ताव रख दिया।''

''शादीशुदा हैं?''

''हां! पहली बीवी नहीं है। तीन लड़के हैं। बड़ा तो कॉलेज में पढ़ता है।''

''बच्चे राजी हैं?''

''क्या पता? इसी महीने की उन्तीस तारीख को दिल्ली में शादी हो रही है।—कैसी मजेदार बात है न मम्मी, जिस उम्र में आप सारी जिम्मेदारियों से फारिग हो रही हैं—पाल आंटी नई जिंदगी शुरू कर रही हैं।''

अब इसमें बुरा लगने जैसी तो कोई बात नहीं थी। पर पता नहीं मुझे क्यों ताव आ गया। ''अब बातें बंद भी करो। जल्दी-जल्दी खाकर मुझे छुट्टी दो। बेहद थक गई हूं।''

''ये एकदम तुम्हें क्या हो जाता है'' ये झल्लाये।

समझदार बच्चे की तरह शुचि चुपचाप वहां से खिसक ली थी।

"आप खा चुके न! तो बैठे क्यों हैं?"

"सोचता हूं तुम्हारा हाथ बटा दूं।"

"वाह, क्या कहने! रोज कितना हाथ बटाते हैं, सुनूं तो!"

"मौका ही कहां मिला। तुम्हारी लड़कियां जो अगल-बगल घेरे रहती थी। लेकिन अब तो आदत बनानी पड़ेगी।"

"आपको भी न जाने क्या जल्दी पड़ी थी।"

"मुझे जल्दी पड़ी थी? क्या कमाल करती हो। तुम्हीं ने नाक में दम कर दिया था कि देखना तो शुरू करो। मैंने तो कहा था कि उसे एम.ए. तो कर लेने दो पर तुम्हारी ही जिद थी कि देखते-देखते साल-दो साल लग ही जायेंगे। अब ये मेरा कसूर थोड़े ही है कि इतनी जल्दी बात पक्की हो गई?"

"देखो जी, उन लोगों से साफ कह दीजिये कि शादी हम अभी नहीं करेंगे। सगाई के लिये तो हमें कोई मोहलत नहीं दी। एकदम जैसे सिर पर चढ़े आ रहे हैं। शादी की तारीख हम अपनी मर्जी से तय करेंगे।"

"देखो मैडम! अब तो तीर हाथ से निकल चुका। अब तो उन लोगों की मर्जी से ही सब काम होगा। और उसमें फर्क भी क्या पड़ता है। देर-सबेर, हमें तो बेटी ब्याहनी ही है...अरे-अरे, तुम तो रोने बैठ गईं।"

"मैं यह नहीं सह पाऊंगी जी। ये खाली घर मुझे खा जायेगा।" मैंने सुबकते हुए कहा।

"शाम को तुम मुझ पर बिगड़ रही थीं न!" मेरी पीठ पर हाथ फेरते हुए ये गंभीर स्वर में बोले—"उस समय मेरी भी यही दशा हो रही थी। यह पत्र हाथ में आते ही खुशी तो हुई नहीं। उलटे भविष्य आंखों के सामने तैर गया। मैं पुरुष हूं न! तुम्हारी तरह रो तो नहीं सकता...'"

मैंने उनकी आंखों में झांका—मेरे आंसुओं का प्रतिबिंब वहां भी झिलमिल कर रहा था।

उसके बाद तो फिर रोने-बिसूरने का भी समय नहीं मिला। कुल जमा आठ दिन तो बीच में थे और करने को कितने काम थे। दर्जी, सुनार, हलवाई और बनिये के चक्कर लगाते-लगाते मेरा तो दम फूल गया था। मेरी सहेलियों ने कहा भी—"बहनजी, ये सगाई है। आप तो शादी का-सा हंगामा किये हैं।"

सचमुच शादी का-सा हंगामा हो गया था। कार्ड छपे थे, शामियाना तना

था, आर्केस्ट्रा बजा था—सौ-पचास लोगों का डिनर भी हुआ था। शुचि के ससुराल वालों की तो आंखें चौंधिया गई थीं। यह उन लोगों का ही इसरार था कि आजकल 'रिंग सेरेमनी' का रिवाज है। दोनों ओर की रस्में एक साथ ही कर लेंगे। पर इतने बड़े आयोजन की कल्पना तो उन्होंने भी नहीं की थी। समधीजी तो बोले कि "हमने तो सोचा था कि इंटीमेट फंक्शन होगा। चार-छह लोग हमारे होंगे, चार-छह आपके।"

अब उन्हें क्या बताती कि शुचि की सगाई और शुचि की शादी—मेरे यहां अब ये दो काम ही तो रह गये हैं। अपने अरमान निकालने का और मौका ही क्या है।

सगाई के दूसरे दिन लेकिन इतनी थकान हो आयी जैसे दो-चार बेटियां एक साथ ब्याह दी हों। शुचि को सुबह से उसकी ननदें लिवा ले गयी थीं। इन्हें किसी तरह दाल-भात खिलाकर मैं जो लेट गई तो दिन-भर फिर उठा ही नहीं गया।

नींद तो खैर क्या आती पर उलटे-सीधे विचार जरूर आते रहे। सबसे ज्यादा गुस्सा तो मुझे रुचि पर आ रहा था। इकलौती बहन की सगाई में भी नहीं आई। कहलवा दिया कि देवरानी का प्रसव समीप है और सासजी की तबीयत ठीक नहीं है। यह तो अच्छा हुआ कि चार घंटे के लिये ही सही, देवेन्द्र आ गये थे। नहीं तो लड़के वालों के सामने हमारी क्या इज्जत रह जाती।

"अरे कहां हो भाई!" ये मुझे ढूंढते हुए कमरे में आ गये थे—"ये देखो क्या है?"

"क्या है?"

"कल के फोटो हैं?"

"अरे इतनी जल्दी आ गये, कमाल है।" मेरी सारी थकान पल-भर में भाग गई। मैंने लपककर उनके हाथ से लिफाफा ले लिया और देखने बैठ गई। एक बार, दो बार, बार-बार देखने पर भी मन जैसे भरता ही नहीं था। शुचि की सजी-संवरी छवि पर से आंखें हटाये नहीं हटती थीं।

"सुनो," इन्होंने मेरी तंद्रा भंग की—"इनमें से दो-चार अच्छी-सी तस्वीरें छांटकर रुचि को भेज दो। देवेन्द्र जाते हुए बार-बार कह गये हैं।"

"कोई जरूरत नहीं है। इतना ही चाव था तो खुद आती।"

"अरे भाई, उसके अपने प्रॉब्लम्स हैं?"

"हां! उसे देवरानी की चिंता है, सास की फिक्र है। मां हलकान होती है तो होती रहे। इसीलिये लोग लड़के के लिये तरसते रहते हैं। बहू होती तो बुलावे की ऐसी अवज्ञा नहीं करती। रोती-झींकती ही सही, चली आती।"

"मैडम! अब बहुओं का भी जमाना नहीं रहा। मिसेस मिश्रा की बीमारी में देखा नहीं था। लड़का तो तार मिलते ही पहुंच गया था। पर बहू पूरे पंद्रह दिन बाद आई थी। बच्चों के इम्तहान जो थे।"

"हां, सो तो है। न बेटी अपनी रह जाती है न बहू अपनी हो पाती है।" मैंने उसांस भरकर कहा।

तभी दरवाजे की घंटी बजी। खोलकर देखा, सोनाली थी।

"दीदी हैं?"

"न बेटे! वह तो ससुराल गई है।"

"तो क्या दीदी की भी शादी हो गई?" उसके स्वर में हताशा झलक रही थी।

"वाह भई! ये कैसे हो सकता है कि दीदी की शादी हो जाये और उसकी सहेली को खबर भी न हो।" इन्होंने पीछे से आकर मुझे चौंका दिया--"न बेटे, अभी तो सिर्फ सगाई हुई है। वैसे तुम्हें तो सगाई पर भी बुलाना चाहिए था। आने दो दीदी को उसकी अच्छी कान खिंचाई करूंगा।"

फिर मेरी ओर मुखातिब होकर बोले--"अरे भई, खड़ी क्या हो। शुचि की सहेली का मुंह तो मीठा कराओ।"

"नहीं अंकल, मैं फिर आ जाऊंगी" उसने संकोच में भरकर कहा।

"अरे वाह, ऐसा कैसे हो सकता है" और इन्होंने उसे हाथ पकड़कर बिठा ही लिया। मैं मिठाई लेने भीतर चली गई। जब लौटी तो देखा, दोनों किसी जोक पर हो-हो करके हंस रहे हैं।

उस नाज़ुक-सी लड़की ने हमारा अपमान नहीं किया। हम लोगों का मन रखने के लिये भरी हुई प्लेट से बर्फी का एक टुकड़ा उठा लिया और फिर नमस्ते करके चली गई।

वे बड़ी देर तक उस बालमूर्ति को जाते हुए देखते रहे और फिर बोले, "बेचारी घर पर बोर हो रही है। सिस्टर शॉपिंग के लिये दिल्ली गई हुई हैं।"

"आज तो बड़ी घुट-घुटकर बातें हो रही थीं। और उस दिन क्या-क्या कह गये थे, याद है?" मैंने छेड़ा।

"सच बताऊं! आज उसे देखा तो एकदम रुचि की याद हो आयी। बचपन में वह बिलकुल ऐसी ही लगती थी।"

"खाक लगती थी। अपने बच्चों को ध्यान से देखा भी है कभी। कितनी गदबदी और गोरी-चिट्टी थी रुचि। एकदम अंग्रेज लगती थी।"

"क्या पता! मुझे तो हर छोटी लड़की में अपनी बिटिया ही नजर आती है। ये बाल-बच्चेदार रुचि तो मुझसे पहचानी नहीं जाती। क्या कल को शुचि ऐसी ही हो जायेगी।"

कुछ देर तक स्तब्धता छाई रही। फिर मैंने धीरे से कहा—"सुनिए!"

"बोलो!"

"रुचि को एक पत्र लिख दीजिए।"

"तुम्हारा गुस्सा दूर हो गया?"

"मजाक छोड़िए। रुचि को लिखिए कि दोनों बच्चों में से एक को हमारे पास छोड़ दे!"

"क्यों?"

"क्यों का मतलब? कल को शुचि चली जायेगी तो दिन-भर मैं क्या दीवालों से सिर फोड़ूंगी। मन बहलाने को कुछ तो चाहिए कि नहीं।"

"इसीलिए वो अपना बच्चा तुम्हें दे दे?"

"वह बच्चा हमारा भी तो कुछ लगता है? आखिर हमारा भी तो कुछ हक है।"

"क्या हक है? जब लड़की पर ही हमारा हक नहीं रहा, तो बच्चों पर क्या होगा। ऐसी बेवकूफी की बातें मेरे सामने मत किया करो, कहे देता हूं।"

मैं तो हैरान थी—इसमें इतना गरम होने की क्या जरूरत थी। आजकल तो इनको समझना मुश्किल हो गया है। घड़ी में तोला, घड़ी में माशा बने रहते हैं।—या शायद हम दोनों का ही यह हाल हो गया है।

वह पूरा दिन इतना खराब बीता। शुचि सुबह से ही चली गई थी। उसके ससुर की कोई बहन शहर में थीं। उनके यहां खाना था। बाद में सामने वाले शर्माजी के यहां फोन पर कहलवाया कि सिनेमा का प्रोग्राम है—देर तक लौटेंगे। मैंने सोचा बारह से तीन वाला शो तो क्या मिल पायेगा। हां, तीन से छह वाला देखकर लौटेंगे। पर आठ बजे तक भी उन लोगों का अता-पता नहीं था। इतनी देर तक कभी लड़कियां घर से गायब रहतीं तो ये मेरा कोर्ट मार्शल कर देते।

पर इस समय इत्मीनान से बैठे टी.वी. देख रहे थे। एकाध बार मैंने कहा भी कि शर्माजी के यहां से फोन कर लो। पर जवाब में उन्होंने मुझे इस तरह घूरकर देखा कि मेरी सिट्टी-पिट्टी गुम हो गई।

रात के खाने में मैंने सिर्फ खिचड़ी बनाई थी। नौ बजे तक शुचि की प्रतीक्षा करने के बाद ही मैंने रसोई में पांव दिया था और जल्दी में जो बन सका बना लिया था। पर ये टेबल पर आते ही बोले—"सुबह दाल-भात, रात को खिचड़ी। वाह! अच्छा कांबीनेशन है। बिटिया के जाने के बाद शायद इसी पर गुजारा करना पड़ेगा। अच्छा है, अभी से थोड़ी-थोड़ी आदत हो जायेगी तो बाद में परेशानी नहीं होगी।"

मुझे तो एकदम रोना आ गया—"एक दिन पूड़ी-पकवान नहीं बनेंगे तो क्या प्रलय हो जायेगी। न सामने वाले का मन देखते हैं न शरीर, बस ताने देने लगते हैं।"

वे पहले तो भौंचक-से मुझे देखते रहे। फिर चुपचाप थाली में चम्मच चलाते रहे। इसके बाद हम दोनों में कोई बातचीत नहीं हुई। वे चुपचाप पहली बार का परोसा हुआ खाकर उठ गये।

मुझे बाद में अपने ऊपर बड़ी ग्लानि हो आई। यह मुझे एकदम क्या हो जाता है। लगता है शुचि की शादी की सारी खुशी सगाई के बाद ही ठंडी पड़ गई। सूना घर जैसे काटने को दौड़ रहा था। घर में हम दो प्राणी थे पर दोनों ही अपने में कैद हो गये थे। ये तो खाने के बाद सीधे बिस्तर पर चले गये थे। मैं थोड़ी देर को टी.वी. के सामने बैठी रही पर मजा नहीं आया। स्वेटर बुनने की कोशिश की पर तीन बार खोलना पड़ा। हर बार पैटर्न में कुछ भूल हो जाती थी। हारकर सलाइयां रख दीं। मैगजीन उठाई पर एक भी पंक्ति दिमाग में नहीं आ रही थी। आखिरकार बरामदे में आरामकुर्सी पर पसर गई। शुचि पर रह-रहकर गुस्सा आ रहा था। क्या वह अपनी मम्मी का स्वभाव जानती नहीं? क्या उन लोगों से कह नहीं सकती? और वे लोग भी कैसे हैं। बस, कल सगाई हुई है और आज से लड़की उनकी हो गई? शादी के बाद तो शायद शक्ल भी न देखने दें।

कोई साढ़े दस बजे दरवाजे पर गाड़ी रुकी। शुचि के जेठ-जिठानी खुद उसे छोड़ने आये थे। देरी के लिए बार-बार माफी मांग रहे थे। बताया कि सिनेमा के बाद वे लोग शॉपिंग के लिए चले गये थे। शुचि ने चंदेरी की बूटेदार साड़ी

पहन रखी थी। शायद यह प्रवीण का पहला उपहार था। क्योंकि उसे दिखाते हुए शुचि की आंखों में एक अनोखी चमक आ गई थी।

वे लोग कॉफी पीकर चले गये और मैं सीधे बिस्तर पर आ गई। मुझे मालूम था शुचि के पास आज कहने के लिए ढेर-सी बातें हैं। पर अब मुझमें ही धैर्य चुक गया था।

रात दो बजे तक बिस्तर पर यूंही करवटें बदलती रही। तब याद आया, नींद आये तो कैसे। रात भूखी ही सो गई थी। शुचि पर इतना गुस्सा आ रहा था। एक बार भी नहीं पूछा कि मम्मी आपने खा लिया? बस अपने में ही मस्त थी।

तब भान हुआ कि आने के बाद मैंने भी तो उससे नहीं पूछा। ससुराल वालों के साथ पहला परिचय था। वहां तो संकोच के मारे भूखी ही उठ आई होगी। वैसे भी तो सौ नखरे हैं उसके। और शाम के खाने की तो कोई बात ही नहीं हुई थी।

फिर मुझसे लेटा नहीं गया। दबे पांव उसके कमरे में जाकर देखा, रोशनी थी, तो जरूर अब तक जाग रही है। खाली पेट नींद आये भी तो कैसे।

पास जाकर देखा, गहरी नींद में थी। हाथों में अंग्रेजी का कोई उपन्यास अधखुला पड़ा था। बेडलैम्प की रोशनी सीधे उसके चेहरे पर पड़ रही थी और नींद में उसका चेहरा बड़ा प्यारा, बड़ा मासूम-सा लग रहा था। तभी वह सोते में मुस्करायी और उसका चेहरा एक शर्मीली आभा से भर उठा। जरूर उसे शाम की कोई मधुर स्मृति गुदगुदा गई होगी।

उसके हाथों से किताब लेकर मैंने तिपाई पर रख दी और स्विच ऑफ किया। फिर धीरे से मच्छरदानी ठीक की। ये रोज ही का काम था। मच्छरदानी ठीक करना और सिरहाने की खिड़की बंद करना ये दोनों काम मेरे ही जिम्मे थे। नाइट लैंप की रोशनी में देखा कोई चीज कुर्सी से झूल रही है। बत्ती जलाकर देखा—नयी साड़ी थी। महारानी ने बस ऐसे ही उतारकर फेंक दी थी। इतना ताव आया। क्या बेशऊर लड़की है! कम-से-कम ससुराल की साड़ियों की तो कद्र करनी चाहिए कि नहीं।

साड़ी तहाकर मैंने अलमारी जो खोली तो वहां गदर मचा हुआ था। आठ-दस दिन से मुझे इधर झांकने की भी फुरसत नहीं मिली थी। और इन्होंने तो कभी अपने कपड़े समेटना सीखा ही नहीं। अब ससुराल में क्या मम्मी साथ

जायेंगी।

कपड़े नीचे उतारकर मैं पालथी मारकर बैठ गयी। ड्रायक्लीनिंग की, प्रेस की, धुलने की साड़ियों का, सूट्स का अलग ढेर लगाकर बाकी कपड़े करीने से जमा दिये। कार्डीगन और स्वेटर्स तो ऐसे गुड़ी-मुड़ी हुए पड़े थे कि साफ और मैले समझ में ही नहीं आ रहे थे। मैंने एक सिरे से सभी को धोने के लिये निकाल लिया। एक कुर्ते में पेन का ढक्कन अटका हुआ था। उसका निचला हिस्सा ढूंढने के लिये पूरी अलमारी खंगालनी पड़ी।

पेन टेबल पर रखने गयी तो वहां का नजारा देखकर रोना आ गया। तेल की शीशी, खाने की प्लेटें, दवाई की शीशी, गरम पानी की थैली—हर तरह का कबाड़ वहां था। हॉट वाटर बैग कील से लटकाने गयी तो शुचि की सैंडिल से पैर उलझ गया। फिर जूतों के स्टैंड का मुआयना किया। वहां तो मेला लगा हुआ था। कोल्हापुरी चप्पलों से सलीमशाही जूती तक हर चीज वहां थी, पर बेतरतीब। हर साड़ी से मैच करती चप्पल थी पर उसका जोड़ ढूंढना दुश्वार काम था। मैंने सोचा चलो लगे हाथ ये पुण्य-कार्य भी निबटा लिया जाये।

तभी पीछे आहट हुई। चौंककर देखा—ये खड़े थे।

"ये देखिये न! कैसा फैला रखा है?"

पर मुझे उन्होंने बोलने का मौका ही नहीं दिया। कमरे की बत्ती बुझाकर करीब-करीब खींचकर ही मुझे कमरे तक ले गये और मेरे सामने घड़ी रख दी। उस समय सुबह के चार बज रहे थे।

तब से जैसे मुझ पर एक पागलपन-सा सवार हो गया था। जब समय मिलता मैं शुचि का कमरा ठीक करने लगती। उसके धुले हुए कपड़े धो डालती। उसकी करीने से लगी किताबें बिखेरकर ठीक से जमा देती। तहाई हुई साड़ियां खोलकर प्रेस करने लगती। पुराने स्वेटर खोलकर बैठ जाती। नये तो एक साथ दो-तीन शुरू कर रखे थे।

उसकी सहेलियां आतीं तो खूब भुनभुनाती कि घर को धर्मशाला बना दिया है। वे चली जातीं तो खूब रोती कि कल को शुचि चली जायेगी तो कोई यहां झांकने भी नहीं आयेगा। रुचि की भी तो दर्जन-भर सहेलियां हैं। दो-एक तो अब भी इस शहर में हैं। पर कभी इधर का रुख नहीं करतीं।

प्रवीण का पत्र हर दूसरे-तीसरे दिन आने लगा था। यहां से भी उत्तर जाता

ही था। मुझसे वह भी सहन नहीं होता था। हर बार झल्ला पड़ती—''अपने दूल्हे के लिये तो दिन में दो बार पत्र लिखोगी। पर मम्मी को लिखते जान निकलती है। रुचि को देखती नहीं हूं क्या। तीन-तीन महीने हो जाते हैं पर एक पोस्टकार्ड नहीं लिखा जाता। इतना पढ़ाया-लिखाया सब मिट्टी हो गया।''

मेरी बमबारी से शुचि इतनी आतंकित हो जाती कि कई बार तो पत्र की बात छिपा ही जाती। उसकी तो पापा के साथ गहरी छनती थी।

ये बधाई देने वाले और तंग किये हुए थे। जो मिलता यही कहता—''वाह साहब! इसे कहते हैं प्लानिंग। रिटायरमेंट से पहले सारी जिम्मेदारियों से फारिग हो लिये। अब फुरसत-ही-फुरसत है।''

कोई उनसे पूछे तो कि इस फुरसत का क्या करें!

औरतें कहतीं—''वाह बहनजी! आप तो सब झंझटों से मुक्ति पा गईं। अब आराम से बैठकर भजन कीजिए।''

मैं मुस्कराकर रह जाती पर मेरा मन चीख उठता—छियालीस वर्ष की आयु में मेरी गृहस्थी समाप्त हो गयी, यह क्या बधाई की बात है? यह उम्र क्या भजन-पूजन करने की है। मुझे तो कभी उसमें रस आया ही नहीं। मेरा काशी-काबा तो मेरा घर ही है। व्रत-उपवास जो किये हैं—इन बच्चों के लिए। भगवान के जब भी हाथ जोड़े हैं, बच्चों की कुशल-मंगल ही मांगी है। इस घर के आगे तो मेरी कोई दुनिया ही नहीं है।

मैंने इस झंझटों से मुक्ति कब चाही थी।

शुचि की शादी की तारीख तय हो गई थी। जिस उत्साह से मैंने सगाई की तैयारी की थी उसका आधा भी मुझमें शेष न था। मुझे लगता हर आने वाला दिन बिटिया को मुझसे दूर ले जा रहा है। मेरा बस चलता तो मैं समय को पकड़कर बैठ जाती।

उस दिन भी अपने में खोई बैठी थी कि पोस्टमैन की आवाज पर चौंक उठी। दौड़कर बाहर जाने को थी कि फिर थक-हारकर बैठ गयी। डाक से अब मुझे कोई दिलचस्पी नहीं रह गयी थी। वही प्रवीण की चिट्ठी होगी। उसे ही इतनी फुरसत है। बाकी लोग तो खोज-खबर लेना जैसे भूल गये हैं।

''सुनो।'' इनकी आवाज आयी। आवाज से ही जान गयी कि मामला गड़बड़ है। फिर भी जाकर पूछ लिया—''क्या बात है?''

"तुमने रुचि को पत्र लिखा था?"

मेरा तो खून जम गया। लगा जैसे मेरी चोरी पकड़ी गयी हो। रुचि पर इतना गुस्सा आया। मेरे पत्र का उत्तर मुझे ही देना था न! पापा को बीच में घसीटने की क्या जरूरत थी।

"देवीजी ने लिखा था—पापा! आप प्लीज मम्मी को समझा दीजिये। मैं बहुत मजबूर हूं। आशीष तो दीदी की आंखों का तारा है। उसे वे एक पल भी आंखों से ओझल नहीं होने देतीं। और मनीष के पापा उसके बिना नहीं रह सकते। आप ही बताइये, मैं क्या करूं।"

"हो गई तसल्ली?" इन्होंने अपनी खीज उतारते हुए कहा—"इसीलिये मना किया था। जब लड़की ही अपनी नहीं रही तो उसके बच्चों पर क्या जोर है! और यहां कौन-सा कारूं का खजाना गड़ा है जिसके लालच में कोई तुम्हें अपना लड़का गोद दे देगा।"

एक-दूसरे से आंखें चुराते हुए हम दोनों पता नहीं कितनी देर आमने-सामने बैठे रहे। अपमान का दंश इतना गहरा, इतना ताजा था कि मुंह से बोल नहीं फूट रहा था। तभी फाटक खड़का और मैंने राहत की सांस ली। इस समय किसी तीसरे की सचमुच बहुत आवश्यकता थी।

सिस्टर पाल अपनी मां के साथ दरवाजे पर खड़ी थीं।

"आइये-आइये!" हम दोनों स्वागत में जैसे बिछ से गये। और उस मनःस्थिति में भी मैंने लक्ष्य किया कि सिस्टर पाल इन दिनों बहुत सुंदर लग रही हैं। एक सुव्यवस्थित जीवन की कल्पना भी मनुष्य को कितना निखार देती है।

"रोजी का शादी का कार्ड देने आया था।" मिसेज पाल ने एक खूबसूरत कार्ड हमें थमाते हुए कहा।

"बधाई हो—वैसे यह खुशखबरी तो हमें मिल गई थी। पर इस बीच हम लोग इतने व्यस्त रहे कि बधाई देने नहीं आ सके।"

"आपका बेबी का भी शादी पक्का हो गया न! हमें सोनाली ने बताया था। कांग्रेच्युलेशन्स!"

फिर कुछ देर तक भावी वर के विषय में, उसके घर-परिवार के विषय में बातें होती रहीं। सिस्टर ने बताया कि उनका बहुत बड़ा बिजनेस है, परिवार काफी सम्पन्न है, तीन बच्चे हैं। तीनों होस्टल में हैं। घर में एक विधवा मौसी

हैं जो देख-रेख करती हैं। पर अब वे भी थक चली हैं। घर में अब गृहिणी का होना बहुत जरूरी हो गया है।

"तो अब आप नौकरी छोड़ देंगी?"

"हां!...अब जरूरत भी नहीं है।"

"बहुत सर्विस कर लिया। शी नीड्स रेस्ट नाउ।" उनकी मां ने ममता भरे स्वर में कहा।

"तो सोनाली आपके साथ जायेगी या यहीं मम्मीजी के पास रहेगी?" मैंने यूं ही पूछ लिया। पर मेरे इस सरल से प्रश्न का अजीब असर हुआ। उन दोनों के चेहरे एकदम लटक गये और वे एक-दूसरे की ओर देखने लगीं।

बड़ी देर बाद मिसेज पाल ने बताया—"वैसे, इसका मिस्टर को तो कोई आब्जेक्शन नहीं है। पर मौसी तैयार नहीं होता! कहता घर में जवान बेटे हैं! ऐसे में बाहर का लड़की घर में नहीं चाहिए।"

"पर वह बाहर की कहां है।" मैंने कहना चाहा पर चुप हो गई। उसके जन्म का इतिहास तो उन्हें बताना ही पड़ा होगा न!

"कोई बात नहीं।" ये बोले—"यहां मम्मीजी तो हैं। और सिस्टर लोग भी हैं। देख लेंगी।"

"प्रॉब्लम क्या है सर कि मम्मी अब ये हाउस सेल करना चाहती हैं। कोई कस्टमर हो तो बतायेंगे। अब अकेली वो यहां नहीं रहेंगी। गोवा अपना ब्रदर के पास चली जायेंगी।"

"तो सोनाली...?"

"वो तो गोवा नहीं जायेगी। हमारा ब्रदर का फेमिली भी बड़ा है। वो हमको एडजस्ट करेगा तो मेहरबानी है। ये लड़की को कैसे रखेगा।"

"ओफ?"

"अरे भई, चाय-वाय तो बनाओ। मेहमानों का पेट क्या सिर्फ बातों से ही भरना है?"

मुझे उठने का बहाना मिला तो सच बड़ी खुशी हुई। वहां का वातावरण तो इतना बोझिल हो गया था। मुझे रह-रहकर सोनाली याद आ रही थी। सिस्टर इन्हें बता रही थीं कि फादर जॉन ने आश्वासन दिया है कि 'द चर्च विल लुक आफ्टर हर', पर इसका मतलब तो अनाथालय ही हुआ न। इतने नाजों से पली लड़की अनाथालय में रहेगी!

चाय-नाश्ता लगाते हुए याद आया, इतनी आस्था से कार्ड देने आई हैं तो मुझे भी कुछ देना चाहिए। क्या दूं! इनके तो मुझ पर कितने उपकार हैं। यही तो मेरे दोनों बच्चों को दुनिया में लाई हैं। सौभाग्य से इन दिनों घर में, कपड़ों का अंबार था। मैंने एक प्यारी-सी जामदानी चुनी। चूड़ियों का एक सेट उसके साथ देते हुए कहा—"दिल्ली तो मैं आऊंगी नहीं। आप हमारी ओर से यह एडवांस में प्रेजेंट लीजिये।"

वे तो एकदम अभिभूत हो गईं। बार-बार धन्यवाद करने लगीं। फिर एकाएक बोलीं—"बेबी का शादी कब फिक्स हुआ है?"

"जी फरवरी में! फरवरी अठारह।"

"तब हमको बोलिये बेबी को दिल्ली से क्या मंगाता। हम भेजेंगे, हमारी तरफ से बेबी का वेडिंग प्रेजेंट।"

"सिस्टर!" ये एकाएक बोल पड़े—"क्या आप सचमुच हमें कुछ देना चाहती हैं?"

"बाय आल मीन्स सर!"

"तो हमें सोनाली दे दीजिये।"

"क्या?" हम तीनों एक साथ चीख पड़ीं।

"यह मत सोचिये कि मैं सोनाली पर कोई दया कर रहा हूं। मैं जानता हूं आप उसे मझधार में नहीं छोड़ेंगी। मैं तो अपने लिये उसे मांग रहा हूं। अपना सूनापन भरने के लिये हमें एक खिलौना चाहिए सिस्टर। हमें विश्वास है आप हमें निराश नहीं करेंगी।"

"लेकिन सोनाली खिलौना नहीं है—एक जीती-जागती लड़की है, जिम्मेदारी है।" मैंने कहा।

"तो क्या हुआ। हम अभी इतने बूढ़े तो नहीं हो गये हैं कि एक बच्चे का भार न उठा सकें। हमारे अपने ही होते तो हम उन्हें पालते कि नहीं।"

"लेकिन सर...एडॉप्ट करना हो तो लड़का होना...यू नीड ए सन सर।"

"नो सिस्टर! आई नीड ए डॉटर। वन मोर डॉटर! आप तो जानती हैं मेरे भाग्य में लड़का है ही नहीं! आप तो खुद इस बात की गवाह रही हैं। फिर अपने भाग्य से लड़ने में क्या तुक है। और यहां कौन-सी इस्टेट रखी है जिसके लिये वारिस चाहिए। जो कुछ जमापूंजी थी इन लड़कियों पर लुटाकर मैं तो निष्कांचन हो जाना चाहता हूं। पर जिंदगी तो आगे भी चलेगी न! उसके लिये

तो सहारा चाहिए।''

''लेकिन...?''

''लेकिन-वेकिन कुछ नहीं। मैंने कभी लड़के की कामना नहीं की। मैंने तो अपना सारा प्यार लड़कियों पर ही लुटाया है। अगर कल को कोई लड़का गोद ले भी लूं तो मुझे ढंग से प्यार करना भी न आयेगा।''

जाते हुए दोनों गद्गद् थीं। मिसेज पाल तो बार-बार कहे जा रही थीं—''गॉड ब्लेस यू सर, गॉड ब्लेस यू।''

''आप अभी अच्छे से और सोचना सर!'' सिस्टर ने कहा—''नो हरी! बट थैंक्स ऑल द सेम। मुझे कितना रिलीफ हुआ मैं डिस्क्राइब नहीं कर सकती। ये प्रॉब्लम मेरा नींद छीन लिया था। मैं तो शादी कैंसिल करने के वास्ते तैयार हो गयी थी। पर मम्मी ने मना किया। फादर एश्योर किया तो रुक गया। थैंक्यू बोथ ऑफ यू।''

उनके जाते ही मैं बरस पड़ी—''ये क्या पागलपन सवार हो गया था आप पर।''

मुझे बांहों में भरकर ये मेरी ओर देखते रहे। उस दृष्टि में पता नहीं क्या था कि छाती पर रखी सिल पिघलने-सी लगी थी—''रानी'', ये तरल स्वर में बोले—''पागलपन तो तुम कर रही हो। एक मां से उसका बच्चा मांग रही हो। एक भरे-पूरे घर से उसकी खुशी छीन रही हो। तुम्हारे हृदय में जो ममता का सागर हिलोरें मार रहा है उसे जाया क्यों करती हो। ये प्यार उसे दो जिसका कोई नहीं है। घर उसे दो जिसके सिर पर छत नहीं है।''

उनकी बातों ने मन पर चंदन का-सा लेप किया। इतने दिनों से मेरे मन में धधकता ज्वालामुखी एकदम शांत हो गया था।

साथी

दाल पीसते-पीसते उनका बूढ़ा शरीर हांफ उठा था। हर आहट पर वे चौंक उठती थीं—कभी इस आशा से कि रामलाल होगा, कभी इस डर से कि बहूरानी क्लब से न लौट आयी हो।

यों देखा जाए तो बहूरानी बेचारी कभी कुछ नहीं कहती। खुद ही आगे बढ़-बढ़कर उनकी हर इच्छा, हर जरूरत को पूरा करने की कोशिश करती है, फिर भी कभी-कभी संकोच हो ही जाता है।

पिछले हफ्ते से बाबूजी दो-तीन बार कचौड़ी खाने की बात कह चुके हैं। यों यह कोई बड़ी बात नहीं थी, लेकिन उनकी खांसी बढ़ जाने के डर से इधर तली हुई चीजें करीब-करीब बंद-सी हैं। मांजी इस बात के औचित्य को समझती न हों ऐसा भी नहीं। फिर भी बाबूजी का यों जरा-सी चीज के लिए तरसते रहना उन्हें अपार कष्ट पहुंचाता है।

इसीलिए आज उन्होंने मुंह अंधेरे उठकर दाल भिगो दी थी। बहूरानी के क्लब में जाने के बाद मैदा गूंधकर रख दिया था और दाल पीसने बैठ गयी थीं, वे सारी सामग्री तैयार रखना चाहती थीं, जिससे प्रोग्राम में हेरफेर की गुंजाइश न रहे।

घड़ी में साढ़े चार बजे, रामलाल तथा बहूरानी ने एक साथ ही रसोई में प्रवेश किया।

"ये क्या हो रहा है माताजी?" रामलाल ने सिल-लोढ़े का चार्ज लेते हुए पूछा।

"थोड़ी कचौड़ी बना लेंगे आज। जब देखो मरी डबलरोटी बच्चों के आगे रख देते हो! पता नहीं रोज-रोज कैसे खा लेते हैं बेचारे!" मांजी ने कहा।

रामलाल ने बहूरानी की तरफ देखा, मान लो कहना चाहता हो कि माताजी ने किस खूबी से बात बनायी है। पर बहूरानी के गंभीर चेहरे को देखकर चुपचाप अपना काम करने लगा।

"आपने क्यों तकलीफ की? रामलाल ग्राइंडर में पांच मिनट में पीस देता।" बहू ने कहा। उसकी सहृदयता से मांजी का मन तरल हो उठा।

"अरे करने को यहां है ही क्या? लेकिन एकदम काम करना छोड़ दूंगी तो ये हाथ-पैर एकदम बेकार नहीं हो जाएंगे।" कहते हुए वे रसोईघर से बाहर आ गयीं। मंदिर से कीर्तन की आवाज आ रही थी। दो-चार बार बड़के ने पूछा भी था। पड़ोस वाले एस.पी. साहब की माताजी भी रोज मंदिर जाती हैं, पर मांजी ने मना कर दिया था। कह दिया था "मेरे तो काशी-विश्वेश्वर घर में ही हैं।"

तब शर्म भी आयी थी। बहू क्या सोचती होगी कि बुढ़ापे में भी इन्हें घर का मोह नहीं छूटता। वे क्या करें? सचमुच ही उनका घर से पांव नहीं निकल पाता।

"मांजी कचौड़ियां गरम-गरम बन रही हैं, आप और बाबूजी खा लीजिए ना!" बहूरानी पास खड़ी होकर बड़े प्रेम से कह रही थी।

"आ जाने दो बच्चों को। उनके साथ खा लूंगी। हां, अपने बाबूजी को तुम दे आओ।" मां ने कहा।

जब भी खाने की कोई चीज बाबूजी के कमरे में भेजनी होती तो वे बहूरानी को ही भेजतीं। बहू जब माथे पर पल्ला खींचकर बड़े अदब से ट्रे लेकर कमरे में जाती तो गर्व से उनका सीना फूल उठता। लगता कि इस वक्त हर कोई आकर देखे कि उनकी बहू कितनी सुशील है। मेजर की बेटी है, कलेक्टर की बीवी है, पर जरा-सा भी गरूर नहीं है।

बाबूजी को भी अच्छा लगता है कि बहू उनकी सेवा कर रही है। उन्हें नौकरों के भरोसे नहीं छोड़ दिया गया है।

शाम हुई और बच्चे किलकारियां मारते हुए घर में दाखिल हुए। दोपहरी से सोया हुआ घर एकाएक जाग पड़ा।

बहूरानी को बच्चों में उलझा देखकर मांजी बाबूजी के लिए फिर एक प्लेट भरकर ले गयीं। वे खा-पीकर तृप्त होकर लेटे थे।

"और नहीं लोगे?"

"नहीं भाई! फिर रात में खांसी चैन नहीं लेने देगी। तुम क्या रसोईघर

में थी इतनी देर?"

"मैं क्या करूंगी रसोईघर में? मुझसे भला होता है ये काम अब! वो तो आपकी लाडली बहूरानी है ना, जानती है कि ससुरजी को कचौड़ी पसंद हैं, इसलिए इतना सरंजाम किया है उसने।"

"अच्छा!" बाबूजी ने कहा। चेहरे पर एक तृप्ति का भाव था। मांजी शायद इसी के लिए दिन-भर से खट रही थीं।"

वैसी-की-वैसी प्लेट लेकर जब लौटीं, तब तक लड़का भी आ चुका था।

"आज बड़ी देर कर दी बेटा?"

"नहीं अम्मां! रोज का ही तो समय है। आज क्या कचौड़ियों का प्रोग्राम है? बाबूजी को ज्यादा तो नहीं...?"

"अरे कहां खाते हैं वे। देख पूरी-की-पूरी प्लेट लौट आयी है। वे तो खुद ही बेचारे डर-डरकर रहते हैं।"

"अम्मां, जरा एक बात थी। बाबूजी ने अलका को बुलाया है क्या?"

"पता नहीं रे! क्यों?"

"देखो, एकदम इस तरह से मत बुला लिया करो। अभी राखी पर ही तो नीलिमा यहां से गयी है। तुम तो जानती हो, लड़कियों का बुलाना इतना सहज नहीं है। फिर बच्चों की परीक्षाओं के दिन हैं। घर में मेहमान हों तो सब-कुछ 'अपसेट' हो जाता है।"

"कब आ रही है वह?" मांजी ने उत्सुकता और आशंका से भरकर पूछा।

"लिखा है, शायद अगले महीने आये। लेकिन बाबूजी से कहो, अब चुप कर जाएं। आएगी तो देखा जाएगा।" और उसने इधर-उधर देखकर एक पोस्टकार्ड मांजी के हाथों में रख दिया।

अपनी छोटी वाली बेटी का पोस्टकार्ड वह देर तक पढ़ती रहीं। थोड़ी ही देर में उनके आंसुओं में सारी लिखावट धुंधली होकर रह गयी। उफ, क्या जिंदगी है! लड़कियों को मन भरके बुला भी नहीं सकते। इससे तो अपना गांव वाला घर अच्छा था। जब जी चाहा बुला लिया। किसी से पूछताछ करने की जरूरत नहीं। लेकिन बाबूजी बार-बार बीमार पड़ते रहे। बच्चे क्या हर बार छुट्टी लेकर देखने आ सकते थे! बड़े बेटे ने कहा, "यहां आप लोग किसलिए पड़े हैं? हम लोग आखिर किस दिन काम आएंगे?"

आखिर आना ही पड़ा था। बड़ा-सा बंगला, मोटर, नौकर-चाकर।

बेटे-बहू ने सेवा-सुश्रूषा में कुछ भी उठाकर नहीं रखा था। दोनों लड़कियां और दोनों छोटे लड़के भी जब तब मिलने आ जाते हैं। सारा खर्च चुपचाप उठाते हैं दोनों, पर बड़े बेटे का भी कहना ठीक है—लड़कियों के बुलाने पर सौ खर्चे होते हैं। दोनों अपनी-अपनी ससुराल में नाक ऊंची किए हुए हैं कि मेरा भाई कलेक्टर है। हर बार उनकी विदाई पांच सौ से कम नहीं पड़ती।

और मुसीबत यह है कि बाबूजी से ये बातें कहना भी मुश्किल है। कहेंगे, "डेढ़ सौ रुपये पेंशन के पाता हूं। लड़कियों को अपनी हिम्मत पर बुलाता हूं।"

अब इनसे कौन कहे कि डेढ़ सौ में आजकल होता क्या है? सौ रुपये की दवाई ही आ जाती है। लड़का बेचारा सारा खर्च उठा रहा है इसलिए पता नहीं चलता।

कमरे में जाकर देखा, सोनू दादाजी को अखबार पढ़कर सुना रहा है। हर दो पंक्तियां पढ़ने के बाद खिड़की से बाहर झांकता हुआ लंबी उबासियां भर रहा है।

वे सोच ही रही थीं कि किस उपाय से सोनू को मुक्ति दिलायें कि एक चमचमाती हुई कार अहाते में मुड़ती दिखायी दी।

"ओ शुक्ला अंकल आये हैं! मीनू-टीनू आये हैं।" कहता हुआ ताली पीटता सोनू बाहर भाग गया।

बाबूजी ने भी अतिथि से मिलने की इच्छा व्यक्त की तो मांजी का मन घबरा गया। बैठक के कमरे में पहुंचते ही बाबूजी दूसरे आदमी बन जाते हैं। 'हमारे जमाने में' से शुरू करके पता नहीं क्या-क्या किस्से सुना डालते थे। कमरे के वातावरण में अजीब-सा तनाव भर जाता था।

इसीलिए उनके बैठकखाने में जाने के प्रस्ताव से घबराकर मांजी ने कहा, "सुनो! लक्ष्मीनारायण मंदिर में बड़ी अच्छी झांकी लग रही है आज। बड़का कह रहा था, आप लोग जाएं तो गाड़ी तैयार करवाऊं।"

"अरे वाह! तब तो जरूर जाएंगे भाई। हमारा सूट निकाल दो। अभी तैयार हुए जाते हैं।"

छुटकारे की सांस लेते हुए मांजी ने सूट निकाला। यह पुलोवर, कनटोप और दस्तानों का सेट था, जो मंझली बहू ने बुनकर भेजा था। इसे निकालते हुए मांजी ने बड़ी सफाई से अलका की चिट्ठी संदूक में डाल दी। अब कभी भी बात छिड़ने पर वे कह सकती थीं कि आप चिट्ठी पढ़कर भूल गये हैं।

"वाह, क्या चीज बुनी है हमारी माया बिटिया ने! मजाल है जो जरा भी हवा लग जाये। माया ने तुम्हारे लिए भी तो जर्सी भेजी है न! वह कहां है? पहनो न? बढ़िया लगती है।"

मांजी ने घबराकर इधर-उधर देखा। बहूरानी का दूर-दूर तक कहीं पता नहीं था। गनीमत थी, नहीं तो मंझली बहू की इतनी तारीफ वह सह नहीं पाती।

"चलना नहीं है?" बाबूजी ने कहा तो उनकी तंद्रा टूटी।

शाम को बाबूजी के साथ उन्हें मंदिर जाना बड़ा अच्छा लगता था। ड्राइवर अदब से दरवाजा खोलकर खड़ा हो जाता था, नौकर हाथ देकर दोनों को उतारता था। सारे दृश्य को दर्शनार्थी बड़े मनोयोग से देखते थे। आंखों में श्रद्धा और आदर लिये हुए वे जब हाथ जोड़ते तो मन गौरव से भर उठता।

हमेशा की तरह बाबूजी मंदिर में शास्त्रार्थ करने बैठ गये। मांजी बेचैनी से प्रतीक्षा करने वाले ड्राइवर और सुखलाल को देखती रहीं। उन्हें लगा कि बाबूजी ज्यादा देर लगा रहे हैं। जरूर ड्राइवर उन्हें मन-ही-मन कोस रहा होगा।

दो-चार बार याद दिलाने के बाद बाबूजी उठे, अपने ही जैसे दो-तीन बुजुर्गों को उन्होंने गाड़ी में बैठने के लिए निमंत्रित किया। मांजी को फिर एक बार ड्राइवर की नाराजगी का डर हुआ। सारे रास्ते वे उसे कुरेद-कुरेदकर उसके घर-परिवार के संबंध में पूछती रहीं।

बंगले में पांव रखते ही भुने हुए प्याज की गंध उनके नथुनों में भर गयी। उन्हें रामलाल पर क्रोध हो आया। कितनी बार कहा है, सोमवार को प्याज मत छौंका कर, तेरे बाबूजी खाते नहीं। लेकिन उसका क्या है! नौकर आदमी है। लेकिन इन लोगों से क्या एक दिन भी सब्र नहीं होता!

वे भागी-भागी रसोई में गयीं।

"सब्जी प्याज में छौंक दी रामलाल, अब उन्हें क्या परोसूंगी मैं?" उन्होंने रोष में कहा।

"हुजूर, बड़े साहब के लिए लौकी अलग बना रखी है। एक बार कहने से भूलता थोड़े ही हूं।" रामलाल ने गर्वोक्ति से कहा। मांजी खुश हो गयीं।

रात को बाबूजी की थाली उन्होंने कमरे में ही पहुंचा दी, "तुम यहीं खा लो। उन लोगों ने तमाम चीजों में प्याज डाल रखा है।"

"उससे क्या फर्क पड़ता है।" बाबूजी ने निरीह भाव से कहा। उन्हें नाती-पौत्री के साथ, लड़के के साथ बैठकर खाना अच्छा लगता था। पर मांजी

हफ्ते में तीन-चार बार किसी-न-किसी बहाने उन्हें कमरे में ही खिला देती थीं। उन्हें मालूम था, बाबूजी के होने से बहू को बैठने में दिक्कत होती थी। बच्चे भी उतना खुलकर हंस-बोल नहीं पाते थे।

मांजी के सामने आखिर बाबूजी को झुकना ही पड़ा। उन्हें खाना खिलाने के बाद उन्होंने खुद खाया। फिर बाबूजी को टॉनिक, टॉनिक के बाद गोली और गोली के साथ दूध दिया। फिर उनका बिस्तर ठीक किया। दिन-भर की मुड़ी-तुड़ी चादर बदली। सिरहाने मफलर, कनटोप, बिस्तर के नीचे चप्पलें रखीं। स्टूल पर थर्मस में गरम पानी, खांसी दबाने के लिए प्लेट में मुलहठी, लौंग और मिश्री के टुकड़े रखे। उन्हें बिस्तर पर लिटाने के बाद ही मांजी को चैन मिला।

और फिर एकाएक उन्हें लगा कि वे बहुत थक गयी हैं। सुबह से जैसे पांवों में भौंरी बांधकर काम करती रही हैं। अब जाकर याद आता है कि वे उम्र की बासठ सीढ़ियां पार कर चुकी हैं। हमेशा जैसी मेहनत उनके बस की नहीं रही।

बड़ा लड़का रोज की तरह जब कमरे में आया, तब वह पांवों पर आयोडेक्स मल रही थीं।

"लाओ मैं मल दूं", उसने हाथ से शीशी छीनते हुए कहा, "क्यों दिन-भर हाय-हाय करती रहती हो। कितनी बार कहा है कि बस बैठकर हुक्म किया करो। देखो, बहू कुछ करती भी है या नहीं।"

"कहां करती हूं रे कुछ!" उन्होंने कहा। पर उन्हें अच्छा लग रहा था। उनके थके शरीर को उसके बलिष्ठ हाथों का आधार बढ़ा अच्छा लग रहा था।

"सुबह आठ बजे से पहले उठना नहीं।" कहकर जब वह चला गया था तो उन्हें बड़ा अच्छा लग रहा था। अपने भाग्य पर उन्हें ईर्ष्या हो आयी। कभी सोचा भी नहीं था, इतनी बड़ी गृहस्थी, इतनी आसानी से पार हो गयी। तीनों लड़के पढ़-लिख गये, ऊंचे ओहदों पर पहुंच गये। लड़कियां खाते-पीते घरों में चली गयीं। बहुएं भी आयीं तो सुंदर, सुशील। कभी किसी ने लौटकर जवाब तक नहीं दिया। आदमी को और क्या चाहिए।

"बस, भोलेनाथ! अब इस भरे दरबार में से मुझे हाथों-हाथ उठा लो। यही प्रार्थना है।" उन्होंने दोनों हाथ माथे से टेककर कहा।

लेकिन उनकी बंद आंखों के सामने असहाय एकाकी बाबूजी की मूर्ति नाच उठी और उन्हें लगा—बुलावा आ ही गया तो क्या वे निश्चिंत मन से जा सकेंगी!

औकात

खेल अपने पूरे यौवन पर था। मीना की पतली नाजुक उंगलियां अपना कमाल दिखा रही थीं। हर शॉट के साथ एक-एक गोट भीतर जा रही थी। यह क्वीन और आ जाए बस फिर तो गेम उनका ही है। सामने बैठे प्रवीण भैया बार-बार जता चुके हैं—"मिन्नो हमारे भरोसे न रहना, जो कुछ भी करना है तुम्हीं को करना है।"

"अरे मरो, अब बस भी करो।" कूलर की घरघराहट को भेदती मौसी की उनींदी आवाज उभरी—"कसम है, जो इस खट-खट के मारे जरा भी आंख लगी हो।"

"मम्मी अब झूठ तो मत बोलो!" रीता ने तपाक से जवाब दिया, "एक बजे जो मुंह ढांपकर सोई हो तो पूरे तीन घंटे बाद तुम्हारी आवाज सुनाई दी है।"

"तो क्या चार बज गए?" मौसी ने मन-ही-मन हिसाब लगाया—"अरे तो अब चाय-वाय भी बनेगी या खेल ही होता रहेगा।"

शॉट लगाते हुए मीनू का हाथ अकारण ही कांप गया। चांस बेकार चला गया। नीता ने लपककर स्ट्राइकर उठाते हुए कहा—"मम्मी, अब प्लीज डिस्टर्ब मत करो। इतनी दोपहरी में तुम्हें चाय की पड़ी है।"

मीनू जानती है एक बार चाय की तलब होने पर मौसी से मिनट-भर सब्र नहीं होगा। उसने कनखियों से देखा, मामाजी की रिंकी-पिंकी उपन्यासों में ऐसा सिर डालकर बैठ गई हैं, मानो वह कोर्स की किताब हो और इम्तहान एकदम सिर पर हों। अलीगढ़ वाली सुषमा जिज्जी अच्छी-खासी मीनू के पास बैठकर खेल देख रही थीं। मौसी के जागते ही वे चादर ओढ़कर वहीं फर्श पर लंबी हो गई थीं। रोहित, मोहित तो लड़के थे। उन्हें कोई खतरा ही नहीं था।

"मीनू?" मौसी की अलसाई पुकार आई।

मीनू जैसे इसके लिए तैयार ही बैठी थी। एकदम उठ खड़ी हुई।

"अहा, कैसी रानी बिटिया है। बस, यही है जो मेरा दर्द समझती है। बाकी तो सब बस खाने भर को हैं।"

"अरे गेम तो पूरा करती जाओ!" तीनों साथी चिल्लाए।

"नहीं अब मन नहीं है। तुम रिंकी-पिंकी को बिठा लो।"

"अब मन क्यों होगा, मम्मी ने तारीफ जो कर दी है। सच मम्मी, यू आर एक परफेक्ट बोर।"

किचन में जाते हुए मीनू नीता का भुनभुनाना सुनती रही। सुनकर अनसुना करती रही। पर उस आवाज को वह कैसे अनसुना कर दे, जो बड़े विश्वास के साथ, बड़े अधिकार के साथ केवल उसके लिए उठती है।

पिछले पंद्रह दिनों से यही सब तो हो रहा है। वह बड़ी ललक के साथ यहां आई थी। वैसे तो इन दिनों शादियों में जाना उसने छोड़ ही रखा है। ऐसे अवसरों पर अपने अभाव और अधिक कचोटने लगते हैं और जहां जाओ उसकी अपनी शादी की चर्चा छिड़ने लगती है। लोगों की बातें सुन-सुनकर अपने पर ही करुणा उपजने लगती है।

पर यहां आते हुए उसका मन उछाह से भरा हुआ था। नीता की शादी थी और नीता सिर्फ उसकी मौसेरी बहन नहीं थी हमउम्र होने के नाते सखी-सहेली भी थी। इसीलिए तो मौसी ने उसे आठ-दस दिन पहले से बुला लिया था और वह भी भागी चली आयी थी।

वह तो यहां आकर पता चला कि मीनू की जरूरत नीता को नहीं खुद मौसी को थी। आते ही उसके सामने ढेर-सी साड़ियां पटक दी गई थीं। किसी पर गोटा टंकना था, तो किसी पर फूल-पत्ती काढ़नी थी। फॉल तो खैर सभी में लगनी थी। नीता की अटैचियां जमाने का काम भी किसी ऐरे-गैरे को नहीं सौंपा जा सकता था।

फिर शादी का घर था। ढेर-के-ढेर मेहमान और उनकी उतनी ही फरमाइशें। कोई चाय मांग रहा है तो किसी को कॉफी चाहिए। किसी को नींबू-पानी चाहिए तो कोई लस्सी के लिए कलप रहा है। कोई काली कॉफी में नींबू डालकर पी रहा है तो किसी को शक्कर की बीमारी है—फीकी चाय चाहिए। ये नखरे भला नौकरों से झिलते हैं? रसना के दर्जनों पैकेट खोलकर तरह-तरह के शर्बत घोलना

क्या नौकरों के बस की बात है?

मीनू ही बेचारी चकरघिन्नी की तरह घूमकर सबकी फरमाइशें पूरी करती रहती है। तीन-तीन नौकर हैं भी तो किस काम के? उनका सारा वक्त खाना बनाते ही निकल जाता है और फिर मौसी को उन लोगों पर विश्वास भी तो नहीं है। सब लोग मगन होते हैं चित्रहार में, कि मौसी को एकदम सनक सवार होती है—''मीनू बेटे, जरा रसोई में झांक तो आ। रामचरण तो अपना जाना-परखा है। पर इन दोनों छोकरों का कुछ ठीक नहीं। मुझे तो मरे उठाईगीरे लगते हैं।'' फिर मेहमानों से मुखातिब होकर कहेंगी—''मेरा तो बस इसी पर वश चलता है। ये मेरी महारानियां तो चौबीसों घंटे टी.वी. से चिपकी रहेंगी। मां मर भी रही होगी तो कहेंगी—जरा रुक जाओ। ये सीरियल खत्म हो जाने दो। अच्छा है, हमारी मीनू को अभी ये टी.वी. की बीमारी नहीं लगी।''

मौसी जैसे इस बहाने सबको जता देना चाहती हैं कि मीनू के घर टी. वी. नहीं है। वह शर्म से गढ़ जाती है। रसोई से लौटकर भी वह फिर सबके बीच बैठकर चित्रहार देखने का साहस नहीं जुटा पाती।

घर में इतने सारे लोग थे। रोज ही सैर-सपाटे का प्रोग्राम बनता था। पर मीनू का जाना नहीं हो पाता था। सुबह अगर वे लोग स्वीमिंग के लिए जाते, तो मौसी कहती—''मीनू तुझे तो तैरना नहीं आता न, तू ऐसा कर अपने मौसाजी को चुपचाप आमलेट बनाकर खिला दे। ऊपर के कमरे में हीटर रखा है। देख किसी को कानोंकान खबर न हो।''

शाम को लोग-बाग घूमने के लिए निकलते तो मौसी को याद आ जाता, ''अरे किशमिश चिरोंजी तो अभी साफ ही नहीं हुईं। अब यह काम भला नौकरों पर छोड़ा जा सकता है? मरे आधे तो गटक जाएंगे।'' हॉल में वी.सी.आर. पर कोई फिल्म चल रही होती और मीनू भीतर वाले बरामदे में बैठकर हलवाई के सामान की लिस्ट बनाती होती। अपने सुंदर अक्षरों पर तब उसे बड़ी कोफ्त होती।

शादी का घर था। कामों की तो कोई गिनती ही न थी। मौसी उसे एक क्षण भी आंखों की ओट न होने देती थीं। सबसे कहती फिरतीं—''जिज्जी की लड़कियां सचमुच बड़ी सुघड़ हैं। सुघड़ और शालीन। स्वभाव तो ऐसा है जैसे मक्खन। हमारी ये देवियां तो नाक पर मक्खी नहीं बैठने देतीं।''

मक्खन है, तभी तो जरा-सी तारीफ पर पिघल जाती है। मीनू को अपने आप पर कोफ्त हो आई। वहां सब छोटे-बड़े आराम फरमा रहे हैं। चाय बनाने का ठेका जैसी इसी ने ले रखा है। तिस पर सितम यह कि बर्तन सब-के-सब मांजने को हैं। ढंग की एक पतीली भी नहीं कि चाय चढ़ाई जा सके। नौकर हैं तो अपने किस काम के। वक्त पर या तो गायब रहेंगे या उसकी आवाज पर कान ही नहीं देंगे। उसकी औकात जानते हैं न।

हारकर उसने एक पतीली साफ की। अभी तो कप-प्लेटों का भी जुगाड़ करना पड़ेगा। वहां सब-की-सब महारानी बनकर बैठी रहेंगी। किसी से यह भी न होगा कि आकर ट्रे ही लगवा दे।

अम्मां शादी से एक दिन पहले पहुंची थीं। आते ही मामाजी ने उलाहना दिया था—"जिज्जी! तुमने क्या बिटिया को बांदी बनाकर भेजा था? छोटी जिज्जी उसे दिन-भर नचाए रखती हैं।"

अम्मां तो निरी गऊ हैं। सुख-दुख तो उन्हें व्यापता ही नहीं। बोलीं—"अरे तो क्या हुआ, काम करने से कोई घिस थोड़े ही जाएगी। शादी का कामकाज कोई बाहर वाले आकर थोड़े ही करवाएंगे, वो तो अपने को ही करना पड़ता है। फिर मेरी मीनू को तो आदत है। मेरी गृहस्थी तो इन्हीं लड़कियों के दम पर चल रही है।"

मीनू को बहुत ताव आया। ठीक है, उसे आदत है, तो क्या इसका मतलब है वह हर जगह खटती ही रहेगी? अम्मां भी कभी-कभी ऐसी बात कह देती हैं कि बस। गुस्से की एक यही वजह नहीं थी। अम्मां नीता के लिए तो सात सौ की साड़ी लेकर आई थीं पर मीनू के लिए कुछ भी नहीं, जबकि अम्मां जानती थीं कि शादी में पहनने लायक उसके पास कुछ भी नहीं है। अम्मां ने वायदा भी किया था और अब बिसूर रही थीं—"क्या करें बिन्नो, यहां का नेग-दस्तूर पूरा करते-करते ही दम फूल गया। ऊपर से हम दोनों का किराया। आने को तो सब तैयार थे पर नंगे-बच्चों को कहां लाती। पड़ोस की शर्माइन के भरोसे छोड़ आई हूं। तेरी साड़ी के लिए कहा था, पर तू तो अपने बाबूजी को जानती है। बिगड़ गए, बोले—'कोई उसकी शादी हो रही है, जो नयी साड़ी चाहिए।' फिर क्या करती? वो तो ऊपर वाली लता ने बताया कि आजकल साड़ियों के भी सूट चले हैं। सो तेरे बाबूजी की चोरी से वही बनवाकर लाई हूं।"

अपनी बाईस साल पुरानी, बनारसी साड़ी को शहीद करके अम्मां जो सूट

बनवाकर लायी थीं, उसे देखकर तो मीनू को रोना आ गया। जरी के बूटों का तार-तार अलग हो रहा था और रंग भी जगह-जगह से मद्धम पड़ गया था। न कपड़े में चमक शेष थी न जरी में।

दुख तो इस बात का था कि अपना सारा बजट ताक पर रखकर, अम्मां जो साड़ी लायी थीं, उसे मौसी ने ठीक से देखा भी नहीं। बस, एक बार हाथ में लेकर रख दिया—"अरे जिज्जी! इतना खर्च करने की क्या जरूरत थी?" पर उनके चेहरे से साफ जाहिर था कि वे खुश नहीं हैं। उन्हें शायद किसी और चीज की आशा थी। मामाजी चांदी का आइसक्रीम सेट लाये थे। छोटी मौसी कानों के झुमके लायी थीं। नीता की एक बुआ जड़ाऊ कंगन लायी थीं। इन चीजों के सामने, सात सौ की साड़ी की बिसात ही क्या थी। अम्मां का चेहरा खुद ही बुझा-सा हो गया।

शादी वाले दिन छोटी मौसी ने उनका मूड और खराब कर दिया। जैसे ही सब लोग तैयार होने लगे मौसी बोलीं—"हाय जिज्जी, दुनिया कहां पहुंच गई और तुम अभी वही पुरानी साड़ियां लथेड़े जा रही हो। भला ऐसा डिजाइन आजकल कोई पहनता भी है।"

अम्मां तो रोनी-रोनी हो आईं। मीनू जानती है, बरसों हो गए, अम्मां अपने लिए एक अच्छी-सी साड़ी भी नहीं खरीद पाई हैं। पर इस मजबूरी को छोटी मौसी क्यों समझेंगी। उनके यहां तो कंचन बरस रहा है।

मीनू ने तय कर लिया था कि वह अपने रोज वाले कपड़े ही पहन लेगी, पर अम्मां का लाया हुआ वह नमूना सूट नहीं पहनेगी। पर अम्मां का रुआंसा चेहरा देखकर उन्हें और अधिक तंग करने की इच्छा नहीं हुई। वह जैसे ही तैयार होकर निकली सब लड़कियों ने उसे घेर लिया। "यह क्या, आज भी साड़ी नहीं पहनोगी?"

"क्या करें, अम्मां हमारा ब्लाउज लाना ही भूल गईं।" उसने मिमियाकर कहा।

"तो क्या हुआ मेरा पहन लो। मेरा तुम्हें फिट आ जाएगा।" किसी ने कहा। फिर किसी ने ब्लाउज दिया, किसी ने उससे मेल खाती साड़ी निकालकर दी। किसी ने नकली मोतियों का सेट दे दिया तो किसी ने मैचिंग वाली चूड़ियां पहना दीं। नीता की सहेली ने उसके काले घने बालों को नये अंदाज में संवार दिया। एक ममेरी बहन ने उसे विदेशी सेंट से नहला ही दिया।

बन-संवरकर जब सब लोग बाहर आईं तो बारात बस लगने ही वाली थी। दूल्हे को देखने की जैसे होड़-सी लग गई। चूड़ीदार पाजामा, रेशमी शेरवानी और कलगीदार साफे में सजे उस राजकुमार को देख मीना का मन एक अनाम पीड़ा से कराह उठा। जयमाल डालती हुई नीता के लिए ईर्ष्या की एक सूक्ष्म-सी लहर उसके मन में उठी। सामान्य-से रूप-रंग की नीता, पर वह भी इस समय किसी राजकुमारी से कम नहीं लग रही थी। दूर से तो पहचानी भी नहीं जा रही थी।

"पहचानोगी कैसे?" किसी ने टिप्पणी की—"पूरे तीन सौ का ब्राइडल मेकअप है।"

तीन सौ? हे भगवान, हर कोई इतने रुपये खर्च कर सकता है? काश ये रुपये उसके पास होते! ढंग की एक साड़ी तो आ जाती।

पानी खौलकर जब आधा रह गया तब जाकर उसकी विचार-तंद्रा टूटी। दुबारा पानी चढ़ाकर वह ट्रे में कप-प्लेटें सजाने लगी। चाय छानते हुए याद आया मौसाजी पहले पानी मांगेंगे। सो दो गिलास पानी के भी भरकर रख लिये। बार-बार कौन दौड़ेगा।

इससे तो अच्छा था अम्मां के साथ ही लौट जाती। पर मौसी तो रोने ही बैठ गईं, "जिज्जी, मेरा घर क्या एकदम सूना कर जाओगी। कम-से-कम नीता के लौटने तक तो इसे यहां रहने दो। मैं इसी को देखकर जी जुड़ा लूंगी।"

ऐसी विनती अम्मां कैसे नकार देतीं। अब नीताजी वहां मसूरी में हनीमून मना रही हैं और मीनू यहां बेगार ढो रही है।

चाय लेकर कूलर वाले कमरे में गई तो ऐसा लगा जैसे राजस्थान से शिमला आ गई हो। उसे देखते ही सब लोग अपना-अपना काम छोड़कर ट्रे के पास सिमट आए। कुछ देर पहले ये ही लोग मौसी को चाय के लिए कोस रहे थे।

"शाब्बाश बेटा, भगवान तुम्हारा भला करे।" मौसाजी ने पानी का गिलास लेते हुए तृप्त मन से आशीर्वाद दिया।

"लड़कियों को ऐसा आशीर्वाद दिया जाता है?" मौसी ने कहा—"ऐसा कहो कि भगवान करे तुम्हारे हाथ भी जल्दी से पीले हो जाएं। वैसे हमारी मीनू जिस घर में जाएगी उजाला करेगी।"

मीनू शर्म से लाल हो आई।

"अरे, इसकी शादी की बात तो अभी लग रही थी।" मौसाजी बोले।

"अच्छा, कहां?" मौसी ने उत्सुकता से पूछा। मीनू ने भी अपने प्राण कानों में समेट लिए।

"अरे बारात वाले दिन बड़ी बन-ठनकर घूम रही थी न। तो समधीजी ने पूछा कि किसकी लड़की है? मैंने कहा अपनी ही है—नीता की मौसेरी बहन है। पसंद है तो कहिए। छोटे कुंअरजी के लिए बात चलाऊं?"

"फिर क्या बोले?"

"बोले कि आपने पहले क्यों नहीं बताया? हम तो एक ही मंडप में दोनों को ब्याह ले जाते।"

मीनू को लगा उतनी खुशी वह झेल नहीं पाएगी।

"बड़े लालची हैं बुढ़ऊ"...मौसी बोलीं, "सोचा होगा इतना ही सब वहां से भी मिलेगा। तभी तो झट से हां भर ली।"

इंद्रधनुषी बादलों में उड़ता हुआ मीनू का मन दन्न से जमीन पर आ गिरा। वह एकदम होश में आ गई। मौसी ठीक तो कह रही हैं। नीता के ससुर बेचारे कैसे जानेंगे कि सामने जो सजी-संवरी लड़की खड़ी है, उसका सारा सिंगार उधार का है, चंदे का है।

लेकिन दहेज तो कोई उधार नहीं देता। न उसके लिए चंदा किया जा सकता है। मौसाजी ने जो नीता को दिया है, उसकी क्या वह अपने लिए कल्पना भी कर सकती है? बाबूजी उसके लिए एक ढंग की साड़ी तो ला नहीं सकते।

"बेटे, जरा पानदान उठाना।" मौसाजी ने कहा।

वह एकदम आज्ञाकारी सेवक की तरह उठ खड़ी हुई। यही औकात है उसकी। इसी में रहना है।

खेल-खेल में

"मम्मी!" बबलू पिनकता हुआ कोई तीसरी बार भीतर आया होगा।

"क्या है रे?" मैंने बेजारी से पूछा। दोपहर को सारे काम निपटाकर पांच मिनट शांति से लेटना चाहती हूं, पर बच्चों के मारे वह भी नहीं हो पाता। पता नहीं, इन लोगों के स्कूल कब खुलेंगे? मेरा बस चले तो गर्मियों की छुट्टियां ही बंद करवा दूं। लू-लपट के डर से दिन-भर घर में छेंककर रखना पड़ता है—और ये हैं कि लड़-झगड़कर जैसे मेरे प्राण ले लेते हैं!

"मम्मी!" वह बदस्तूर मुझे झकझोर रहा था, "दीदी को देखो न!"

"क्या देखूं?"

"हमें नहीं खिलातीं।"

"पिंकी?" मैं चीखी।

"क्या है मम्मी?" उसने वहीं से पूछा। जानती है न कि भीतर आना खतरे से खाली नहीं है।

"भैया को खिलाती क्यों नहीं अपने साथ?"

"खिला तो रहे हैं!" ढीठ-सा उत्तर आया।

"कहां खिलाती हैं!" बबलू मुंह फुलाकर बोला।

"हमें हरिया बनाती हैं। बार-बार बाजार भेजती हैं।"

इतना ताव आया मुझे। वाह री लाडो! मेरे छौने को नौकर बना दिया!

दनदनाती हुई मैं बाहर आई। "पिंकी तुम्हें शर्म नहीं आती!" पर उसे देखकर मैं क्रोध का असली मकसद ही भूल गई। मेरी कलफ-प्रेस लगी प्रिंटेड

साड़ी बांधे वह बड़ी तल्लीनता से अपनी गृहस्थी में डूबी थी। मैं तो तिलमिला गई, "सत्यनाश करके रख दी न साड़ी! मरा धोबी एक-एक रुपया ले लेता है आजकल...तुम्हें वह लाल वाली दी थी न मैंने। फिर अलमारी क्यों छुई?"

"रोज-रोज क्या एक ही साड़ी पहनी जाती है!" उसने रोनी-सी आवाज में कहा। सहेलियों के सामने फटकार खाकर उसका चेहरा इतना-सा निकल आया था—खासकर तब जबकि वह उन लोगों की 'मम्मी' बनी हुई थी।

पड़ोस की दोनों लड़कियां पिंकी से साल-दो साल छोटी हैं, इसलिए वह हमेशा उन पर रुआब गांठती रहती है। वे भी बड़े विनीत भाव से उसके आगे-पीछे डोलती रहती हैं। तभी तो उन लोगों के आते ही बबलू दूध की मक्खी के समान निकालकर फेंक दिया जाता है।

और मुझे फिर अपना मंतव्य याद आ गया, "तुम्हें शर्म नहीं आती"—मैं गरजी, "अपने भैया को नौकर बनाती हो?"

"तो क्या करें मम्मी!" उसने ठुनकते हुए कहा, "दिन-भर घर में बैठा तंग जो करता रहता है।"

"ये न आंटी! बार-बार खाने को मांगता है!" स्वाति उसके सुर-में-सुर मिलाकर बोली।

"ये लोग भी तो खाती हैं।" बबलू ने अपना पक्ष प्रस्तुत किया।

"आंटी, हम तो अपना हिस्सा बचा-बचाकर खाती हैं।" चपटी नाक वाली पूनम गाल फुलाकर बोली, "यह तो अपना हिस्सा एकदम चट कर जाता है। बार-बार कहां से दें।"

"हमने ड्राइंगरूम सजाया था। सब बिगाड़कर चला गया।" पिंकी ने एक और शिकायत दर्ज की।

शिकायतों का पुलिंदा जरा भारी हो चला था, इसलिए मैंने कुछ सोचकर तजवीज पेश की, "देखो, ऐसा करो। इसे पापा बना दो। दिन-भर दफ्तर में रहेगा! शाम को सब्जी लेने भेज देना।"

"धत्!" पिंकी ने मुंह बिचकाया, "ऐसे सड़े से आदमी को पापा कौन बनाएगा।"

"बड़ी आई पापा वाली!" मुझे भी ताव आ गया। बबलू को जबरदस्ती गोद में उठाकर मैं भीतर ले आई, "तू तो मेरा राजा बेटा है न! चल तुझे मैं तस्वीरों वाली किताब दिखाऊंगी। अच्छी-अच्छी कहानियां सुनाऊंगी। दीदी को

तपने दे वहीं बालकनी में।"

बबलू को पलंग पर बिठाकर मैं अलमारी से वह पुस्तक निकाल लाई जो कि पिछले दिनों बच्चों की बुआ ने अमेरिका से भेजी थी। मैंने अब तक उसे बच्चों की और आस-पड़ोस की नजर से बचाए रखा था। बच्चों की पोशाकों के असंख्य नमूने थे उसमें। जितनी प्यारी पोशाकें थीं, उससे भी प्यारे वे बच्चे थे। मुझे तो हर लड़की की तस्वीर में पिंकी ही दिखाई दे रही थी।

अभी कुछ क्षण पहले उस पर बरस रही थी मैं, पर अब बेतरह प्यार आ रहा था। उसकी बातें सोच-सोचकर हंसी आ रही थी। नटखट भैया से छुटकारा पाने का कैसा बढ़िया समाधान खोजा था उसने! बस, नौकर बनाकर बाजार दौड़ाते रहो। वह एक जिन्न की कहानी है न कि काम बताओ, नहीं तो खा जाऊंगा। ये बबलू महाशय किसी जिन्न से कम थोड़े ही हैं।

और कितनी ठसक के साथ पिंकी ने कहा था, "धत्! ऐसे सड़े से आदमी को पापा कौन बनाएगा!"

बात करने का यह अंदाज कहां से सीख लिया है उसने। वैसे उसका रोष वाजिब है। ये तीनों-चारों लड़कियां पूरी दोपहर खेलती रहेंगी। उनकी आवाज तक नहीं आएगी। पर यह जाएगा, खेल बिगाड़कर आएगा।

कटोरी भर नमकीन, मुट्ठी भर चना-चिरोंजी, थोड़ी-सी मूंगफली, थोड़ी-सी सेवधानी और दो संतरों के सहारे वे पूरा दिन खींच लेंगी। उतनी-सी पूंजी में गृहस्थी के सारे काम निबटा देंगी। सहेजकर रखना, बचा-बचाकर खर्च करना, जैसे ये मां के पेट से ही सीखकर आई हैं! और यह गधा एक बार में ही अपना हिस्सा डकारकर फिर शेर बन जाता है।

"मम्मी!" बबलू गुनगुनाया, "मैं बाहर जाऊं?"

"कोई जरूरत नहीं।" मैंने उसे जबरन थपकते हुए कहा, "चल, आ तुझे कहानी सुनाऊं। कौन-सी सुनेगा?"

"चोर-सिपाही वाली।"

दोनों बच्चों की रुचियों में इतना फर्क है। पिंकी राजा-रानी की, परियों की कहानियां सुनते नहीं अघाएगी। उसके लिए कहानी का चुनाव बहुत सोच-समझकर करना पड़ता है। कोई भी करुण प्रसंग छेड़ा नहीं कि उसके टप-टप आंसू गिरने लगते हैं। कई बार तो उसके लिए मैंने कहानियों के अंत बदल

डाले हैं। उसके लिए हर कहानी का सुखांत होना बहुत जरूरी है।

बबलू को चाहिए, राजकुमार की, डाकू की, शेर की साहस भरी कहानियां। ये मारधाड़ वाली कहानियां सुनते उसकी अपनी भी मुट्ठियां तन जाती हैं। नथुने फड़कने लगते हैं। कई बार जोश में आकर वह पास रखी चीज को किक मारकर उछाल देता है।

मेरी काम वाली बाई तो उसे 'गब्बरसिंह' कहकर ही बुलाती है। कई बार मैं सचमुच चिंतित हो उठती हूं। बड़ा होकर पता नहीं यह कैसा निकलेगा। इसकी महत्वाकांक्षाएं भी तो अजीब हैं। हमेशा ट्रक ड्राइवर, ट्राफिक पुलिस या बैंड मास्टर बनने के सपने देखता रहता है।

इसके पापा मुझे जब-तब चिढ़ाते रहते हैं, "ये तुम्हारा लाडला बेटा बड़ा समझदार है। ज्यादा खर्च नहीं करवाएगा। जल्दी ही अपनी रोजी-रोटी कमाने लगेगा।"

"ज्यादा ऊंचे मत उड़िए। कोई बचत होने वाली नहीं है।" मैं उनका मुंह चिढ़ाकर कहती हूं, "वह आपकी नकचढ़ी जिंदगी-भर की कमाई समेटकर ले जाएगी...देख लेना।"

मैं जग्गा डाकू की लोमहर्षक कहानी सुना रही थी। पर जब बड़ी देर तक अपेक्षित प्रतिक्रिया नहीं हुई तो मैंने देखा, बाएं घुटने की कमान पर दायां पैर टिकाए बबलूजी बिल्कुल पापा के अंदाज में लेटे सामने टकटकी लगाये हैं। उनकी दृष्टि का अनुसरण कर मैंने देखा—कल ही कैलेंडर का पन्ना बदल गया था और नये पेज पर एक षोडशी आलीशान कार से टिकी खड़ी थी।

बबलूजी, एकटक उसे देख रहे थे। और फिर एकदम उसने कहा, "मम्मी! अपन यह कार लेंगे!"

"अब कार-वार सब तुम्हीं लेना बेटे!" मैंने दर्शन बघारा, "हम तो इस जन्म में लेने से रहे।"

"मेरी कार में तुम बैठोगी न!"

"जरूर। अपने राजा भैया की गाड़ी में नहीं बैठूंगी क्या? पापा भी बैठेंगे।"

"पापा का ठीक है!" उसने कुछ सोचकर कहा, "पर मैं दीदी को नहीं बिठाऊंगा।"

"अरे पगले! दीदी क्या तब तक यहीं बैठी रहेगी! वह तो ससुराल चली जाएगी। अपनी कार में घूमेगी।"

“ससुराल क्यों जाएगी?”

“उसकी शादी नहीं होगी क्या! शादी के बाद सभी लड़कियां ससुराल जाती हैं। बुआजी गईं कि नहीं।”

बबलू कुछ क्षण इस संभावना पर विचार करता रहा। कार लेने का उसका उत्साह थोड़ा ठंडा पड़ गया था। क्योंकि असली मकसद तो दीदी को अपमानित करने का था। कुछ देर तक चुप रहने के बाद वह बोला, “मम्मी! मेरी भी शादी होगी।”

“क्यों नहीं होगी? जरूर होगी। अपने राजा भैया की शादी मैं ऐसी धूम-धाम से करूंग कि लोग देखते रह जाएंगे। ऐसी सुंदर चांद-सी बहू लाऊंगी कि...”

“बिल्कुल तुम्हारे जैसी न मम्मी!”

ओ मां! मैं तो निहाल हो गई। उसकी आंखों में छलकते स्नेहसागर को देखकर मैं तो जैसे लुट गई। मैंने उसे अपने से भींच लिया और बेतहाशा चूमने लगी। बीरबल के एक किस्से में पढ़ा था कि हर मां की नजरों में उसका अपना बेटा चांद का टुकड़ा होता है। पर क्या बच्चे के लिए भी दुनिया की सबसे सुंदर स्त्री उसकी मां होती है?

मेरे इस आकस्मिक भावावेग में बबलू कुछ देर तक तो खुशी से भीगता रहा। पर जल्दी ही ऊब गया। कसमसाकर बोला, “मम्मी! मैं दीदी के पास जाऊं।”

“तू भी बस!” मैंने गुस्से में उसे परे ढकलते हुए कहा, “दुत्कारा जाएगा, फिर भी वहीं की रट लगाएगा।” फिर उसे पुचकारते हुए कहा, “आ तुझे चिज्जी दूंगी। एक पूरा-का-पूरा आम दूंगी। दीदी से मत बताना हां।”

वादे के मुताबिक मैंने सचमुच उसे एक साबुत आम दिया, पांच-सात टॉफियां दीं। कटोरी भर खट्टा-मीठा चिवड़ा दिया और बार-बार उसे जताया भी कि ये सारी चीजें मैं दीदी से छिपाकर दे रही हूं। वह निर्लिप्त भाव से सब-कुछ ग्रहण करता रहा। फिर उसने अपना सारा खजाना एक प्लास्टिक की थैली में उलट दिया। ड्रेसिंग-टेबल से एक रबर बैंड उठाकर उसे जतन से बंद करते हुए बोला, “मम्मी! हमारी काली पैंट देना तो।”

“इतनी गर्मी में पैंट पहनेगा?” मैंने हैंगर उतारते हुए कहा। उसने जवाब नहीं दिया। चुपचाप पतलून पहनकर बड़ी स्टाइल से ‘शर्ट इन’ किया। फिर घंटे-भर बैठकर जूते पहनता रहा। प्लास्टिक की एक संदूकची मैंने इन लोगों

को दे रखी है। उसमें दुनिया-भर का कबाड़ भरा रहता है। माचिस की खाली डिबिया, चूड़ियों के टुकड़े, सीपियां, रंगीन पत्थर, कंचे और न जाने क्या-क्या। अपनी धूप वाली कैप पहनकर बबलू ने वही संदूकची उठा ली और बाहर की ओर चल पड़ा। एक हाथ में नाश्ते की थैली भी थी।

इस बार मैं कोई रिस्क नहीं लेना चाहती थी। इसीलिए उसके पीछे-पीछे दरवाजे तक चली गई।

"दीदी!" उसने सहमी-सी आवाज में पुकारा।

"इधर नहीं आना कहे देते हैं हां!" दीदी ने वार्निंग दी।

"हम हैं न!" बबलू ने साहस बटोरा, "हम जयपुर वाले ताऊजी हैं। तुम्हारे यहां मेहमान आए हैं।"

इस घोषणा के बाद वातावरण थोड़ा बदला, दीदी के तेवर थोड़े ढीले पड़े। महिला-मंडल में कुछ खुसर-पुसर हुई, सलाह-मशविरा हुआ। लाख कुछ हो, ताऊजी का अपमान तो किया नहीं जा सकता। बबलू भी इस बात को जानता है। दीदी अपने से तो उसे यह सम्मान कभी नहीं देती। लेकिन जब बबलू ने अपने आप ही वह पदवी धारण कर ली तो उपाय क्या है! अब तो स्वागत करना ही पड़ेगा।

बबलूजी बड़ी गंभीर मुद्रा बनाए धीरे-धीरे घर में दाखिल हुए। एक कोने में पड़ा हुआ मूढ़ा किसी ने आगे कर दिया था। बबलूजी उस पर आसीन हो गए। पिंकी ने साड़ी का पल्ला माथे पर खींचकर झटपट उनके पैर छुए—स्वाति और पूनम को भी वैसा ही करने के आदेश दिए।

फिर ताऊजी के लिए गिलास में पानी आया। छोटी-सी कप-प्लेट में चाय आई। फिर उन्होंने अत्यंत कृपावंत होकर हाथ की थैली पिंकी को पकड़ाई, "बहू! यह बच्चों के लिए मिठाई है।"

पिंकी ने थैली झपट ली। खोलकर देखी और संतुष्ट भाव से बच्चों को थोड़ा-थोड़ा देकर बाकी सामान सहेजकर रख दिया। ताऊजी कनखियों से देखते रहे, पर उनके हिस्से में कुछ न आया। वे बच्चे थोड़े न थे।

पिंकी बड़ी घाघ है। उसने पूनम से कहा, "जाओ, ताऊजी से कहो, पानी तैयार है। आप नहा लें।"

अब हुई न मुसीबत! नहाओ भी! फिर पूजा भी करो। घंटे-भर तक ठाकुरजी के सामने नाक दबाकर बैठे रहो। घंटी बजाते रहो। ताऊजी बनना तो बड़ा महंगा

पड़ रहा था। नाश्ते का सामान पिंकी के कब्जे में था और यहां यह हाल था कि भूखे भजन न होय गोपाला!

बबलू कोई कम थोड़े ही है। उसने फटाफट गाड़ी 'ओम जय जगदीश हरे' लाकर खड़ी कर दी और कहा, "बहू! जरा भोग तो देना!"

पिंकी को झख मारकर पूरा थाल सजाना पड़ा। ठाकुरजी से तो बेईमानी हो नहीं सकती न।

ताऊजी ने प्रसाद का थाल देखा तो खुश हो गए। थोड़ा-सा बच्चों को पकड़ाया और बाकी स्वयं उदरस्थ कर गए। फिर परम तृप्त भाव से बोले, "बहू! झोला देना जरा! सब्जी ले आऊं।"

पिंकी खुश कि थोड़ी देर को तो बला टली। सिर का पल्ला था कि बार-बार खिसका जा रहा था।

उसी समय स्कूटर का परिचित हॉर्न सुनाई दिया और ताऊजी झोला फेंककर नीचे की ओर भागे। बहूरानी ने भी साड़ी उतार फेंकी और वे सीढ़ियों की ओर लपकीं। स्वाति और पूनम भी उनके पीछे हो लीं। उनके पापा के आने का समय भी हो चला था।

यहां से वहां तक पसरी हुई अपनी साड़ी को तहाते हुए मैं बालकनी का मुआयना कर रही थी। आज फिर मुझे इनकी डांट खानी है। सुबह जब दफ्तर के लिए निकलते हैं, तब भी घर ऐसा ही बेतरतीब फैला होता है। इनके लिए समय पर खाना तैयार करने की हड़बड़ी में दूसरा कुछ हो ही नहीं पाता। सब कामों से फुरसत होकर दोपहर में सब वैसे का वैसा हो जाता है।

ये जब घर में दाखिल हुए, तब मैं कमर में पल्ला खोंसे पिंकी की बिखरी गृहस्थी समेट रही थी। और वह बड़े मजे में पापा की बाँहों में झूलती हुई शाम की सैर की फरमाइश कर रही थी। पापा के कंधे पर चढ़ा बबलू उसके समर्थन में तालियां बजा रहा था।

तृप्ति

"मम्मीजी, आप तैयार नहीं हुईं?"

"क्या मतलब? अभी-अभी तो कपड़े बदलकर बैठी हूं। और कैसे तैयार हुआ जाता है?"

"मम्मीजी, हम लोग बबली की सगाई में जा रहे हैं।"

"तो?"

"ये साड़ी...?"

"पूरे सात सौ की है। इससे ज्यादा की उनकी औकात भी नहीं है।" मम्मीजी ने तुनककर कहा। फिर मेरा सिर से पांव तक मुआयना करते हुए बोलीं—"हम दोनों के हिस्से का तो तुम्हीं ने पहन-ओढ़ लिया है। शायद तुम्हें भी याद दिलाना होगा कि हम लोग सगाई में जा रहे हैं—शादी में नहीं।"

उनके व्यंग्य से मैं तिलमिला उठी। मन हुआ सब-कुछ उतारकर रख दूं। पर तभी पापाजी कमरे से निकले। उन्होंने शायद मम्मीजी की बात सुन ली थी। बोले—"रश्मि ने बिल्कुल ठीक किया है। पता तो चले, किस घर की बहू है। और मेरे खयाल से तुम भी साड़ी बदल लो तो ठीक रहेगा। हम लोग सगाई में जा रहे हैं मातमपुरसी में नहीं।"

"सात सौ की साड़ी है।"

"हजार की होगी। पर ऐसी साड़ी पहनकर कोई ब्याह-शादी में नहीं जाता। भले ही वह मेरी गरीब बहन का घर क्यों न हो।"

"तो क्या बनारसी पहन लूं?"

"बेशक।"

मम्मीजी बुरा-सा मुंह बनाकर वहां से उठ गईं और कमरे में अंतर्ध्यान हो गईं। बंद होते दरवाजे की आवाज से ही पता चलता था, कि वे कितनी नाराज हैं।

कमरा बंद होते ही पापाजी मेरी ओर मुखातिब हुए—"बेटे, तुम्हारे पास ऐसी कोई साड़ी होगी,. जो तुम्हारी मम्मी ने न देखी हो?"

मैं सोच में पड़ गई—"ऐसी साड़ी कहां से होगी पापाजी! मां के यहां से जो मिलती हैं, वे तो दिखानी ही होती हैं। इधर-उधर से जो गिफ्ट में आती हैं, वे भी उनकी नजरों से गुजरती हैं। और आप लोग जो लाते हैं, वे तो उन्हें याद रहती ही हैं। साड़ी किसके लिए चाहिए? बबली के लिए?"

"हां, वहां तो पास-पड़ोस की भाभियों में होड़-सी लगी हुई है। पर मैं सोचता हूं। पहला हक तो हमारा बनता है।"

पापाजी ठीक कह रहे थे। पास-पड़ोस वालों से तो ज्यादा नजदीकी रिश्ता हमारा था। और साड़ियां भी मेरे पास बेशुमार थीं। पर अफसोस तो यह था, कि एक भी साड़ी बबली को नहीं पहनाई जा सकती थी। मम्मीजी का कोई भरोसा नहीं था। वे सबके सामने ही पूछ बैठतीं। पापाजी यह खतरा लेना नहीं चाहते थे।

दोनों मां-बेटे तैयार होकर साथ ही नीचे उतरे। ये थ्री पीस सूट में थे और मानो परफ्यूम में नहाकर आए थे। मम्मीजी ने छूटते ही कहा—"तुम दोनों को आज क्या हो गया है? इतना बन-संवरकर क्यों जा रहे हो? कल को तुम्हारी बुआजी सबसे कहती फिरेंगी, कि अपनी अमीरी का रोब डालने आते हैं।"

"कहने दो मम्मी। जिसके पास है, वह तो पहनेगा और ठाठ से पहनेगा।"

मुझे इनकी यह गर्वोक्ति जरा अच्छी नहीं लगी। इस मामले में दोनों मां-बेटे समान हैं। शान बघारने का कोई मौका नहीं छोड़ते, बस, दोनों का ढंग अलग है। जिस वैभव पर ये लोग इतराते हैं, वह तो पापाजी की अथक मेहनत का परिणाम है। एक तरह से उन्होंने शून्य से यह साम्राज्य निर्माण किया है। पर वे इन लोगों की तरह बड़बोले नहीं हैं। उनकी वृत्ति में एक ठहराव है, बातचीत में एक संयम है, आचार-व्यवहार में सौम्यता है। इसीलिए मेरे लिए श्रद्धास्पद हैं।

गाड़ी में बैठते हुए मम्मीजी ने फिर कहा—"वहां जाकर हम्माली करनी पड़ेगी। सूट का सत्यानाश हो जाएगा।"

पापाजी बोले—"तुम्हारे साहबजादे हम्माली करेंगे? हम दोनों के हिस्से की हम्माली मैं कर आया हूं। अब तो स्वागत-सत्कार ही करना है। उसके लिए यह ड्रेस ठीक है।"

थोड़ी देर शांति रही। फिर मम्मीजी ने पूछा—"क्योंजी, लड़का क्या सचमुच इंजीनियर है?"

"यह सवाल कितनी बार पूछोगी?"

पता नहीं क्यों मम्मीजी को यह बात हजम ही नहीं हो रही है। जब से बबली की शादी तय हुई है, परेशान-सी हैं।

"मम्मी आजकल इंजीनियर बनना बहुत आसान हो गया है। गली-गली कॉलेज खुल गए हैं। लोग सोचते हैं बड़ा तीर मार लिया। पर जब डिग्री लेकर सड़क पर आते हैं, तब आटे-दाल का भाव मालूम हो जाता है।"

"बरखुरदार, लड़का एम.पी.ई.बी. में असि. इंजीनियर है। सरकारी क्वार्टर है, गाड़ी है, अर्दली है—मैं खुद देख आया हूं।"

"इसीलिए तो मैं हैरान हूं। इतना अच्छा लड़का इन्होंने कैसे पटा लिया। इंजीनियर दूल्हे मुफ्त में तो मिलते नहीं।"

"मुफ्त में क्यों मम्मी? अपना इतना बड़ा एटीएम जो है।"

पल-भर को तो मम्मीजी के पल्ले कुछ नहीं पड़ा। बात समझ में आते ही वे चिहुंक पड़ीं—"मामाजी, बताइए तो, कितने ढीले किए?"

"अभी तक तो किसी ने कुछ नहीं मांगा पर जरूरत पड़ी तो मांग भी सकते हैं और मैं दे भी सकता हूं। आखिर मेरी इकलौती बहन की इकलौती लड़की की शादी है।"

पापाजी की यही बात मुझे अच्छी लगती है। सामने वाला बहुत बोलने लगे, तो दो टूक बात कहकर उसका मुंह बंद कर देते हैं।

बुआजी की गली में प्रवेश करते ही सजीला शामियाना नजर आ गया। धीमे-धीमे शहनाई भी बज रही थी। मां-बेटे ने एक साथ कहा—"अरे वाह, शामियाना भी लगवाया है!"

पापाजी कुछ नहीं बोले। पर मम्मीजी के मन में एक बार कोई बात खदकने लगे तो बाहर निकलकर ही दम लेती है। बुआजी के बेटा-बहू दरवाजे पर अगवानी के लिए खड़े थे। जैसे ही उन दोनों ने पैर छुए, मम्मीजी बोलीं—"अरे वाह, तुम लोगों ने तो शादी की-सी रौनक कर दी है। शामियाना वगैरह तान लिया है।"

"घर बहुत छोटा है न मामीजी।" बड़ी भाभी ने विनम्रता से कहा। तभी मम्मीजी की नजर भाभी के जड़ाऊ गुलुबंद पर पड़ी। छूकर बोलीं—"बड़ा सुंदर

है। कब बनवाया?"

भाभी इस प्रश्न का उत्तर टाल गईं और दूसरे मेहमानों के स्वागत के लिए चली गईं। पर चुप रहना तो मम्मीजी की फितरत में ही नहीं था। उपस्थित आमंत्रितों को सुनाते हुए बोलीं—"आजकल कैसी-कैसी चीजें चली हैं। असली को भी मात करती हैं। एक हम बेवकूफ हैं, जो पैसा फूंकते हैं और जोखिम भी पालते हैं। लॉकर्स का किराया भरते हैं, सो अलग। इससे तो यही अच्छा—सस्ता, सुंदर और टिकाऊ।"

शर्म से मेरा मुंह लाल हो गया। उन्हें रोकना तो मेरे बस में नहीं था, इसलिए चुपचाप वहां से खिसक ली। बबली की खोज में मैंने पूरा घर छान मारा। वह तो नहीं मिली, पर बुआजी नजर आ गईं। बहुओं ने उन्हें नई-नकोर साड़ी पहना दी थी। पर उनके सीधे-सरल व्यक्तित्व से वह जरा भी मेल नहीं खा रही थी। मैंने प्रणाम किया, तो उन्होंने आशीषों की बौछार करते हुए, मुझे अंक में भर लिया।

"हमारी ननदरानी को कहां छुपाकर रख दिया है आपने? पूरे घर में देख आई, नजर ही नहीं आईं।"

"पा-र्लर गई हैं।" बुआजी ने 'पा' को खूब लंबा खींचते हुए कहा।

"आजकल तो हर कोई पार्लर जाने लगा है।" मम्मीजी के सिवा ऐसी बात कौन कह सकता था। वे कब मेरे पीछे आकर खड़ी हो गई थीं, पता ही नहीं चला। मेरा तो खून खौल गया। किसी तरह अपने को जब्त कर मैंने कहा—"और दिन न सही, पर ऐसे मौकों पर तो लड़कियाँ पार्लर जाती ही हैं मम्मीजी।"

"जाती होंगी। पर हमारी जिज्जी के यहां तो ये चोंचले नहीं थे। चाहो तो पूछ लो।"

"अब क्या करें। ननद-भौजाई दोनों जिदिया गईं, तो हमने कहा कि जाने दो। दुनिया जा रही है।"

"अच्छा तो छोटी भी गई है? तभी नजर नहीं आई।"

तभी वे मुझे नजर आ गईं। वे भी और बबली भी। छोटे भैया के साथ तीनों, पापाजी की एस्टीम से उतर रहे थे। पापाजी शायद सुबह गाड़ी और ड्राइवर यहीं छोड़ गए थे। मम्मीजी ने इस बात को नोट नहीं किया, इसी पर आश्चर्य हुआ।

मम्मीजी ने छोटी भाभी को आते ही धर लिया—"अरे वाह छोटी बहू, यहां

मेहमान बैठे हैं और तुम बाहर मस्ती मार रही हो।" छोटी भाभी ने भी तुर्की-बतुर्की जवाब दिया–"क्या करें मामीजी! कभी-कभी हमें भी सुंदर दिखने की इच्छा होती है। फिर मेहमानों के लिए यहां आप थीं, अम्माजी थीं, बड़ी भाभी थीं। हम भला कहां लगते हैं।"

"और वह लाडो कहां है?"

लाडो सहेलियों से घिरी हुई लहंगा-सूट लहराती चली आ रही थीं। जिसका भी था, सूट बहुत जोरदार था। मैं लपककर उसके पास पहुंची–"बबलीजी जरा कमरे में चलेंगी? आपकी चुनरी ठीक कर दूं।"

कमरे में आकर उसने भोलेपन से कहा–"पार्लर वाली ने तो खूब अच्छे-से पहनाई थी भाभी। शायद गाड़ी में चढ़ते-उतरते फिसल गई होगी।"

"चुनरी का कुछ नहीं बिगड़ा है ननदरानी। मैं तो आपको यह बताने के लिए भीतर लाई हूं कि अगर हमारी सासू मां सूट के बारे में कुछ पूछें, तो बता देना कि शादी के लिए बनवाया है।"

"पर यह तो सामने वाली वंदना भाभी का है।"

"होगा। पर उसका ढिंढोरा पीटने की जरूरत नहीं है।"

तभी दरवाजे पर थाप पड़ी। बड़ी भाभी थीं। बोलीं–"ननद-भौजाई में क्या खुसर-पुसर हो रही है। अब बाहर निकलो। वे लोग आ गए हैं।"

मैंने दरवाजा खोला। हठात् नजर गई। भाभी का गला खाली था। केवल मंगलसूत्र पड़ा हुआ था। मम्मीजी पर खूब गुस्सा आया। किसी का इतना-सा सुख उनसे नहीं देखा जाता।

"भाभीजी, कौन-कौन आया है?"

"दूल्हे की मां है, भैया-भाभी हैं, बहन-बहनोई हैं, मौसेरी बहन हैं शायद लोकल हैं।"

"दूल्हे राजा नहीं आए? तो हमें कम से कम फोटो ही दिखा दीजिए।"

बड़ी भाभी ने अलमारी में से फोटो निकालकर दी। चेहरा-मोहरा ठीक था, पर उम्र जरा ज्यादा लग रही थी। मैंने मुंह बनाकर कहा–"ठीक-ठाक हैं। पर हमारी ननदरानी का मुकाबला नहीं है। रंग भी शायद उन्नीस ही बैठेगा।"

"अठारह समझो। पर लड़कों का रंग-रूप नहीं देखा जाता। उनके तो गुण देखे जाते हैं। अच्छा, मैं जा रही हूं तुम इसे लेकर जल्दी से आ जाओ।"

भाभी चली गईं। तो मैंने देखा, बबली तन्मयता से फोटो निहार रही है।

मैंने टहोका दिया, तो भावुक होकर बोली—“रंग-रूप कैसा भी हो भाभी। सबसे बड़ी बात तो यह है कि ये लोग बिना दान-दहेज की सिम्पल शादी मांग रहे हैं।”

“वाह रे सिम्पल शादी। तुमने तो सगाई में ही ऐसी धूमधाम कर दी।”

“वह तो भैया लोगों की जिद थी। बोले, शादी तो जबलपुर में हो रही है, यहां कुछ तो हो।”

भगवान ऐसे सतयुगी भाई सबको दें।

बबली के ससुराल वाले संपन्न तो थे ही, संभ्रांत भी थे। उनकी वेशभूषा और बोलचाल में आभिजात्य झलक रहा था। बबली के लिए जो साड़ी और सेट लाए थे, उसमें भी सुरुचि झलक रही थी।

चाहकर भी मम्मीजी उनमें कोई नुक्स नहीं निकाल पाईं। इसलिए लौटते समय पूरे रास्ते, खाने की आलोचना करती रहीं—“दही-बड़े सख्त थे, मूंग की दाल में डालडा पड़ा था, पुलाव का चावल घटिया था, रायते का दही खट्टा था, पूड़ियां कड़ी थीं।”

बार-बार कह रही थीं—“पता नहीं, कहां का केटरर पकड़ लाए थे। खुद के पास अकल नहीं है, तो किसी से सलाह ही ले लेते। पर उसमें उनकी शान जाती है न!”

पापाजी पूरे रास्ते चुप बने रहे। या तो वे बहुत थक गए थे, या पत्नी की बेतुकी बातों का जवाब देना उन्हें गवारा नहीं था। श्रवणकुमार ही बीच-बीच में आग में घी दे रहे थे।

तीन-चार दिन बाद की बात है। मैं और पापाजी दोपहर की चाय पी रहे थे। ये धड़धड़ाते हुए घर में दाखिल हुए और आते ही पूछा—“मम्मी कहां हैं?”

“किटी में गई हैं।”

“ओ शिट्—ऐसी धमाकेदार खबर लाया था, कि—” उनके स्वर से निराशा साफ झलक रही थी।

“इतना मायूस क्यों होते हो बरखुरदार! अगर हमारे लायक हो, तो हमें ही सुना दो।”

“आपको क्या सुनाएं पापा। आपके लिए वह खबर थोड़ी ही है। बल्कि आप तो उसके सूत्रधार हैं।”

“मतलब?”

"आपने तो हमें हवा भी न लगने दी, कि श्रीमान इंजीनियर साहब यानी कि बबली के दूल्हे राजा डिवोर्सी हैं। आपने सोचा होगा, कि किसी को पता भी नहीं चलेगा। पर पिताश्री, ऐसी बातें छिपती नहीं हैं।"

"छिपाने का मेरा इरादा भी नहीं था बेटे। मैं तो बस यह चाहता था कि सगाई तक बात पर परदा पड़ा रहे। समारोह में चार लोग इकट्ठे होते हैं, चार तरह की बातें करते हैं। फिर माहौल और मन खराब हो जाता है।"

"कम से कम आप घर में तो बता सकते थे।" इन्होंने रूठने के-से अंदाज में कहा। अब पापाजी क्या बताते, कि सबसे ज्यादा खतरा तो उन्हें घर ही से था। मम्मीजी को पता होता, तो भरे मंडप में उद्घोषणा कर देतीं।

ये आंधी की तरह आए थे। उसी तरह लौट गए। घर में एक सन्नाटा-सा खिंच गया। बड़ी देर बाद मैंने कहा—"पापाजी, ये रिश्ता तो आप लाए थे न? बबली के लिए आप ऐसा रिश्ता लाएंगे...।"

वे कुछ क्षण मुझे देखते रहे। फिर बोले—"रिश्ता तो बबली खुद लाई थी। मैंने तो बस औपचारिकताएं पूरी की थीं।"

"मैं समझी नहीं।"

"लड़के की मौसेरी बहन बबली की कुलीग है। उसी ने बात चलाई थी। फिर बबली यह प्रस्ताव लेकर मेरे पास आई कि मामा, किसी तरह मेरा यह काम कर दो। तुम्हारा अहसान मानूंगी। फिर करना ही पड़ा। हालांकि इतना सरल नहीं था। भाई लोग तो फिर भी मान गए थे, पर जिज्जी को मनाने में मुझे पसीना छूट गया।"

"ये कोई लव मैरेज तो थी नहीं, फिर ऐसी क्या मजबूरी थी?"

"वह तुम नहीं समझोगी। एक तो बबली के पिता नहीं हैं। फिर भाई भी साधारण नौकरी वाले हैं। तिस पर उनकी अपनी गृहस्थी भी है। वे लोग अपने को बेच भी देते, तो ऐसा घर-वर नहीं जुटा सकते थे। बबली बोली—'पैसे-पैसे को दांतों से पकड़कर तंग आ चुकी हूं मामा। अब बाकी जिंदगी आराम से गुजारना चाहती हूं। मैं नहीं चाहती, कि मेरे भाई मेरे लिए दान-दहेज जुटाने के चक्कर में सारी जिंदगी कर्ज की किस्तें भरते रहें। यहां तो कुछ देना भी नहीं पड़ेगा'।"

"उसके लिए दान-दहेज की व्यवस्था तो आप भी कर सकते थे पापाजी?"

"अपनी शक्ति भर अब भी कर ही रहा हूं। उस दिन की पार्टी क्या केशव,

माधव के बस की थी? पर देखो, कोई भी स्वाभिमानी लड़की, इस अहसास के साथ जीना नहीं चाहती, कि उसकी शादी दान खाते से हुई है।"

"पर डिवोर्स वाली बात गले से उतरती नहीं।"

"मैंने पूरी छानबीन कर ली है। लड़की का कहीं अफेयर था। मां-बाप राजी नहीं हुए। जबरन शादी करनी पड़ी। उसने पहले दिन ही पति को सब बता दिया। आपसी रजामंदी से साल-भर में ही तलाक हो गया था। नाऊ शी इज हैपिली मैरिड। मैं मिल चुका हूं। पर इस हादसे के बाद, वह लड़का एकदम टूट ही गया था। इतने दिनों बाद जाकर दुबारा शादी के लिए राजी हो पाया है। वह तो कोर्ट मैरिज के लिए ही अड़ गया था। पर मैंने समझाया कि भई, तुम्हारी दूसरी शादी है तो क्या, बिटिया की तो पहली ही है। उसके भी तो कुछ अरमान होंगे।"

शायद इसीलिए इन लोगों ने सगाई इतनी धूमधाम से की थी। जो भी हो, सुनकर अच्छा नहीं लगा। बबली के लिए मन उदास हो गया।

रात खाना लगा रही थी, कि मम्मीजी हुलसते हुए किचन में दाखिल हुईं—"रश्मि, देख मैं कह रही थी न, वही हुआ। मैं तो खुद हैरान थी कि इतने अच्छे लोग, ऐसे-वैसे घर की लड़की कैसे ले रहे हैं। अब जाकर भेद खुला।"

उनके चेहरे से खुशी छलकी पड़ रही थी। पिछले दिनों नजर आने वाला तनाव, एकदम गायब हो गया था। आंखों में पुरानी चमक लौट आई थी।

और वह चमक तृप्ति की थी।

सजा

रीना का मूड सुबह से ही उखड़ा हुआ है। उसे समाज पर, मम्मी-पापा पर और अपने आप पर भी बेहद गुस्सा आ रहा था। अगर एम.टेक. करने के बाद भी यही सब होना था, तो पढ़ने-लिखने की क्या जरूरत थी! अच्छा होता हाई स्कूल करते ही शादी हो जाती। तब हाथ-भर का घूंघट भी निकालना पड़ता तो कोई दुख नहीं होता। तब शायद वह इस तरह अपमानित महसूस न करती।

असली गुस्सा तो उसे उस लड़के पर आ रहा था, जो उसे देखने आ रहा था। जनाब छह साल से अमेरिका में हैं, अपने लिए प्रोफेशनल वाइफ चाहते हैं। फिर भी लड़की देखेंगे उसी पुरातन स्टाइल में।

मम्मी-पापा अलग परेशान थे—"बेटा और कोई तरीका हो तो बता दो। हमें तो बस यही एक मालूम है। कहो तो किसी होटल में चले चलते हैं।"

"जरूर। ताकि सारे शहर को पता चल जाए कि एक अमेरिका पलट हमें देखने आ रहा है।"

"तो क्या करें, तुम्हीं बताओ? इससे तो अच्छा था अपने आप ही कहीं तय कर लेती। झंझट ही खत्म हो जाता।"

"आपको अच्छा लगता?"

"न भी लगता तो क्या फर्क पड़ना था, तुम्हारे भाई ने कर ली, तो हमने कुछ कहा? चुपचाप स्वीकार कर ही लिया न।"

"लड़कों को तो सौ खून माफ होते हैं, मम्मी, पर लड़कियां जरा लीक से हटी नहीं कि भूचाल आ जाता है।" रीना ने कहा। वैसे वह मन में सोच रही थी, कि अपने आप शादी तय कर लेना क्या इतना सरल है! शुरू से ऐसा

सहेजकर रखते हैं कि कहीं झांकने तक की हिम्मत नहीं पड़ती।

"वैसे मम्मी एक बात तय है", उसने ऐलानिया तौर पर कहा–"मैं चाय-वाय लेकर बाहर नहीं जाऊंगी। इट इज सो डिसगस्टिंग।"

"कोई बात नहीं। जमना के हाथ भेज देना।"

रीना ने जमना की ओर देखा–लतर-पतर कपड़ों में बड़े मजे से बर्तन मांज रही थी। बाल बेतरह बिखरे हुए थे। सामने आती लटों को वह बड़े अक्खड़ अंदाज में साबुन सने हाथों से पीछे कर रही थी।

"अपने से ज्यादा तो मुझे इस पर मेहनत करनी पड़ेगी। मम्मी, आपको अपनी एक साड़ी भी शहीद करनी होगी।"

"कर दूंगी बाबा। बेटी की शादी के लिए लोग क्या-क्या नहीं करते।"

"साड़ी मैं अपने लिए नहीं जमना के लिए मांग रही हूं।"

"हां समझ गई मैं। भूतनी-सी बनी हुई है। ऐसे में कोई इसके हाथ की चाय पिएगा भला। इसलिए कहती हूं कि एक लड़का रख लो। घर-बाहर दोनों जगह काम आएगा, मानते ही नहीं।"

"नहीं, घर में लड़कियां हैं। मैं कोई रिस्क नहीं लेना चाहता।"

"पापा हमारी टेस्ट क्या इतनी घटिया है?"

"देखो, इस उम्र में किसी का दिमाग ठिकाने नहीं रहता। चोपड़ा साहब की निशि, ड्राइवर के साथ भाग गई कि नहीं?"

"खैर, पर कम से कम नीना को तो घर में रहने देते। उसे भी आपने सुबह से मौसी के पास भेज दिया। फिर जमना का सिंगार करने की जरूरत नहीं पड़ती।"

"उसे जान-बूझकर भेज दिया है। इन लड़के वालों का कोई भरोसा नहीं रहता। ओझा साहब की नीलम को देख रही हो न। बेचारी नीलम, एम.ए.पी-एच. डी. है। कॉलेज में लेक्चरर है। बस रंग थोड़ा दबा हुआ है। उसके मुकाबले में पूनम और रूपम नाम के अनुरूप उजली हैं। जो भी नीलम दीदी को देखने आता, छोटी को ही मांग बैठता। देखते-देखते दोनों की शादियां हो गईं। नीलम दीदी अभी भी इंतजार में हैं। रंग में नीना भी तो रीना से बीस है। सिर्फ बी.ए. है तो क्या हुआ। लड़के वाले तो सिर्फ रंग देखते हैं।"

अपने गेहुंए रंग का एहसास होते ही मन थोड़ा बुझ-सा गया। शाम के कार्यक्रम के लिए मन में वैसे ही उत्साह कम था। अब तो बिल्कुल ही जाता रहा।

जमना को जता दिया था कि दोपहर को कंघी-चोटी करके आए। देवीजी जब पधारीं, बालों से तेल जैसे चू रहा था। आंखों में ढेर सारा काजल, बालों में रंग-बिरंगे क्लिप्स और हाथों में ढेर सारी चूड़ियां।

"इसे देखो तो जरा, जैसे इसे ही कोई देखने आ रहा है।" मम्मी ने उसे साड़ी पकड़ाते हुए कहा। एक चटख पीली कांजीवरम वे रीना के लिए भी निकाल लाई थीं।

"मम्मी साड़ी पहनना क्या जरूरी है? मेरे खयाल से वे लोग इतने दकियानूस तो नहीं होंगे कि सूट देखकर नाक-भौं सिकोड़ने लगें।"

"सवाल उनका नहीं, अपने घर का है। इस घर के कल्चर का है। अपने घर जाकर तुम चाहे जींस पहनना, चाहे फ्रॉक। पर यहां तो तुम साड़ी में ही उन लोगों के सामने जाओगी।"

"ठीक है।" रीना ने हथियार डालते हुए कहा, "पर मैं इतनी भारी साड़ी नहीं पहनूंगी, प्लीज़।"

"अच्छी बात है, अलमारी से अपनी पसंद की निकाल लो और जरा जल्दी करो, पांच बजने ही वाले हैं।"

वह अभी मम्मी की अलमारी खंगाल ही रही थी कि फाटक खटका। उसने झांककर देखा, मम्मी गेट खोल रही थीं। उसने सोचा, अमेरिका पलट को एक नजर देखूं तो सही। पापा ने उतरकर पिछला दरवाजा खोला। साहबजादे उतरे। शक्ल-सूरत से तो स्मार्ट ही लग रहे थे। हां रंग जरा दबा हुआ था। अमेरिका भी उसमें कुछ सुधार नहीं कर पाया था। लड़के के पीछे-पीछे उसके पिता उतरे। उन्हें देखा और वह धक से रह गई। मम्मी की अलमारी को यूं ही खुला छोड़कर वह अपने कमरे में आकर धम्म से बैठ गई। उसने दोनों हाथों से अपना सिर थाम लिया।

"रीना वे लोग आ गए हैं। तुम जल्दी से तैयार हो जाओ। तब तक मैं किचन में सब जमाकर रखती हूं। तुम बस भिजवाने की व्यवस्था कर देना।"

"जी।" उसने मरियल-सी आवाज में कहा। उसकी आंखों के सामने से बुजुर्गवार का चेहरा हट नहीं रहा था। जब मन थोड़ा सम पर आया तो उसे एक शरारत सूझी। उसने जमना का दुबारा हाथ-मुंह धुलवाया, खूब क्रीम-पाउडर पोतकर चेहरा चमकाया। फिर उसका बढ़िया-सा जूड़ा बनाया और बड़े ही नफीस ढंग से उसे साड़ी पहनाने लगी। यह सब करते हुए उसका मन बराबर भूतकाल में घूम रहा था।

उन दिनों वह बंगलौर में एम.टेक. कर रही थी। रात को दिल्ली से चढ़ती थी। पूरी दो रातों का सफर करके तीसरे दिन शाम को बंगलौर पहुंचती थी। दो बार पापा उसे लेने और छोड़ने आए, पर हर बार इतना लंबा सफर उनके लिए भारी पड़ जाता था। छुट्टियां बरबाद होती थीं सो अलग। उस बार उसने हिम्मत की थी। घर वालों को विश्वास दिलाकर अकेले ही चल पड़ी थी। मम्मी-पापा स्टेशन पर छोड़ने आए थे। उन्होंने यह देखकर तसल्ली कर ली थी कि उसके नीचे बर्थ पर एक दक्षिण भारतीय महिला है। सामने की बर्थ पर भी एक बुजुर्गवार थे। ऊपर की दोनों बर्थ पर बाद में दो लड़के आए थे। बंगलौर में अनगिनत इंजीनियरिंग कॉलेज थे। इसीलिए हर बार दस-बीस लड़के कम्पार्टमेंट में होते ही थे। वे लोग ऊपर की बर्थ ही पसंद करते थे। गाड़ी हमेशा की तरह फुल थी। घर से जब भी आती है, नींद मुश्किल से ही आ पाती है। अलग देश, अलग परिवेश, अलग भाषा, अलग खानपान। एडजस्ट करते-करते पसीना आ जाता था। फिर भी 6-8 महीनों में वह काफी अभ्यस्त हो चली थी। लेकिन घर से दूर रहना अब भी उस पर भारी पड़ता था। बड़ी मुश्किल से एक झपकी आई ही थी कि एकाएक चौंक पड़ी। लगा, जैसे किसी ने उसका कंधा जोर से दबाया हो। पहले तो लगा जैसे नीना उसे जगा रही है। उसने आंख खोली—अरे वह तो ट्रेन में है।

फिर ये स्पर्श किसका था? उसने सतर्क होकर ऊपर देखा। वहां खर्राटों की आवाज आ रही थी। सामने वाली बर्थ खाली थी। शायद अंकल बाथरूम तक गए हों। बर्थ से उतरते हुए हाथ छू गया हो। वह पीठ करके लेट गई। आहट से पता चला कि अंकल लौट आए हैं। इस बार उसकी पीठ पर उंगलियों का दबाव था। वह सांस रोककर लेटी रही। पिछली बार लगा था कि अनायास हो गया होगा। पर इस बार लगा कि स्पर्श सहेतुक है। वह परेशान हो गई। अपने आपको कोसने लगी कि क्यों अकेले आने की जिद की। लगा कि इतने सारे अपरिचित लोगों के बीच वह एकदम अकेली पड़ गई है। किस करवट लेटे उसकी समझ में नहीं आ रहा था। पंखे की ओर टकटकी लगाए वह सीधी लेटी रही। मुश्किल से दो घंटे बीते होंगे। लाख कोशिशों के बावजूद उसकी आंख लग गई थी कि फिर वही स्पर्श। इस बार उसके सीने को टटोलता हुआ। क्या करे वह? कुछ समझ में नहीं आ रहा था। वह धीरे से नीचे उतरी। फुसफुसाकर कहा—"आंटी मे आय सिट हियर?" महिला शायद जाग ही रही थी। पूछा, "एनी प्रॉब्लम?" उसने चुपचाप बीच वाली बर्थ की ओर इशारा कर दिया। वे समझ

गईं। उन्होंने तुरंत सामने वाली सीट पर लेटे व्यक्ति को झकझोरा और कन्नड़ में कुछ कहा। तब तक बुजुर्गवार बाथरूम से लौट आए थे। चुपचाप ऊपर चढ़ गए और सबकी ओर पीठ करके लेट गए। एकदम सीधा-सादा मासूम चेहरा। पर उंगलियां इतनी वाचाल! उफ्! दक्षिण भारतीय सज्जन अपना बोरिया-बिस्तर लेकर ऊपर चढ़ गए। अपनी भारी-भरकम देह को लेकर ऊपर चढ़ना उनके लिए सचमुच मुश्किल था। पर एक अपरिचित लड़की के लिए वे यह कष्ट उठा रहे थे। रीना का मन कृतज्ञता से भर आया। बाकी रात आराम से कट गई। सुबह कोई 5 बजे होंगे। एक हल्के से शोर से उसकी नींद खुल गई। देखा, अंकलजी अपने बाएं हाथ से दाएं हाथ का पंजा थामे हुए हैं। चेहरे पर दर्द की रेखाएं हैं। दक्षिण भारतीय सज्जन माफी मांग रहे हैं।

"सॉरी, हम नींद में टर्नओवर किया। आपका हात इदर में था, आय डिडंट नो।"

लाइट जला ली गई। उस विशाल काया के टर्नओवर होने से अंकलजी की उंगलियों का सचमुच कचूमर निकल गया था। छोटी उंगली की अंगूठी तो एकदम चौकोर हो गई थी। शायद छोटा-सा घाव भी कर गई थी, क्योंकि रूमाल पर खून की बूंदें थीं। फिर थोड़ी-सी फर्स्टएड हुई। थोड़ी-सी क्षमायाचना हुई और मामला शांत हो गया। उसके बाद अंकलजी जो सोए तो देर तक सोते रहे। रीना फिर नहीं सो पाई। उसने बाथरूम में जाकर मुंह-हाथ धोया, ब्रुश किया, बाल ठीक किए। वह लौटकर अपनी चादर वगैरह समेटती रही। तब तक दक्षिण भारतीय दंपति ने बीच वाला बर्थ गिरा दिया था और उसे अपने पास बैठा लिया। तब तक 'कॉफी-कॉफी' की पुकार शुरू हो गई थी। कॉफी की चुस्कियों के साथ खूब बातें होती रहीं। रात की बात एक दुःस्वप्न की तरह लग रही थी।

अंकलजी देर तक सोते रहे। भोपाल भी निकल गया तब जाकर उठे। हाथ-मुंह धोकर आए, अपना बिस्तर समेटा और बर्थ गिराकर सामने बैठ गए। पूछा—"आप लोग साथ में हैं?" आंटी ने तत्परता से जवाब दिया—"अमारा नीस है। डेल्ली आय.आय.टी. में पढ़ता।"

"इसकी हिंदी तो बहुत अच्छी है।"

"फादर की पोस्टिंग नार्थ इंडिया में ज्यादा रही है न, इसीलिए।" रीना को आंटी की बात को सम्हालना ही पड़ा। और अपनी तरफ से वह कोई झूठ नहीं बोल रही थी। उसके पिता की नौकरी हमेशा उत्तर भारत में ही रही है।

"इसके फीचर्स भी साउथ इंडियन नहीं लगते।"

"शॉर्ट हेयर है न, इस वास्ते।" आंटी बोलीं। वे अविश्वास से देखते रहे, फिर मैगजिन निकालकर पढ़ने लगे।

वे जब थोड़ी देर के लिए नागपुर में उतर गए थे, तो रीना ने कहा—"अच्छा हुआ आंटी, आपने मुझे बेटी नहीं नीस ही बताया। नहीं तो वे कभी विश्वास नहीं करते। आपकी सुंदर आंखें, घने बाल, सुचिक्कन त्वचा, इनमें से कुछ भी तो मेरे पास नहीं है।" वे सिर्फ हंस दी थीं। झूठमूठ ही सही, उन्होंने जो रिश्ता बनाया था, पूरे रास्ते उसे निभाया। खाना, नाश्ता, चाय-कॉफी सभी में उसे अपने साथ रखा। रीना को बड़ा संकोच हो रहा था। एक-दो बार मम्मी का प्यार से बनाया टिफिन खोलने का भी मन हुआ। पर डर गई कि अचार की खुशबू फैलते ही उसके झूठ का पर्दाफाश हो जाएगा। रात को वह जिद करके अपनी ही बर्थ पर चली गई। अपने उपकारकर्ताओं को वह और परेशान नहीं करना चाहती थी। अब वैसा कोई खतरा नहीं था। उसे विश्वास था कि आज की रात खैरियत से गुजरेगी। उसके बाद उस रूट पर 3-4 बार आना-जाना हुआ, पर ऐसा हादसा फिर कभी नहीं हुआ। बोगी में अक्सर दस-बीस लड़के रहते। रात-भर गाना गाते, ताश खेलते, हुड़दंग मचाते पर वह स्वस्थ शरारत होती थी। ऐसी घटिया हरकत किसी ने नहीं की। एम.टेक. की बात सुनकर तो अधिकतर लड़के आदर देने लगते थे। उस दिन आंटी ने एक बहुमूल्य सलाह दी थी—"अइसा प्रॉब्लम को चुपचाप पेशंसली डील करना। हल्ला नहीं मचाने का, पब्लिक देखेगा, तुमको एम्बेरेसिंग होगा। तुमको रोज इस रूट पर आना है। हिम्मत से काम लेना।"

भाग्य से उस तरह की प्रॉब्लम कभी पेश ही नहीं आई।

और अब वे सज्जन उसके ससुर बनने की आकांक्षा में, बाहर के कमरे में बैठे हैं। उनकी रोज चरण वंदना करनी पड़ेगी। उसे तो कल्पना से ही झुरझुरी होने लगी। मम्मी इस बीच दो बार झांक गई थीं—"तुम अब तक तैयार नहीं हुईं?"

"बस, जरा चाय बना लूं।"

इस बीच उसने जमना का खूब सिंगार कर दिया था। फिर चाय की ट्रे थमाते हुए कहा—"चाय मेज पर रखकर दोनों के अच्छे से पैर पड़ना, नाम पूछें तो बताना।" माथे तक आंचल खींचकर जमना ड्राइंगरूम में गई। चाय की ट्रे मेज पर रखकर उसने दोनों अतिथियों के पैर छू लिए। वे एकदम चौंक पड़ें।

"ये कौन है?"

''हम जमना हैं।'' जमना ने इस तरह शरमाकर कहा कि दरवाजे के उस पार खड़ी रीना को हंसी रोकना मुश्किल हो गया। वह भागकर अपने कमरे में आ गई।

''बस ठीक है जमना। अब भीतर जाओ।'' पापा ने कड़ककर कहा। जमना के पीछे-पीछे वे दनदनाते हुए कमरे में आए—''ये क्या मजाक है। तुम अभी तक तैयार नहीं हुईं?''

''पापा, मैं वहां शादी नहीं करूंगी।''

''क्यों?''

''कारण मत पूछिए।''

''लेकिन उन लोगों को मैं क्या जवाब दूंगा?''

''जवाब मैं दे दूंगी, आप चिंता न करें।'' और सचमुच वह लंबे-लंबे डग भरती, ड्राइंगरूम के दरवाजे पर जा खड़ी हुई—''मैं रीना शुक्ला। मैंने बंगलौर से टेली कम्युनिकेशन में एम.टेक. किया है। बंगलौर प्रवास के दौरान एक बार भेंट हुई थी, आपको याद होगा।'' दोनों मुंह बाए उसे देख रहे थे। बुजुर्गवार एकदम उठ खड़े हुए, ''योगेश चलो।'' उन्होंने बेटे को आदेश दिया। बेटा जब तक समझता, वे सीढ़ियां उतरकर गेट के पार पहुंच चुके थे। बेटा उठकर खड़ा हुआ, तब तक उन्होंने एक ऑटो भी रोक लिया था। रीना तुरंत उसका रास्ता रोककर खड़ी हो गई—''योगेशजी, मुझे मालूम है, घर पर सुलक्षणी कन्याओं की एक लंबी लिस्ट, आपका इंतजार कर रही है। मुझे यह भी मालूम है कि आप स्वदेश से विवाह संपन्न करके ही रवाना होंगे। मेरी शुभकामना है कि आपको बहुत सुंदर सुशील पत्नी मिले। बस एक ही गुजारिश है। अपनी बहुरिया को, अपने पिताश्री से बचाकर ही रखना।'' लड़के ने एक बार रीना को जलती आंखों से घूरा और बाहर निकल गया। मम्मी-पापा इतनी देर तक इस नाटक के मूकदर्शक बने हुए थे, एकदम बोल उठे—''आखिर बात क्या है, कुछ बताएगी भी?''

''बताने लायक नहीं है पापा।''

''फिर भी पता तो चले कि उसने किया क्या है? बच्चू को ऐसा सबक सिखाऊंगा कि जिंदगी-भर याद रहेगा।''

''पापा वह शख्स जिंदगी-भर के लिए अपने बेटे की नजरों से गिर गया है। इससे बुरी सजा, इससे बड़ा दंड आप किसी को क्या दे सकते हैं!''

डिमांड ड्राफ्ट

"अम्मां मैं निकल रहा हूं।" पूजाघर के दरवाजे पर खड़े होकर बेटे ने कहा। एक क्षण को उन्होंने जाप रोक दिया, आंखें खोलीं और मुस्कराकर बेटे को विदा कर दिया। ठाकुरजी को हाथ जोड़कर बेटा चला गया, पर वे मनका हाथ में लिए वैसी ही बैठी रहीं। जानती थीं कि अभी पीछे-पीछे बहूरानी भी आएंगी। निकलने से पहले दोनों कहकर जाते हैं। अच्छा लगता है। बचपन से जो संस्कार बच्चों को दिए हैं, वे अब तक कायम हैं। यह जानकर अभिमान होता है। इस घर में आकर बहू ने भी यह आदत आत्मसात कर ली है। कहती है—"अब आप यहां आ गई हैं अम्मांजी तो कितना अच्छा लगता है। कम-से-कम कोई तो है, जिससे कहकर बाहर जा सकते हैं। घर लौटकर ताले का मुंह तो नहीं देखना पड़ता।"

वे पांच मिनट तक माला थामे बैठी रहीं, पर बहू नहीं आई। जल्दी में भूल गई होगी। औरतों को तो घर से निकलते-निकलते सौ काम याद आ जाते हैं। वे खुद नौकरी करती रही हैं, इसलिए जानती हैं, इसलिए उन्होंने बुरा नहीं माना।

जाप पूरा करने के बाद पूजा के बर्तन समेटकर बाहर आईं, तो देखा पूरा घर देसी घी से महक रहा है। पूजाघर में भी यह महक आ रही थी, पर उन्होंने सोचा कि ठाकुरजी के दीपक की सुगंध होगी।

रसोई में आकर देखा। कमर में एप्रन लपेटे बहूरानी कुछ बना रही है।

"आज काम पर नहीं गई?"

प्रश्न पूरा होते-होते ही, उन्होंने देखा कि बहूरानी गुलाबजामुन बना रही है। 15-20 चाशनी में पड़े थे। 15-20 कड़ाही में तैर रहे थे और इतने ही परात में बने रखे थे।

"आज त्योहार है कोई? मुझे तो आजकल कुछ याद ही नहीं रहता।"

"त्योहार ही समझ लीजिए।" बहूरानी ने मुस्कराकर कहा—"आज बॉबी का बर्थ-डे है।"

"बॉबी का बर्थ-डे है? हे भगवान! मुझे यह क्या हो गया है। बॉबी का बर्थ-डे भी याद नहीं रहा। उज्जैन में थी, तो आठ दिन पहले से सबको कार्ड भेज देती थी और यहां घर में बैठी हूं तो याद ही नहीं रहा।"

"यहां घर में सबके बीच बैठी हैं न, इसलिए याद नहीं रहा। वहां अकेली थीं, तो दिन-भर कैलेंडर ही देखती रही होंगी।"

"अच्छा यह तो बताओ, हमारा बर्थ-डे बॉय है कहां? स्कूल गया है?"

"सो रहा है और मम्मी चक्करघिन्नी बनी हुई फोन ले रही है। अच्छा अम्मांजी, इतने गुलाबजामुन बस हो जाएंगे।"

"कितने लोग हैं? और भी तो कुछ बनाओगी।"

"हां, पुलाव बना रही हूं। इनसे कहा है जाते हुए केक का ऑर्डर देते जाएंगे। आप दही-बड़े बना देंगी। बॉबी को आपके हाथ के बड़े बहुत पसंद हैं।"

"बना दूंगी। तुम्हारा काम निपट जाए, तो दाल फुला देना। अब मैं तुम्हारा स्टोर कहां खंगालती फिरूंगी।"

वे बाहर आकर डायनिंग टेबल की चेयर पर बैठ गईं, तभी बॉबी दनदनाता नीचे उतरा।

"गुड मॉर्निंग एव्हरी बडी।"

"गुड मॉर्निंग बेटे और हैप्पी बर्थ-डे।"

"थैंक्यू दादी मां।"

"ये थैंक्यू क्या होता है?" किचन से उसकी मम्मी ने डांट लगाई—"दादी मां के पैर छुओ।"

बॉबी ने झट से आगे बढ़कर उनके पैर छू लिए। उन्होंने उसका माथा चूमकर आशीर्वाद दिया और कहा, "अपनी मम्मी से भी आशीर्वाद लो।"

बॉबी किचन में गया और वहां का नजारा देखकर आशीर्वाद की बात ही

भूल गया।

''यम्मी यम्मी। गुलाबजामुन माय फेवरिट।'' और उसने एक उठाकर मुंह में डाल लिया।

''ये क्या हो रहा है? तमीज से खाओ। प्लेट लो, चम्मच लो।''

उनका मन हुआ कि कहें, पहले ठाकुरजी को भोग तो लगा लो, पर जब्त कर गईं। उन्हें अपनी सास की याद आ गई। वे कहती थीं, ''भोग के लिए बच्चों को मत तरसाया करो। आखिर सब-कुछ इन्हीं बाल-गोपालों के लिए तो है।''

अपने कमरे में जाकर वे 500 रुपये का एक नोट ले आईं। बॉबी डायनिंग टेबल पर बैठकर खाने में मगन था। उसे पकड़ाकर बोलीं—''लो बेटा। अपनी पसंद की कोई चीज ले आना।''

''थैंक्यू दादी मां'' बॉबी ने कहा और फिर चिल्लाकर मम्मी को सूचना दी—''मम्मी, मुझे दादी ने 500 रुपये दिए हैं।''

''अरे वाह, तुम्हारी तो ऐश हो गई।''

''तुम कितने दे रही हो? और डैडी?''

''मैं और डैडी अलग हैं क्या?'' बहू अब गैस बंद करके बाहर आ गई थी—''और अभी दिल्ली से तुम्हारे लिए मोटे कार्लो का पुलोवर लाए तो हैं। वो बर्थ-डे प्रेजेंट ही तो है।''

''पुलोवर तो पहनने के लिए है। आय वांट कैश डाउन। कितना दे रही हो बोलो?''

''कैश किसलिए?''

''बाहर खाने के लिए और क्या? सलोमी में जा रहे हैं। सब लोग चायनीय खाना चाहते हैं।''

''तो बाहर जाने की क्या जरूरत है? घर पर ही जो कहोगे बना दूंगी। पुलाव बना रही थी—अब फ्राइड राइस और नूडल्स बना दूंगी। दही-बड़े कैंसिल करके मन्चूरियन बना दूंगी।''

''घर पर?'' बॉबी ने ऐसा चेहरा बनाया जैसे किसी लिजलिजी चीज पर पांव पड़ गया हो।

''व्हॉट ए किडिश आइडिया।''

''क्यों, इसमें किडिश क्या है?''

"मम्मी मैं कोई नर्सरी का बच्चा हूं, जो घर पर पार्टी करूंगा। मैं अब सोलह साल का हो गया हूं—माइंड यू। और मुझे शाम को दो हजार चाहिए। टू थाउजेंड बग्स और डैडी से कहो गाड़ी स्पेयर करें। एक राजू ला रहा है। वी विल मैनेज एनी हाऊ।"

बहू का चेहरा एकदम तमतमा गया था। अब जरूर मां-बेटे में तकरार होगी। वे उस महाभारत की साक्षी नहीं बनना चाहती थीं, इसलिए बरामदे में आकर बैठ गईं और तिपाई पर पड़ा अखबार उठा लिया।

अखबार पढ़ रही थीं, पर मन भीतर ही भटक रहा था, कितने रोब से बॉबी मांग रहा था—"मुझे शाम को दो हजार चाहिए। टू थाउजेंड बग्स।" वे तो आश्चर्य से देखती रह गई थीं।

उन्होंने तो कभी अपने बच्चों को एकमुश्त सौ रुपए भी नहीं दिए थे। उतनी हैसियत ही नहीं थी। बॉबी ने अपने आप सारा प्रोग्राम तय कर लिया था। मां-बाप से पूछने की जरूरत ही नहीं समझी। उनके बेटे को तो कभी हिम्मत ही न पड़ती। छठे-छमासे कभी दोस्तों के साथ सिनेमा जाने का मन होता तो पहले अम्मां की चिरौरी करता। फिर वे बाबूजी के पास अर्जी लगातीं, अपनी तरफ से सिफारिश करतीं, तब जाकर मंजूरी मिलती। लड़कियां तो कभी सहेलियों के साथ जाने की सोच भी नहीं सकती थीं। आगे की पढ़ाई के लिए जब दूसरे शहर जाना पड़ा, होस्टल में रहना पड़ा, तब जाकर उन लोगों को थोड़ी आजादी नसीब हुई।

उनके घर का अनुशासन बड़ा कठोर था। शाम सात बजे से पहले बच्चों को घर लौटना होता था। सुबह छह बजे बिस्तर गोल कर दिए जाते। केवल इतवार को आधा-पौन घंटा बोनस नींद मिलती थी।

आजकल तो लोग के.जी. से ट्यूशन शुरू कर देते हैं। उनके बच्चे बिना ट्यूशन के ही पढ़ गए। ट्यूटर रखने की सामर्थ्य ही नहीं थी। बच्चों के लिए ही तो उन्होंने नौकरी शुरू की थी। ज्यादा पढ़ी-लिखी नहीं थीं, इसलिए बहुत अच्छी नौकरी की आशा नहीं थी, पर जो भी काम मिला उन्होंने ले लिया। कुछ तो सहारा होगा। बस एक ही धुन थी कि बच्चे अच्छे से पढ़-लिख जाएं। उनकी नौकरी के कारण घर में थोड़ी असुविधा भी हुई—लड़कियों को पढ़ाई के साथ-साथ कभी रसोई में भी हाथ बंटाना पड़ा, पर दोनों डॉक्टर बन गईं। बेटा इंजीनियर हो गया। उनका श्रम सार्थक हो गया।

सारी जिम्मेदारियां पूरी हो गईं, तो बाबूजी और बच्चे कहते भी रहे कि अब नौकरी छोड़ दो, पर वे नहीं मानीं। बोलीं—"इस नौकरी ने मेरा मुसीबत में साथ दिया है। इसे अधबीच में नहीं छोड़ूंगी। पेंशन लेकर ही मरूंगी।"

तब क्या पता था कि जो बात वह अपने लिए कह रही हैं, वह बाबूजी पर घटित होगी। पूरे एक साल भी पेंशन नहीं ले सके। फिर तो नौकरी छोड़ने का सवाल ही नहीं था। रीते मन और रीते समय को भरने का वही तो एक उपाय था।

"अम्माजी। मैं निकल रही हूं।"

अपनी विचार-तंद्रा से जागकर उन्होंने सिर उठाया—देखा बहू तैयार होकर खड़ी है।

"तुम तो आज छुट्टी लेने वाली थीं न।"

"जब घर पर कुछ करना ही नहीं है, तो रुककर क्या करूं? हाफ डे की एप्लीकेशन लगा दूंगी। आधा दिन तो मिलेगा। जाते-जाते केक के लिए भी मना कर दूंगी। अच्छा हुआ, जो दही-बड़ों की दाल नहीं फुलाई। गुलाबजामुनों का ही सवाल है। अड़ोस-पड़ोस में भेज दूंगी।"

उन्होंने देखा कि बहूरानी की आवाज की तरह उसका चेहरा भी बेहद उदास है। उसने कलफ लगी साड़ी पहनी थी। अच्छे से मेकअप भी किया था, पर फिर भी उदासी की परतों को वह छुपा नहीं पाई थी। उन्हें ममता हो आई। उसकी पीठ थपथपाते हुए बोलीं—

"छोटी-छोटी बातों को इस तरह दिल से नहीं लगाते बेटे। बच्चे अब बड़े हो गए हैं। वे अपनी मनमर्जी की ही करेंगे। हमें बता देते हैं—यही क्या कम है।"

"बताएंगे क्यों नहीं, पैसे तो हमीं देंगे न। हमसे बस इतना ही सरोकार है। डिमांड ड्राफ्ट हैं हम तो। इतना दो और अभी दो। बस इतनी ही औकात है हमारी"—कहते-कहते उसका गला भर आया। शायद आंख भी भर आई हों, पर वे देख नहीं पाईं, क्योंकि वह पलटकर एकदम चल दी थी।

"बेचारी।" उनके मुंह से अनायास निकल गया। क्या कहा था उसने? डिमांड ड्राफ्ट। गुस्से में बेचारी बैंक की ही भाषा बोल गई थी।

पर क्या सचमुच आज मां-बाप की हैसियत डिमांड ड्राफ्ट की ही रह गई है।

दर्द का रिश्ता

सुबह 6.30 का मुहूर्त था। ईला को तो विश्वास ही नहीं था कि बच्चे इतनी जल्दी उठ पाएंगे, क्योंकि इस मुहूर्त को पकड़ने के लिए कम-से-कम दो घंटे पहले उठना जरूरी था, तब तो सारे काम निबट पाते। सबसे पहले कुलदेवता की प्राण-प्रतिष्ठा होनी थी, उसके लिए पूरे परिवार का स्नान करना आवश्यक था। बेचारे बच्चों को तो दो बार नहाना पड़ा। एक बार मुंडन से पहले, फिर एक बार मुंडन के बाद।

उसका मन हुआ कि मुंडन के लिए मना ही कर दे। पर सास का डर था। वे कभी नहीं मानेंगी। अभी आठ-दस दिन पहले ही उसने डरते-डरते कहा था—"मम्मीजी, आजकल मुंडन का रिवाज ही नहीं रहा। मेरे भाई ने भी..."

"अरे उतने बड़े लड़के के कोई बाल उतरवाता है।" मम्मीजी ने उसकी बात बीच में ही काट दी थी—"अब तो ये है कि जब मन आया जनेऊ डाल लो। पर असली उम्र तो यही है।" उन्होंने दोनों पोतों को अंक में भरते हुए कहा था।

"पर बाल उतरवाकर पता नहीं कैसे लगेंगे! सिर्फ कैंची भर छुआने से नहीं चलेगा?"

"अरे तुम देखना कितने सुंदर लगेंगे।" सास ने उसे आश्वस्त किया था।

और सचमुच दोनों बड़े प्यारे लग रहे थे। छोटी-सी धोती, छोटा-सा उत्तरीय, गले में जनेऊ, हाथ में दंड, सिर पर लहराती छोटी-सी चोटी और ताजे घुटे सिर पर अक्षत रोली से बना सांतिया। उसे लगा अपने छौनों को अपनी ही नजर न लग जाए कहीं।

उसकी सास किसी को बड़े गर्व से बता रही थीं—"हमारी तीन पीढ़ियों

में किसी के यहां बेटी नहीं हुई। सबके दो-दो बेटे ही हैं। मेरी सास के दो बेटे थे। हम देवरानी-जेठानी के दो-दो बेटे हैं। मेरी बहुओं के भी दो-दो बेटे ही हैं।''

''लगे हाथ अजय के बच्चों को भी जनेऊ पहना देती न।'' किसी ने कहा।

''कहा था भाई। उसी के लिए साल-भर से रुके हुए थे। पर उसे छुट्टी ही नहीं मिल रहीं, क्या करें? इधर ये बच्चे बड़े हुए जा रहे थे। हमने कहा, इन्हें ही निबटा दो। जब उन बच्चों का संयोग बनेगा उनकी कर देंगे।''

वैसे छुट्टी का तो बहाना था। अजय ने साफ कह दिया था कि ''मैं इन ढकोसलों में विश्वास नहीं करता। इस तरह पैसा फूंकने से तो अच्छा है, बैंक में रख दो। बच्चों के ही काम आएगा।''

ईला ने देवर को समझाने की कोशिश की थी—''हर बात को उपयोगितावाद से जोड़कर मत देखो भैया। संस्कार भी महत्त्वपूर्ण होते हैं। मम्मी-पापाजी की भावना का भी प्रश्न है और एक बात है—मेरे या विनीता के मां-बाप इस घर में किस बहाने से आएंगे। बच्चों की शादी में तो अभी बहुत देर है। उसमें हमारा रोल होगा भी कि नहीं, कौन जानता है।''

''भाभी आप पता नहीं किस युग में जी रही हैं। आपके या विनीता के मम्मी-पापा को हमारे यहां आने के लिए बहाना क्यों चाहिए। आपके यहां की बात मैं नहीं जानता पर विनीता के मम्मी-पापा तो हर दो साल में मेरे यहां आते ही रहते हैं।''

पापाजी ने मनाने की चेष्टा की थी—''तुम खर्च को लेकर परेशान मत हो। यहां तुम्हें एक पाई भी खर्च करने की जरूरत नहीं है। हम जानते हैं, आने-जाने में ही तुम्हारा काफी पैसा उठ जाता है।''

''खर्च की बात नहीं है पापा। दरअसल मेरा इन सब बातों में विश्वास ही नहीं है और यहां आकर तो यह सब बहुत ही बेमानी लगता है।''

''तो गेट टुगेदर समझकर ही आ जाओ।''

उसने साफ मना कर दिया। कहा और वैसे ठीक ही कहा—''पापा इस समय आऊंगा तो सब लोग कांव-कांव करेंगे। दलीलें देता फिरूंगा तो सब कहेंगे कि विदेश जाकर फिरंगी बन गया है। धर्म-कर्म सब भूल गया है। इसीलिए फिर कभी आऊंगा। अभी इस मौके पर नहीं।''

''इस मौके पर आते तो अच्छा लगता। खैर, तुम्हारी मर्जी।'' पापाजी ने उसांस भरकर कहा था और फोन रख दिया था। मम्मीजी बहुत उदास हो गई

थीं। पापाजी ने समझाया भी था—"लड़के एक बार बाहर निकल जाते हैं तो अपने नहीं रहते। कभी-कभार फोन कर लेता है, साल-दो साल में चक्कर लगा जाता है, इसी को गनीमत समझो।"

पर किसी भी मां का मन क्या ऐसी बातों से बहलता है? ईला उनकी व्यथा खूब समझ रही थी। मेहमानों से घर भरा हुआ था। सोने-बैठने तक को जगह नहीं थी। पर उस एक मेहमान के बिना सब सूना लग रहा था। अपने चार-चार पोतों को अगल-बगल बिठाकर मातृभोजन करवाने का उनका सपना धरा रह गया था।

संजय अलग कुढ़ रहे थे—"जो नहीं आया उसके लिए बिसूर रही हैं। जो यहां खट रहा है, उसकी कोई कीमत नहीं है। घर की मुर्गी दाल बराबर इसी को तो कहते हैं। हर कोई उसी को पूछ रहा है, जैसे हम कुछ हैं ही नहीं।"

ईला की एक दूर की बुआ सास दूसरे के कान में फुसफुसा रही थीं—"अजय तो खैर परदेस में है। उसकी कोई मजबूरी रही होगी, तभी नहीं आ पाया। पर बड़े भैया तो शहर में हैं। घर के बड़े-बुजुर्ग हैं। उनको तो बुलाया होता। दो-दो बेटों का दंभ भर रही हैं। न इनकी सास के बेटे साथ रहे हैं न इनके अपने बेटे साथ में हैं। अगली पीढ़ी के लिए तो सोचना ही बेकार है।"

उनकी बातें सुनकर ईला मन-ही-मन कांप गई थी। उसकी आंखों में बेवजह आंसू भर आए थे।

ईला ने बहुत चाहा था, कि इस शुभ मौके पर बड़े पापाजी और मम्मी भी आएं। उसने दबी जबान से संजय से कहा भी था। पर उसने एकदम घुड़क दिया था—"खबरदार, मम्मी के सामने भूलकर भी यह बात मत छेड़ना। उनका दिमाग वैसे ही खराब हो रहा है और उन लोगों के लिए तुम क्यों मरी जा रही हो। संबंध एक बार टूट गए तो टूट गए, बस। उन लोगों को न मेरी शादी में बुलाया गया था, न अजय की शादी में। फिर अब क्या नई बात हो गई?"

वह अपने पति से कैसे कहती कि उसे अपने बच्चों के लिए उन लोगों का आशीर्वाद चाहिए। पता नहीं क्यों उन लोगों के लिए उसके मन में अगाध श्रद्धा है। बड़ी मम्मीजी को तो एक बार देखते ही, वह उनकी मुरीद हो गई थी। ईला जानती है कि पापाजी भी उसी की तरह मन में छटपटा रहे होंगे। पर बेचारे मजबूर हैं। अपने मन की बात कह देंगे, तो अभी मेहमानों के सामने तमाशा खड़ा हो जाएगा।

पापाजी ही तो उसे पहली बार उन लोगों से मिलवाने ले गए थे। मम्मीजी अपनी सत्संग मंडली के साथ दो दिनों के लिए गिरिराजजी गई हुई थीं। दोपहर

में पापाजी को चाय देने गई, तो बोले—"बहूरानी, घर में बोर हो रही हो न। चलो तुम्हें यहां के प्रसिद्ध मंदिर दिखा लाऊं।"

मना करने का प्रश्न ही नहीं था, तैयार होकर सिमटी-सिकुड़ी वह उनकी बगल में जाकर बैठ गई। कुछ देर तक घूमने के बाद गाड़ी जहां जाकर खड़ी हुई वह मंदिर तो कतई नहीं लग रहा था। फाटक के पार बजरी की एक संकरी-सी घुमावदार सड़क थी। सड़क के छोर पर पुराना किंतु बड़ा-सा बंगला नजर आ रहा था। वह अभी सोच ही रही थी कि पापाजी ने कहा—"बेटे, फाटक खोलोगी?"

उसने उतरकर आज्ञा का पालन किया। गाड़ी के प्रविष्ट होने पर उसने पुनः फाटक बंद किया। पापाजी तब तक उसके लिए रुके रहे। वह गाड़ी में पुनः जाकर बैठ गई और गाड़ी कुछ ही सेकंड में एक भव्य पोर्च में जाकर खड़ी हो गई। बरामदे में बैठा एक बूढ़ा-सा चौकीदार, अदब से उठकर खड़ा हो गया। उसकी कुशलक्षेम पूछने के बाद पापाजी ने दरवाजे पर खड़े होकर आवाज दी—"भाभी! कहां हो?"

भीतर से एक भव्य आकृति निकली। दमकता गोरा रंग, चौड़े पाटवाली, सीधे पल्ले की साड़ी, माथे पर बड़ी-सी बिंदी, हाथ भर लाल सुर्ख चूड़ियां—पूरा व्यक्तित्व ही इतना प्रभावशाली था, कि पापाजी को कुछ कहना ही नहीं पड़ा। ईला स्वयं ही उनके चरणों में झुक गई।

उसे उठाकर अंक में भरते हुए उन्होंने कहा, "लाला ये कैसा मजाक है?"

"मजाक कैसा? तुम्हारी बहू है। पैर पड़ने आई है। भैया कहां हैं?'

"वे वहीं हैं, जहां उन्हें होना चाहिए। पर मैं पूछती हूं ये कौन-सा तरीका है? आने से पहले क्या एक फ़ोन नहीं कर सकते थे? अब बहू को मैं क्या खाली हाथ देखूंगी?"

"इसे सिर्फ तुम्हारा आशीर्वाद चाहिए, भाभी। फिर भी अगर तुम्हारा मन न माने तो अपने खजाने में से एक चिंदी उठाकर दे देना। वह धन्य हो जाएगी। भैया कहां हैं?"

"अपने कमरे में, और कहां होंगे। किसी किताब में सिर डाले बैठे होंगे।"

फिर तीनों का काफिला उस कमरे की ओर चला। ईला अब भी बड़ी मम्मीजी की ममता भरी बांह के घेरे में ही थी। कमरे में जाकर देखा, बड़े पापाजी सचमुच आरामकुर्सी में लेटकर पुस्तक पढ़ रहे थे। आहट होते ही उठ बैठे। ईला ने देखा हू-ब-हू उसके श्वसुर की आकृति थी। हां, रंग ज्यादा उजला था और बाल भी।

"ये श्रीमानजी आए हैं। अपनी बहू को लेकर मुंह दिखाई वसूलने।"

तब तक ईला ने आगे बढ़कर उनके पैर छू लिए थे। वे आशीर्वाद देना भूल गए और अस्त-व्यस्त होकर जेब टटोलने लगे।

''अब ये नाटक रहने भी दो। तुम्हारी जेब से कभी कुछ निकला है, जो आज निकलेगा? ठहरो मैं ही कुछ करती हूं।''

करीब 5-10 मिनट बाद वे भीतर से लौटीं। उनके हाथ में एक मखमली डिबिया थी। पति को पकड़ाते हुए बोलीं—''लो ये बहू को दो।''

''इसमें क्या है?''

''कनखजूरा है। तुम्हें इन सब बातों से क्या मतलब है? तुम तो बस दे दो।''

उन्होंने दे दिया और ईला ने बड़े संकोच के साथ उसे ग्रहण किया। पापाजी ने फौरन खोलकर देखा। झिलमिल करते जड़ाऊ झुमके थे।

''असली हैं?''

''अपने सुनार से जंचवा लेना।'' ईला संकोच से गड़ गई। समझ में नहीं आ रहा था कि नोंकझोंक असली है या नकली। तभी पापाजी बोले—''पूरी तैयारी के साथ बैठी थीं और इतनी देर से यूं ही नाटक किए जा रही थीं।'' पापाजी की आवाज इस समय एकदम तरल थी।

उन्होंने मिश्री घुले स्वर में कहा—''तैयारी कैसे न करती। मुझे विश्वास था तुम बहू को लेकर एक दिन जरूर आओगे।'' थोड़ा-सा मुंह जुठारकर वे लोग चलने लगे तो बड़ी मम्मीजी ने एक कांजीवरम साड़ी और खील-मखानों से उसकी गोद भर दी। फिर ईला की ठोड़ी छूकर बोलीं—''लाला, बहू तो तुम बहुत सुंदर लाए हो।''

''छांटकर लाया हूं। तुम्हारे साथ खड़ी होने लायक तो होनी चाहिए कि नहीं?''

''अरे हमारे साथ कहां खड़ी होगी ये?'' उन्होंने उसांस भरकर कहा, ''और कौन इन्हें हमारे साथ खड़ी होने देगा?'' उनके प्रत्येक शब्द से विषाद जैसे छलका पड़ रहा था।

लौटते हुए पापाजी ने कहा—''बहूरानी, इतना तो तुम समझ ही गई होगी, कि यहां आने की बात किसी को बतानी नहीं है।''

''जी।''

''किसी को मतलब, संजय को भी नहीं बताओगी।''

''जी?'' उसके स्वर में आश्चर्य था।

''अपनी अम्मां का श्रवणकुमार है वो। नहीं तो मैं तुम दोनों को जोड़े

से नहीं भेजता? बहुत मन था मेरा कि तुम्हें इन दोनों का आशीर्वाद मिले, इसीलिए ले आया।"

"पापाजी ये चीजें?"

"किसी को दिखाने की जरूरत नहीं है। संजय पूछे, तो कह देना मैके से आई हैं।"

इतना झूठ तो वह नहीं बोल सकती थी। हां, अपने भाई की शादी में उसने खूब ठाठ से ये दोनों चीजें पहनीं और बताया कि हमारी बड़ी मम्मीजी ने दी हैं।

उसके मन में कितने ही प्रश्न उठते थे, पर संकोच के मारे कभी पूछ नहीं पाई। बाद के वर्षों में यही जाना कि उसकी सास शायद हीनताबोध से ग्रस्त हैं। जिठानी परम सुंदरी हैं। जेठजी शहर के सबसे बड़े वकील हैं। उनके दोनों बेटे विदेश सेवा में ऊंचे पदों पर हैं। दोनों बहुएं बहुत बड़े घरों से आई हैं। शायद इसीलिए वे जिठानी को सहज भाव से नहीं ले पातीं। एक ही शहर में रहने के कारण अक्सर ही उन लोगों से सामना हो जाता था। रिश्तेदार कॉमन थे। परिचित थे, दोनों घरों के समान ही थे। इसलिए शादी-ब्याह में मुलाकात हो ही जाती थी। पहले-पहल तो ईला को बहुत संकोच होता। जिससे इतना स्नेह मिला उससे अपरिचय का नाटक कैसे करें। फिर उसने नाटक करना छोड़ दिया। मम्मीजी की नजर बचाकर वह उन दोनों के चरण स्पर्श कर आती थी। आशीर्वाद मिलता था तो मन तृप्त हो जाता था। बाद में तो शायद मम्मीजी को पता भी चल गया था पर उन्होंने कभी कुछ कहा नहीं। हां, श्रवणकुमार से जरूर कहलवाया था, पर ईला ने तपाक से जवाब दिया था—"मेरी तो उनसे कोई लड़ाई नहीं है। फिर मेरे संस्कार भी ऐसे नहीं हैं कि बड़े-बुजुर्गों को देखकर अनदेखा करूं। और सिर्फ प्रणाम ही तो करती हूं। बदले में आशीर्वाद ही तो मिलता है। फिर इतनी हायतौबा क्यों?"

संजय अपना-सा मुंह लेकर रह गया था।

सात्विक हुआ था, तब भी पापाजी उसे चोरी-छिपे बड़ी कोठी लेकर गए थे। पर स्वास्तिक के समय उसकी यह इच्छा अधूरी रह गई। उन दिनों पापा-मम्मी अजय के पास यू.एस.ए. में थे। विनीता के यहां बच्चा होने वाला था। ईला की शादी के कोई साल-डेढ़ साल बाद ही अजय की शादी हुई थी। शादी के बाद वह करीब महीना-भर घर में था पर विनीता को, पापाजी कभी बड़ी कोठी लेकर नहीं गए। ईला ने एक बार यह बात उठाई थी तो पापाजी बोले—"बेटा, आशीर्वाद का महत्त्व केवल संस्कारी व्यक्ति ही समझ सकता है। तुम्हें मैंने महीना-

भर परख लिया था। उसके बाद ही वहां लेकर गया था। तुम्हारी देवरानी तो लगता है जैसे अमेरिका में ही पैदा हुई है। उसे लेकर जाने का मन ही नहीं हुआ।'' ईला को लगा कि इससे बड़ा सर्टिफिकेट उसके लिए कोई हो ही नहीं सकता।

मुख्य संस्कार तो 6.30 पर ही संपन्न हो गया था। उसके बाद मंत्र-दीक्षा, हवनादि कार्यक्रम चलते रहे। साथ-साथ मेहमानों का चाय-नाश्ता भी चलता रहा। संजय वेदी पर बैठे थे इसलिए सारी भागदौड़ पापाजी ही कर रहे थे। बीच में थोड़ी फुरसत मिली तो एक कोने में बैठकर वे थोड़ा सुस्ता लिए। नौ बजे से रिसेप्शन था। फिर तो बिजी हो ही जाना था।

ईला ने इसी फुरसत का फायदा उठाया । पास जाकर बोली—''पापाजी, आज मेरी एक इच्छा पूरी करेंगे?''

''बोलो, बेटा, आज तक ऐसा कभी हुआ है कि तुमने मांगा और हमने न दिया हो?''

''आज आप मेरे बच्चों को बड़ी मम्मीजी का आशीर्वाद दिलवा दीजिए।''

वे क्षण-भर उसे देखते रहे। फिर बोले—''यू आर आस्किंग फॉर द इम्पॉसिबल डियर। आज तो मैं यहां से हिल भी नहीं सकता। तुरंत हंगामा हो जाएगा। बच्चों को लेकर कहीं जाने का तो सवाल ही नहीं उठता।''

उसका चेहरा इतना-सा निकल आया। ''सॉरी बेटे'', उन्होंने उसकी पीठ थपथपाकर कहा—''अपन कल-वल चले चलेंगे।'' बाद में उसे अपने आप पर बहुत गुस्सा आया। सब-कुछ जानते-बूझते ऐसा प्रस्ताव करने की क्या जरूरत थी। खुद भी दुखी हुई, उन्हें भी दुखी कर दिया।

ठीक नौ बजे से लोग आने लगे थे। सुबह का वक्त था, इसलिए स्वल्पाहार का ही आयोजन था, पर वह सिर्फ कहने भर को स्वल्पाहार था। गुजराती, मराठी, पंजाबी, मद्रासी—सारे प्रांतों का नाश्ता वहां उपलब्ध था।

बच्चे अपनी ब्रह्मचारी वेशभूषा में, स्टेज पर विराजमान थे और खूब खुश हो रहे थे। उपहारों का ढेर लग गया था जिसे देखकर वे अधीर हो रहे थे। उसने बार-बार आंख से बरजा न होता तो अब तक आधे पैकेट खुल गए होते। पर बारह बजते-बजते वे लोग ऊब गए। एकदम निढाल ही हो गए। पापाजी की एक मुंह बोली बहन बोलीं—''भाभी बच्चे तो एकदम उनींदे हो रहे हैं।''

''उनींदे नहीं होंगे? सुबह चार बजे के जगे हुए हैं। उस पर दो-दो बार नहा भी चुके हैं।''

''अरे, तो उन्हें खाना-वाना खिलाकर सुला दो न।''

"आज उन्हें ये खाना थोड़े ही मिलेगा। आज तो वे फरियाली खाएंगे।"

"हाय राम, तो क्या दिन-भर उपासे रहेंगे?"

"हां, शाम को गाजे-बाजे के साथ मंदिर जाएंगे। वहां नए कपड़े पहनेंगे। फिर घर लौटकर खाना खाएंगे।"

"शाम तक तो बेचारे हलकान हो जाएंगे। भाभी इन्हें मैं अपने घर ले जाती हूं। खिला-पिलाकर सुला दूंगी। यहां हड़बोंग में सो नहीं पाएंगे। अच्छी नींद हो जाएगी, तो शाम को फ्रेश लगेंगे। सब-कुछ एंजाय कर सकेंगे।"

"आज वैसे किसी के घर जाते नहीं हैं।"

"कमाल करती हो भाभी, क्या मेरा घर भी पराया हो गया? ईला, बच्चों के खाने का सामान लेकर मेरे साथ चलो। उन्हें सुलाकर फिर अपनी सास का हाथ बंटाने आ जाना।"

ईला ने सास की ओर देखा। वहां अस्वीकार साफ झलक रहा था। पर मुंह से वे कुछ कह नहीं पा रही थीं। उसने मौके का फायदा उठाया। विनम्र स्वर में बोली—"मम्मीजी बुआजी ठीक कह रही हैं। बच्चे यहां सो नहीं पाएंगे और फिर पूरी शाम खिन-खिन करेंगे। वैसे भी दोनों इतनी सारी चीजें सामने देख रहे हैं, तो खाने की जिद कर रहे हैं। यहां से दूर रहेंगे तो जो दूंगी, चुपचाप से खा लेंगे।"

गाड़ी में बैठते ही बुआजी बोलीं—"बाप रे, तेरी सास से पार पाना तो बहुत मुश्किल काम है। पता नहीं तू कैसे निभाती है।"

ईला चुप बनी रही। जानती है, रिश्तेदारों से बात करते समय अतिरिक्त सावधानी बरतनी चाहिए। कब कौन-सी किस रूप में कहां पहुंच जाएगी पता नहीं।

बुआजी के ड्राइंगरूम में पांव देते ही वह आश्चर्य से ठगी रह गई। अपनी चिरपरिचित मुस्कान के साथ बड़ी मम्मीजी स्वागत के लिए खड़ी थीं। खुशी के आवेग में, वह तो पांव छूना ही भूल गई। एकदम जाकर लिपट गई।

"सच मम्मीजी, आज तो भगवान से और भी कुछ मांगती तो मिल जाता। सुबह से आपकी याद आ रही थी। चाहती थी कि आज मेरे बच्चों को आपका आशीर्वाद मिले और देखिए भगवान ने मेरी मुराद पूरी कर दी। चलो बच्चो, दादी को प्रणाम करो।'

"पागल हुई हो, आज कोई इनसे प्रणाम करवाता है? आज तो प्रणाम हम इन्हें करेंगे। लो ब्रह्मचारीजी महाराज। अपनी झोली तो आगे करो।" और उन्होंने मेवा-मिष्ठानों से दोनों की झोली भर दीं। फिर उन्होंने पर्स में से लाल रंग की

दो डिब्बियां निकालीं। सोने के जनेऊ थे। वे सात्विक को पहनाने ही जा रही थीं, कि ईला ने उनके हाथ पकड़ लिए।

"मम्मीजी आप अब तक देती ही रही हैं और मैं आपकी दी हुई हर चीज को सिर-माथे लेती रही हूं, पर आपसे हाथ जोड़कर कहती हूं कि इस बार क्षमा कीजिए।"

"पर क्यों? यह तो बच्चों का नेग है।"

"नेग तो है पर मैं इन्हें कभी पहना नहीं पाऊंगी। न उनसे झूठ बुलवा पाऊंगी, कि यह उनकी नानी ने दिया है। बच्चों को अभी से छल-प्रपंच नहीं सिखाना चाहती।'

"वह तो सिखाना ही पड़ेगा। नहीं तो अभी घर जाकर मेरे बारे में बता नहीं देंगे?"

"नहीं बताएंगे। आज सुबह से कोई दर्जन भर दादी लोगों का आशीर्वाद ले चुके हैं। काफी कनफ्यूज्ड हैं। हां, अगर जताकर मना करूंगी, तो जरूर बता देंगे।"

बुआजी अब तक चुप बैठी थीं, एकदम बोल उठीं—"और बहूरानी हम जो तुम्हें छल-प्रपंच करके यहां लाए हैं, उसका भी कुछ खयाल है?"

"मतलब?"

"मतलब, इतनी देर से भगवान को यूं ही धन्यवाद दिए जा रही थीं जबकि इसके असली हकदार मेरे भैया हैं।"

"आपका मतलब पापाजी से है।'

"और क्या? भगवान ऐसे लाड़ लड़ाने वाले ससुर सबको दें। मजाल है, जो बहू की एक भी इच्छा अधूरी रह जाए।"

ईला का मन बुझ-सा गया। वह तो समझी थी कि मम्मीजी उसके प्यार के डोरे में बंधकर यहां आई हैं। पापाजी के लिए तो हृदय कृतज्ञता से भर उठा था। फिर भी वह कसक तो बनी रही। धीरे से उसने कहा—"आप इतनी तैयारी के साथ आई थीं कि मुझे लगा..." "तैयारी तो पूरी थी। मुझे मालूम था कि तुम आशीर्वाद लेने जरूर आओगी। पर यह नहीं पता था कि आशीर्वाद देने मुझे जाना पड़ेगा और वह भी आज ही।"

"सॉरी, मेरी वजह से आप लोगों को बहुत कष्ट हुआ, आपको, बुआजी को।"

"कष्ट तो अब होगा बहूरानी। छोटी भाभी को अगर पता चल गया न तो उस घर का दरवाजा मेरे लिए हमेशा को बंद हो जाएगा।"

‘‘और मेरे लाडले देवर का कोर्ट मार्शल होगा सो? उसकी कोई चिंता नहीं?’’

वह हंस दी–‘‘पापाजी कोर्ट मार्शल की परवाह नहीं करते। करते होते तो मुझे लेकर आपके यहां कभी नहीं जाते। वे तो बस घर में शांति चाहते हैं। इसीलिए मम्मीजी की हां में हां मिलाते चलते हैं।’’

‘‘और तुम्हें अपने लिए डर नहीं लगता?’’

‘‘नहीं, क्योंकि वे मुझसे कभी कुछ नहीं कहतीं। मेरे सामने छोटा होना नहीं चाहतीं इसीलिए जो कुछ कहना होता है अपने बेटे से कहलवाती हैं और उनसे मैं निपट लूंगी।’’

‘‘देखा भाभी, तुम्हारी बहू कैसी घुटी हुई है और तुम सोचती हो बड़ी सीधी है।’’

उसी समय घड़ी ने टन से एक बजने का संकेत दिया। बड़ी मम्मी एकदम उठ खड़ी हुईं–‘‘अच्छा ननदरानी अब चलती हूं, नहीं तो मेरा कोर्ट मार्शल हो जाएगा। तुम्हें तो मालूम है, तुम्हारे बड़े भैया ठीक डेढ़ बजे टेबल पर पहुंच जाते हैं।’’ फिर दोनों बटू महाशयों को अंक में भरते हुए बोलीं–‘‘ईला, तुम्हारी ये राम-लखन की जोड़ी बड़ी प्यारी लग रही है। शाम को इनकी नजर जरूर उतार देना।’’

‘‘नजर तो इनकी दादी उतारेंगी। पर मम्मीजी आप इन दोनों के सिर पर हाथ रखकर आशीर्वाद दें कि ये जोड़ी हमेशा ही बनी रहे। कभी टूटे नहीं। रोजगार के लिए ये भले ही दुनिया के ओर-छोर पर हों, पर मन से हमेशा पास रहें। ऐसे चाहे सालों-साल एक-दूसरे की शक्ल न देखें, पर सुख-दुख में सदा साथ रहें।’’

वे सूखी हंसी हंस दीं–‘‘आशीर्वाद मांगा भी तो किससे! भला मैं किस मुंह से ये आशीर्वाद दूंगी?’

‘‘आप ही दे सकती हैं, क्योंकि आप इस अलगाव की पीड़ा को समझती हैं। आप भी इस दर्द को उसी शिद्दत के साथ महसूस करती हैं, जितना कि मैं। इसीलिए आपके आशीर्वाद में बल होगा, वह जरूर फलेगा।’’

दोनों बच्चों के सिर पर हाथ रखते हुए उन्होंने कहा–‘‘मेरे आशीर्वाद में हो न हो पर तुम्हारी श्रद्धा में, तुम्हारे संस्कार में जरूर बल है। वे व्यर्थ नहीं होंगे।’’

बहुरि अकेला

स्टाफरूम में गरमागरम बहस चल रही थी। मुझे देखकर क्षण-भर को ऐसा सन्नाटा खिंच गया कि मुझे लगा कि कहीं बहस का मुद्दा मैं ही तो नहीं हूं। तभी मिसेज झा ने कहा—''लो ये आ गईं मिस स्मार्टी। इन्हें भेज दो। बहुत काबिल आइटम हैं। कैसी भी सिच्युएशन हो ब्रेवली हैंडल करती हैं।''

मिसेज सक्सेना मुंह बनाकर बोलीं—''वे दिन गये मिसेज झा। अब तो ये मिस प्रिविलेज्ड हैं। इन्हें कोई हाथ भी नहीं लगा सकता।''

''क्या हुआ भई! सुबह-सुबह मुझ पर इतनी कृपादृष्टि क्यों हो रही है?'' मैंने आखिर पूछ ही लिया।

''अरे हम गरीब क्या कृपादृष्टि करेंगे। कृपादृष्टि तो आप पर मैडम की है। इसीलिये तो तुम्हें कोई असाइनमेंट नहीं दिया जा सकता।''

''खासकर संडेज को'' मिसेज सक्सेना कुटिलता से आंखें नचाकर बोलीं।

''कुछ पता भी तो चले कि माजरा क्या है'' मैंने कुर्सी खींचते हुए कहा। उत्तर में सबने एक साथ बोलना शुरू किया। बड़ी देर बाद मेरी समझ में जो आया उसका सार यह था कि शुक्रवार को एम.ए. फाइनल की लड़कियां अजन्ता एलोरा जा रही हैं। पर इंजार्च मिसेज गुप्ता के श्वसुरजी आज अचानक कूच कर गये। अब सवाल यह है कि उनके स्थान पर किसे भेजा जाये। सबकी अपनी परेशानियां थीं। मिसेज सक्सेना की बिटिया वायरल में पड़ी थी। रविवार को किरण के देवर की सगाई थी। मिसेज कृपाल की सास पैर में प्लास्टर बंधवाकर पड़ी थीं। खंडेलवाल के पूरे दिन चल रहे थे, दासगुप्ता के दोनों बच्चों के सोमवार से टर्मिनल्स शुरू हो रहे थे और बिसारिया पहले से छुट्टी पर थीं।

स्टाफ में दो-तीन अति बुजुर्ग सदस्य थीं जिन्हें इस मिशन पर भेजना बेकार था। एकाएक मुझे याद आया—"विभा तो जा रही है न! या उसके यहां भी कोई प्रॉब्लम है?"

"विभा तो जा रही है पर वह तो खुद बच्ची है। लड़कियों को क्या सम्हालेगी। कोई जिम्मेदार व्यक्ति भी साथ होना चाहिए।"

"और तुम्हें कोई हाथ नहीं लगा सकता। मैडम की चहेती जो हो। उनकी सख्त हिदायत है कि अंजू शर्मा को छुट्टी के दिन कोई काम न सौंपा जाय।"

"देर से शादी करने का यही तो फायदा है। सबकी सिम्पेथी मिल जाती है।"

मैं चकित-सी देखती रह गई। ये सब की सब मेरी कुलीग्स थीं, सालों से हम साथ काम कर रहे थे। हमेशा कैसी शहद घुली बातें करती हैं। आज पता चला कि सबके मन में कितना जहर भरा हुआ है।

उन सबके पास व्यस्तताओं की एक लंबी लिस्ट थी। एक मैं ही फालतू नजर आ रही थी पर उनकें शब्दों में 'प्रिविलेज्ड' थी। इसलिये सबकी जबान पर जैसे कांटे उग आये थे।

भला हो मिसेज देशपांडे का। मेरा पक्ष लेते हुए बोलीं—"अभी तक तो यही बेचारी सारी बेगार ढो रही थी। अब इसके साथ मैडम थोड़ी सिम्पेथेटिक हो गई हैं तो तुम लोगों को जलन हो रही है। अरे यह तो सोचो कि इतनी देर से उसने शादी की है। पति भी साथ नहीं रहते। एक छुट्टी के दिन ही मेल-मुलाकात हो पाती है। वह भी तुम लोगों से देखी नहीं जाती।"

उनकी बुजुर्गीयत का खयाल करके सब चुप हो गईं। पर सबके चेहरे पर यह भाव था कि इसने देर से शादी की है तो उसका खामियाजा हम क्यों भुगतें। मिसेज सक्सेना से तो आखिर रहा नहीं गया। बोलीं—"आंटी! अब साल-भर तो हो गया। इतना तो कोई नई-नवेली बहू को भी नहीं सहेजता।"

मेरा तो जैसे खून खौल गया—"आप लोग यही चाहती हैं कि इस बार मैं लड़कियों के साथ जाऊं। तो चली जाऊंगी। उसके लिये इतने तानों-उलाहनों की क्या जरूरत है?"

"और मिस्टर हबी? उनका क्या होगा?"

"उसकी चिंता आपको क्यों हो रही है? दैट इज माय प्रॉब्लम!"

उसी तैश में मैं मैडम के कमरे में चली गई और कह दिया कि मिसेज गुप्ता के न आने से कोई परेशानी हो रही हो तो मैं तैयार हूं। वे कुछ देर तक

मुझे देखती रहीं। फिर बोलीं—"इट इज वेरी स्पोर्टिंग ऑफ यू। दरअसल मैं तुम्हें बुलाने का सोच ही रही थी। अकेली विभा पर तो भरोसा नहीं किया जा सकता ना।"

"तो आप इतना संकोच क्यों करती हैं मैम। यू आर द बॉस। आप जिसे कहेंगी उसे जाना ही पड़ेगा। आप नहीं जानतीं, आपके इस सौजन्य का लोग कितना गलत अर्थ निकालते हैं।"

"आय डोंट केयर! मैं तो सिर्फ शर्माजी के बारे में सोच रही थी।"

मैं चार-पांच बार उन्हें बतला चुकी हूं कि वे मि. कश्यप हैं, शर्मा नहीं पर उन्हें याद ही नहीं रहता। अब तो मैंने टोकना भी छोड़ दिया है। इसीलिये उनके सुर में सुर मिलाकर कहा—"आप शर्माजी की चिंता न करें। मैं उन्हें फोन कर दूंगी। वे भी सरकारी नौकर हैं, ड्यूटी का मतलब समझते हैं।"

"ओ.के. एंड गुडलक टू यू।"

घर लौटते समय बहुत हल्का महसूस कर रही थी। मेरे प्रस्ताव के बाद मैडम के चेहरे पर जो राहत के भाव उभरे थे उनसे बड़ी संतुष्टी मिली थी। पर ईमानदारी की बात यह थी कि उनसे भी ज्यादा राहत का अहसास मुझे हो रहा था। पिछले दो हफ्ते श्रीमानजी नहीं आये थे। आखिरी बार जिस मूड में यहां से गये थे, लगता था इस बार भी नहीं आयेंगे। दो रविवार लगातार मैं पड़ोसियों की प्यार-भरी पूछताछ से तंग आ गई थी। इस हफ्ते फिर वही सब दोहराना संकट लग रहा था। शायद इसीलिये आगे बढ़कर मैंने यह जिम्मेदारी ले ली थी। मुझे एक बहाना चाहिए था, सो मिल गया। कभी-कभी लगता है मैंने नाहक शादी की। जिंदगी अच्छी-भली गुजर रही थी। न कोई टेंशन था न पछतावा। बस एक शादी की चिंता थी जो मुझसे ज्यादा मेरे भाइयों को खाये जा रही थी। अपनी भरी-पूरी गृहस्थियों के बीच बेचारे एक अपराधबोध के साथ जी रहे थे। बड़े भैया की पिंकी के बी.ए. कर लेने के बाद तो सबके सब जैसे एकदम व्यग्र हो उठे। कम-से-कम उसकी शादी से पहले मेरी हो जाना लाजिमी था। सो श्रीमान कश्यम को घेरा गया। दस और बारह साल के दो बच्चों के बाप से शादी करना मेरे लिये कतई रोमांचक नहीं था। पर भाई आश्वस्त थे कि मुझे अपना एक घर मिल गया है।

पर उस घर से जुड़ कहां पाई, किसी ने मौका ही नहीं दिया। शादी के बाद चार-पांच दिन रही थी। बाद मैं दीपावली पर लक्ष्मीपूजन के लिये गई थी

बस। छुट्टियों में वे मुझे एकाध महीना घुमाने ले गये थे। एक महीना मुझे भाइयों के पास रहने के लिये कह दिया था। भाइयों के पास तो हर छुट्टी में जाती थी। पर इस बार का अनुभव नया था। पीहर आई बहन-बेटी का स्वागत-सत्कार, लाड़-दुलार पहली बार ही पाया था।

शादी के बाद भी मैं तो उसी घर में बनी रही। पर हां मिस्टर कश्यप को जरूर एक अतिरिक्त घर मिल गया था। उनकी सारी छुट्टियां यहीं गुजरतीं। केंद्र सरकार की नौकरी थी। शनिवार, रविवार छुट्टी होती। वे भोपाल से शुक्रवार को इंटरसिटी से आते और सोमवार की सुबह उसी ट्रेन से लौट जाते। साल-भर से मेरा दाम्पत्य जीवन इसी साप्ताहिक तर्ज़ पर चल रहा था।

उस रविवार की रात को भी वे घड़ी में अलार्म भर रहे थे कि मैंने कहा—''सुबह चले जायेंगे?''

''जाना तो पड़ेगा ही। कल सोमवार है, भूल गईं क्या?''

''सोमवार को कैसे भूल सकती हूं, मुझे भी तो कॉलेज जाना है। पर मुझे और भी कुछ याद आ रहा है।''

''क्या?''

''कल शाम मैंने कुछ लोगों को खाने पर बुला लिया था?''

''कल क्यों? आज ही बुला लेतीं ना।''

''यूं ही बुलाना अच्छा नहीं लगता। कोई मौका भी तो हो।''

''तो कल क्या है?''

''आपकी याददाश्त तो इतनी अच्छी है। आपको यहां बैठकर भी अपने बच्चों के ही नहीं, भांजे-भतीजों के, मामा, मौसियों के जन्मदिन याद आ जाते हैं।''

''कल तुम्हारा जन्मदिन है?''

''नहीं, मेरा जन्मदिन तो कब से आकर चला गया। जिन्हें याद था उन्होंने मना भी लिया। आपके लिये मुझे सौ-सौ बहाने गढ़ने पड़े। एक साड़ी अपनी ओर से खरीदकर आपके उपहार के तौर पर पेश करनी पड़ी। मेरा जन्मदिन आपको याद नहीं रहा, कोई बात नहीं। पर कल की तारीख तो आपको याद रखनी चाहिए या कि उसका भी आपके निकट कोई महत्त्व नहीं है''—न चाहते हुए भी मेरी आवाज थोड़ी तल्ख हो गई थी।

उन्होंने कैलेंडर की ओर नजर डाली—''ओह! कल 11 नवंबर है। मतलब अपनी शादी को एक साल पूरा हो गया।''

"धन्य भाग्य! आपको याद तो आया। पर आपने इस तरह मुंह क्यों लटका लिया? मैंने रुकने के लिये कहा जरूर है पर कोई प्रॉब्लम हो तो रहने दीजिये। सेलीब्रेशन का मूड अगर है तो मैं साथ चली चलती हूं। नहीं तो उसकी भी कोई जरूरत नहीं है।"

"तुम चलना चाहो तो जरूर चलो" उन्होंने कहा पर स्वर में कोई आग्रह नहीं था—"सेलीब्रेशन का तो ऐसा है कि बच्चों की परीक्षायें चल रही हैं। मंगलवार को रौनक का गणित का पेपर है इसीलिये मेरा कल जाना जरूरी है।"

"सेलीब्रेशन से मेरा मतलब किसी पार्टी से नहीं था। हम सब मिलकर बाहर खाना खा सकते थे, या एकाध पिक्चर देख सकते थे। बच्चों की परीक्षायें चल रही हैं तो कोई बात नहीं। हम लोग दिन-भर साथ ही रह लेते। यह प्रस्ताव आपकी ओर से आता तो मैं उतने ही में खुश हो जाती। पर आपको तो याद ही नहीं था। आपको अम्मांजी के ठाकुरजी तक की याद रहती है। पिछली रामनवमी और जन्माष्टमी पर शृंगार का सारा सामान आप यहीं से ले गये थे। बस आपको मेरा जन्मदिन या अपनी शादी की सालगिरह याद नहीं रही।"

"बार-बार बच्चों का, अम्मां का ताना क्यों दे रही हो? वे लोग मेरी जिम्मेदारी हैं।"

"और मैं क्या हूं? सिर्फ़ जरूरत?"

"कैसी जरूरत?"

"यह भी बताना पड़ेगा?"

कुछ देर तक कमरे में भीषण स्तब्धता छाई रही। फिर मैंने ही कहा—"आप बच्चों के सामने एक आदर्श पिता बने रहना चाहते हैं। इसीलिये मुझे तरजीह नहीं देते, जानती हूं। इसीलिये आज तक आपने मेरे स्थानांतरण के लिये प्रयत्न नहीं किया। आश्चर्य तो यह कि अम्मांजी ने भी कभी इसके लिये जोर नहीं दिया।"

"प्लीज लीव माय मदर अलोन।"

"मैं कोई उन्हें गाली थोड़े ही दे रही हूं, एक बात कह रही हूं। कोई भावुक महिला होती तो कहती—'बहू! अब तुम आकर जल्दी से अपना घर-बार सम्हालो और मुझे छुट्टी दो।' पर वे बड़ी प्रैक्टीकल हैं। उन्हें यही व्यवस्था रास आ गई है। घर में उनका एकछत्र शासन भी बना रहता है और बेटे को कोई परेशानी भी नहीं होती। वह आदर्श बेटा बना रहता है, आदर्श पिता बना रहता है और उसकी साप्ताहिक आनंद-यात्रा भी निर्विघ्न चलती रहती है।"

"आनंद-यात्रा? वाह! तुम क्या सोचती हो तुम कोई हुस्नपरी हो जिसके लिये मैं दीवानावार चला आता हूं।"

ठक्क! लगा जैसे किसी ने कलेजे पर एक घूंसा जड़ दिया हो। बड़ी मुश्किल से मैं उस पीड़ा को ज़ब्त कर पाई। फिर अत्यंत कसैले स्वर में कहा—"मैं हुस्नपरी होती तो चौंतीस साल तक अनब्याही न बैठी रहती। और न ही दो बच्चों के बाप से शादी करती।"

यह बात कहने के साथ ही मैं दीवार की ओर मुंह करके लेट गई थी इस कारण उनका चेहरा नहीं देख पाई। पर वह जरूर स्याह पड़ गया होगा। वे उस रात कब कहां सोये मैं नहीं जानती। सुबह अलार्म बजा था पर मैं नहीं उठी। उन्होंने शायद अपने से ही चाय बनाई थी। पर मैं दम साधे पड़ी रही। जाते समय उन्होंने मुझे आवाज दी भी हो तो पता नहीं।

सुबह उठी तो लगा जैसे एक भयानक स्वप्न देखकर जागी हूं।

उसके बाद आज तीसरा शुक्रवार है, जनाब की कोई खबर नहीं। रूठकर गये हैं, सोचा होगा मना लेगी। पर हम उस मिट्टी के नहीं बने हैं। बल्कि गुस्सा तो मुझे होना चाहिए था। अपमान तो मेरा हुआ है।

सच तो यह है कि उनके न आने से मुझे राहत ही मिली थी। क्योंकि मुझे लग रहा था कि अब मैं उस व्यक्ति का स्पर्श या सामीप्य सहन नहीं कर पाऊंगी।

सुबह बैग भर रही थी कि फोन खड़का—"मैं बोल रहा हूं।"

मैं? कितना जबर्दस्त अहम है। जैसे आवाज सुनते ही पहचान लिये जायेंगे।

"अच्छा आप हैं? कहिये।"

"हम लोग रात को नौ बजे तक पहुंच रहे हैं। फोन इसलिये किया कि खाना बनाकर रख सको।"

पिछले दो शुक्रवार से मेरा खाना बरबाद हो रहा था। पर मैंने उसका जिक्र न करते हुए कहा—"हम लोग मतलब?"

"बच्चे भी साथ आ रहे हैं। इसीलिये बस से आ रहा हूं। ट्रेन बहुत लेट पहुंचती है।"

मैं पसोपेश में पड़ गई। मेरी चुप्पी से वे भी थोड़े विचलित हो गये।—"क्या हुआ? एनी प्रॉब्लम? कहो तो बच्चो को न लाऊं! बड़ी मुश्किल से उन्हें राजी

किया था।''

''बच्चे आ रहे हैं तो दे आर मोस्ट वेलकम। लेकिन सचमुच एक प्रॉब्लम आ गई है। मैं आज शाम को अजन्ता एलोरा जा रही हूं।''

''प्रोग्राम बदल नहीं सकतीं?''

''नहीं, क्योंकि ये प्लेजर ट्रिप नहीं है। कॉलेज की लड़कियों के साथ इन्चार्ज बनकर जा रही हूं।''

''पर तुम्हीं क्यों?''

''मैं क्यों नहीं? पिछले साल-भर से तो उन्होंने मुझसे कोई काम नहीं लिया। मेरे सारे संडेज फ्री रखे। कॉलेज में इतनी परीक्षायें होती हैं पर कभी इनविजीलेशन की ड्यूटी भी नहीं दी। पर किसी की सदाशयता का ज्यादा फायदा उठाना अच्छा थोड़े ही लगता है। आखिर ये मेरी नौकरी है।''

इस बार उधर चुप्पी छाई रही।

''फिर दो हफ्ते से आप आये नहीं थे तो मैंने सोचा इस बार भी नहीं आयेंगे।''

''मैं दो हफ्तों से नहीं आया तो तुमने कोई खोज-खबर भी तो नहीं ली। एक बार फोन ही कर लेतीं।''

''कारण मुझे मालूम था इसीलिये फोन नहीं किया।''

''मैं बीमार भी तो हो सकता था।''

''बीमार होते तो आप ही मुझे फोन करते। आप तो नाराज थे। मैं तो आज भी आपको एक्सपेक्ट नहीं कर रही थी। शायद अम्मांजी ने–''

''हर बार अम्मां को बीच में क्यों ले आती हो?''

''बहुत श्रद्धालु अंतःकरण से कह रही हूं कि शायद अम्मांजी ने ही समझाया होगा कि कमाऊ बीवी से बनाकर चलना चाहिए।''

उधर से फोन पटकने की आवाज आई। मैंने भी परवाह नहीं की। अगर आप कड़वी बात कहते हो तो सुनने का भी हौसला रखो। जब सुन नहीं सकते तो कहते क्यों हो?

कॉलेज से लौटते हुए अचानक खयाल आया कि सफर के लिये कुछ जरूरी चीजें ले लूं। घर की ओर मुड़ने की बजाय मैं बाजार की ओर मुड़ गई। वह शायद मेरी होनी ही थी जिसने मुझे इस बात के लिए प्रेरित किया था। क्योंकि उस ओर मुड़ते ही एक स्कूल बस मेरे सामने आ गई। उसे बचाने के लिये

मैं सड़क के इतने किनारे चली गई कि गिर ही पड़ी। क्षण-भर को आंखों के सामने अंधेरा छा गया। पल-भर में वहां भीड़ जुड़ गई थी।

चार सहृदय लोगों ने मुझे स्कूटर के नीचे से निकाला और पास के अस्पताल में पहुंचाया। मैंने तुरंत एक फोन पड़ोस में किया और एक कॉलेज में। नीतू और उसकी मम्मी फौरन दौड़ी चली आईं और पूरे समय मेरे साथ बनी रहीं। कॉलेज में फोन करने का मेरा उद्देश्य सिर्फ यह था कि वे लोग मेरे भरोसे न रहें। पर खबर मिलते ही प्रिंसीपल मैडम भी दो-तीन लोगों के साथ आ गईं और जाते समय अपनी कार वहीं छोड़ गईं। रात दस बजे जब घर लौटी तो मेरे दायें हाथ में प्लास्टर था बांये पैर की पिंडली में 6-7 टांके थे और घुटने और कंधे पर खरोंचें थीं। सौभाग्य से सिर पर कोई चोट नहीं थी पर वह बेतरह घूम रहा था।

घर आते ही पस्त होने से पहले मैंने बड़े भैया को फोन लगाया। मेरे कुछ कहने से पहले वे ही बोल उठे—"अरे इतनी देर तुम कहां थीं? मैं कब से फोन लगा रहा हूं।"

उनके स्वर में उल्लास फूटा पड़ रहा था। मैंने अपनी बात कुछ देर को मुल्तवी करके कहा—"थोड़ा बाजार तक गई थी। पर आप मुझे क्यों ढूंढ रहे थे?"

"अरे वो बीकानेर वाले पिंकी को देखकर गये थे न! उनके यहां से हां आ गई है।"

"अरे वाह! बधाई!"

"लड़का तीन महीने के लिये जापान जा रहा है। इसलिये मां के साथ एक बार मिलने आ रहा है। मेरी इच्छा थी कल तुम दोनों भी आ जाते तो लड़के को देख लेते।"

"दरअसल क्या है भैया कि मैं कॉलेज के साथ टूर पर जा रही थी तो इन्हें आने के लिए मना कर दिया था।"

"कब जा रही हो?"

"आज ही जाना था पर पता नहीं कैसे स्कूटर से गिर पड़ी। पट्टी वगैरह करवाकर अभी लौटी हूं।"

"ज्यादा चोट तो नहीं आई।"

"चोट तो ज्यादा नहीं है पर आना जरा मुश्किल लग रहा है।"

"खैर कोई बात नहीं। टेक केयर। इन लोगों से निपट लूं फिर आता हूं।"

नीतू मुझे देखती रह गई—"यह क्या? आपने ठीक से बताया क्यों नहीं?"

"वे बिटिया का रिश्ता तय कर रहे हैं। इस समय मैं उन्हें डिस्टर्ब नहीं करना चाहती।"

"जीजाजी को तो फोन कर दिया होता।"

"नहीं रे। यहां नहीं आना था इसलिये उन्होंने टूर प्रोग्राम बना लिया था। घर पर अम्मांजी और बच्चे अकेले होंगे। इतनी रात को फोन करूंगी तो परेशान हो जायेंगे।"

"जीजाजी के पास मोबाइल नहीं है।"

"यही तो। सोच रही हूं इस जन्मदिन पर उन्हें प्रेजेंट ही कर दूंगी। बहुत परेशानी होती है। अच्छा नीतू! आज की रात तुम मेरे पास रह जाओगी। कल से मैं बसन्ती को बोल दूंगी।"

"कैसी बात कर रही हैं? आज तो मुझे रहना ही है। आपने घर पर खबर की भी होती तो सुबह से पहले कोई आता थोड़े ही।"

वह रात बहुत मुश्किल से कटी।

उपचार के समय उन्होंने जरूर कोई निश्चेतक दवा दी होगी। उसका असर धीरे-धीरे कम हो रहा था और दर्द अपना अस्तित्व जताने लगा था। यूं तो दर्द निवारक गोलियां भी दी गई थीं। पर उन्हें कारगर होने में थोड़ा समय लगना ही था। घर का कोई साथ में होता तो मैं उसे सारी रात सोने नहीं देती। पर पराई लड़की को परेशान कैसे करती सो सहनशीलता का नाटक करना ही पड़ा। दर्द के घूंट पीते हुए मैं बार-बार उस एक व्यक्ति को कोस रही थी—मि. कश्यप! आपने साल-भर में कोई और तोहफा तो नहीं दिया। पर, शायद बददुआयें दिल खोलकर दी हैं। उसी को भुगत रही हूं। नहीं तो दस साल से गाड़ी चला रही हूं। कभी एक खरोंच भी नहीं आई।

बमुश्किल तमाम रात के तीसरे पहर थोड़ी-सी आंख लगी। पर नीतू ने सात बजे ही चाय के लिए जगा दिया। उसका कहना भी ठीक था। बोली—"आप हाथ-मुंह धोकर तैयार हो जाइये। अड़ोस-पड़ोस में खबर लगते ही आने वालों का तांता शुरू हो जायेगा। आप परेशान हो जायेंगी।"

फिर उसी ने मेरे मुंह-हाथ धुलवाये। बाल ठीक किये। उसी की मदद से मैंने कपड़े बदले। फिर उसने मेरे हाथ में कार्डलेस थमाकर मुझे सोफे पर लाकर बिठा दिया। आसपास तकिये लगाकर ऐसी व्यवस्था कर दी कि मैं अधलेटी रह सकूं। बोली कि हर किसी को बेडरूम तक लाना ठीक नहीं लगता।

उसका तर्क ठीक था। और जैसा कि उसने कहा था। आठ बजे से आने

वालों का सिलसिला जो शुरू हुआ—दस-साढ़े दस तक चलता ही रहा। बेचारी नीतू नहाने-धोने घर भी न जा सकी। ग्यारह बजे मैंने उसे जबर्दस्ती घर भेजा। कहा कि दरवाजे में चेन लगा दो। आने वाला अपने आप खोल लेगा।

नीतू को गये मुश्किल से दस मिनट हुए होंगे कि दरवाजा अपने आप खुल गया। मैं तो चकित थी कि न दस्तक न घंटी, ऐसे अचानक कौन आ गया। पर जब आगंतुक को देखा तो देखती रह गई। कमर पर दोनों हाथ रखे दरवाजे पर खड़े होकर श्रीमान मुझे घूर रहे थे। उस दृष्टि में रोष था, उपालम्भ था, उपहास था और शायद तिरस्कार भी।

''आय नो इट। मुझे मालूम था। तुम्हें कहीं आना-जाना नहीं था। सिर्फ मुझे टालने के लिये बहाना बनाया गया था। आय वाज डेड श्योर।''

वे जिस तरह मुझे घूर रहे थे, मैं भी एकटक उन्हें देख रही थी। मेरी आंखों में उपालम्भ की मात्रा शायद ज्यादा गहरी थी क्योंकि थोड़ी देर बाद उन्होंने अपनी नजरें फेर लीं। उनकी नजरें हटते ही मैंने कार्डलेस पर पड़ोस का नंबर मिलाया—''सॉरी नीतू डार्लिंग। तुम्हें फिर से कष्ट दे रही हूं। पर क्या है कि तुम्हारे जीजाजी आ गये हैं। एक कप चाय बनाकर दे जाओगी तो अच्छा रहेगा।''

''मेरे लिये पड़ोसियों को कष्ट देने की कोई जरूरत नहीं है'' उन्होंने कसैले स्वर में कहा। अब वे दरवाजा छोड़कर सामने कुर्सी पर बैठ गये थे।—''अगर घर में चाय बनने में कोई प्रॉब्लम है तो मैं बाहर पी सकता हूं। वैसे भी मैं यहां रुकने वाला नहीं हूं। सिर्फ देखने चला आया था।''

मैं भी उन्हें चाय पिलाने के लिये बहुत व्यग्र नहीं थी। बस चाहती थी कि इस समय हम दोनों के बीच में कोई तीसरा आकर बैठ जाये। मुझे पता था कि जीजाजी का नाम सुनते ही नीतू दौड़ी चली आयेगी।

और वही हुआ। पांच मिनट में नीतू दो कप चाय लेकर हाजिर हो गई।

''हाय जीजाजी।'' नीतू ने चहककर स्वागत किया और हुलसकर पूछा—''आपको कैसे पता चला? दीदी तो फोन ही नहीं कर रही थीं।''

''पता करने वाले पता कर ही लेते हैं।'' इन्होंने कुटिल मुस्कान के साथ कहा। बेचारी नीतू! इनका मंतव्य समझ नहीं पाई। अपनी ही रौ में बोली—''मम्मी यही तो कह रही थीं कि दिल से दिल को राह होती है। फोन करने की क्या जरूरत है।''

फिर इन्हें चाय पकड़ाते हुए मुझसे बोली—''दीदी! अब आप भी उठकर जरा-सी चाय पी लो। सुबह से बोल-बोलकर दिमाग चकरा गया होगा।''

वो मुझे सहारा देकर उठाने लगी और इनके चेहरे का रंग बदलने लगा। मेरी अधलेटी मुद्रा को वे अनादर का प्रदर्शन समझ रहे थे। अब उन्हें कुछ-कुछ समझ में आ रहा था। उठने की प्रक्रिया में जब मेरा शाल कंधे से खिसक गया तो प्लास्टर पर उनकी नजर पड़ी—''अरे! ये हाथ को क्या हो गया?''

''गनीमत है कि सिर्फ हाथ ही टूटा है। आप खुशकिस्मत हैं जीजाजी कि ये सही-सलामत बच गईं। वर्ना क्या से क्या हो जाता।'',

''तुम्हें मैं सही-सलामत नजर आ रही हूं?''

''अरे हाथ ही तो टूटा है। सब लोग कह रहे थे कि किस्मत वाली थीं जो सड़क के किनारे गिरीं। अगर बीच में गिरतीं तो सोचो क्या होता?''

उस कल्पना मात्र से ही मुझे झुरझुरी हो आई। मैंने नीतू से कहा—''थोड़ी हेल्प कर दोगी तो भीतर जाकर थोड़ा लेट लूंगी।''

''हां—अब आप बिल्कुल आराम करो। कोई आयेगा तो जीजाजी निपट लेंगे।''

बिस्तर पर लेटते हुए मैंने कहा—''बसंती को दो दिन की छुट्टी दे दी थी। अगर किसी के हाथ खबर भिजवा दोगी तो वो आ जायेगी। दो रोटी ही डाल जायेगी।''

''बसंती को मैं खबर कर दूंगी। पर आप रोटी की इतनी चिंता क्यों कर रही हैं? हम लोग क्या इतना भी नहीं कर सकते?''

''तुम्हीं लोग तो कर रहे हो?''

''पड़ोसी और होते किसलिये हैं?''

नीतू जब चली गई तो ये कमरे में आकर बोले—

''इतना सब हो गया तो क्या मुझे फोन नहीं कर सकती थीं?''

मैंने एक क्षण उनकी ओर देखा और कहा—''फोन कर भी देती तो क्या आप विश्वास कर लेते? या इसे भी एक बहाना समझते?''

वे चुप हो गये। फिर बड़ी देर तक मौन हम दोनों के बीच पसरा रहा। फिर कुछ देर बाद फोन बजा। मेरा कार्डलेस बाहर ही छूट गया था इसलिये फोन इन्हें ही उठाना पड़ा। शायद बड़े भैया का था—मेरे हालचाल पूछ रहे थे। मैं जब तक उन्हें सावधान करती वे सब ब्यौरा दे चुके थे। फिर तो मेरी पेशी होनी ही थी।

''ये क्या कर बैठीं तुम? और रात को मुझे बताया क्यों नहीं? मैं उसी समय चला आता।''

"मुझे मालूम था इसीलिये नहीं बताया। आप आ भी जाते तो सुबह फिर मेहमानों के लिये भागना पड़ता। अब आपकी उम्र इतनी भागदौड़ करने की नहीं है? वैसे चिंता की कोई बात नहीं है। पड़ोसी बहुत अच्छे हैं—और अब तो ये भी आ गये हैं?

"हां, अभी फोन पर उनकी आवाज सुनकर थोड़ा संतोष तो हुआ। अच्छा तो हम लोग सुबह आते हैं। टेक केयर।"

भैया के फोन के बाद फिर से सन्नाटा छा गया। ये पेपर पढ़ते रहे। मैं सोने की कोशिश करती रही। नीतू दोनों की थालियां लेकर आई तभी यह नीरवता भंग हुई।

नीतू बोली—"मम्मी तो कह रही थीं जमाईजी को यहीं बुला लो। ठीक से खा लेंगे। पर मैंने कह दिया कि दीदी अकेले बोर हो जायेंगी। वो अच्छी हो जायें फिर दोनों को एक साथ बुलाकर खूब खातिरदारी कर लेना।...एक बात और। जाते हुए मैं बाहर से ताला डालकर जा रही हूं। नहीं तो मोहल्ले-भर की आंटी लोग तंग करने आ जायेंगी। रात-भर की जागी हो, थोड़ा आराम कर लो।"

"खोलोगी कब?"

"चार बजे चाय लेकर आऊंगी न!"

और सचमुच वह हमें ताले में बंद करके चली गई। वह जब तक रहती है पटर-पटर करती रहती है। घर भरा-भरा लगता है। उसके जाते ही एक निचाट सूनेपन ने घेर लिया। उस असहज एकांत से निजात पाने के लिये मैंने कहा—"आप तो आज ही जाने वाले थे न। तो दिन में निकल जाते। रात में ठंड से परेशान हो जायेंगे।"

वे एक क्षण मुझे घूरते रहे। फिर बोले—"मुझे क्या इतना गया-गुजरा समझ लिया है कि तुम्हें इस हाल में छोड़कर चला जाऊंगा।"

एक तरह से बात यहीं पर एक अच्छे बिंदु पर समाप्त हो जानी थी। पर मेरे मन में तो प्रतिशोध की आग धधक रही थी। वह 'हुस्नपरी' वाला डायलॉग मेरे कलेजे में कील की तरह गड़ा हुआ था। उसी ने मुझे चुप नहीं बैठने दिया। मैंने बड़े नाटकीय अंदाज में कहा—"मेरी ऐसी हालत है तभी तो कह रही हूं। रुककर क्या करेंगे।"

वे अवाक् होकर मुझे देखते रह गये—"व्हाट डू यू मीन?"

"कुछ नहीं। एक पुरानी बात याद आ गई। एक बार आये थे और मैं...(संकोच के मारे मैं क्षण-भर को चुप रह गई)—उस दिन आप कितना नाराज

हुए थे। कहा था कि फोन तो कर देतीं। बेकार में दो-ढाई सौ रुपयों को चूना लग गया।''

उनका चेहरा फक् पड़ गया। डूबती-सी आवाज में बोले—''उस बात को अब तक गांठ बांधे बैठी हो?''

''यही क्यों? और भी बहुत-सी हैं। सारी गांठें खोलने बैठूंगी तो सुबह से शाम हो जायेगी।''

''तुम तो ऐसे कह रही हो जैसे मैं तुम पर बहुत अत्याचार करता रहा हूं।''

''प्रचलित मायनों में जिसे अत्याचार कहते हैं वह तो आप कर नहीं सकते थे क्योंकि मैं उतनी बेचारी नहीं हूं। आपका तरीका बहुत सोफिस्टिकेटेड है और एप्रोच बहुत ही प्रैक्टीकल। बहुत आसानी से आप सामने वाले की भावनाओं को अनदेखा कर सकते हैं।''

''मसलन?''

''मसलन—अब कहां से शुरू करूं। चलिये शुरू से करते हैं। याद है जब शादी के बाद पहली बार हम लोग इस घर में आये थे। मेरी सहेलियों ने घर को बहुत कलात्मक ढंग से सजाया था। हमारा स्वागत भी बहुत शानदार हुआ था। हार, फूल, संगीत, उपहार, मिठाई—और लोग इतने कि पैर रखने को जगह नहीं थी। उसके बाद जब हम अकेले हुए तो आपका प्रश्न था—''फ्लैट तो बहुत सुंदर है, कितने का पड़ा?''

''क्या मुझे यह पूछने का हक नहीं था?''

''जरूर था पर आपकी टाइमिंग गलत हो गई। उस निभृत एकांत की अवहेलना कर आप इंदौर और भोपाल की कीमतों की तुलना करते रहे। बातों-बातों में आपने यह भी पूछ लिया कि मैंने लोन बैंक से उठाया था या जी.पी.एफ. से लिया था। और यह भी कि किश्तें पट गईं या कि अभी बाकी हैं।''

''मेरे खयाल से मुझे यह भी पूछने का हक नहीं था।''

''हक सौ फीसदी है। पर यह विषय उस दिन के लिये नहीं था। मुझे मालूम है मेरी शादी में मेरी नौकरी, मेरा वेतन, मेरा फ्लैट प्लस पाइंट्स थे। पर वे ही अहम् मुद्दा होकर रह जायेंगे और मैं गौण हो जाऊंगी यह नहीं सोचा था। अगली बार आप जब आये तो आपने नॉमिनेशन के बारे में पूछा था। मैंने दोनों भाइयों के बेटों को फ्लैट और जी.पी.एफ के लिये नॉमिनेट किया हुआ था। आपने कहा कि अगर नामांकन बदलना है तो फुर्ती करनी होगी। नहीं तो बाद में बहुत परेशानी होती है।''

इसमें गलत क्या था। सरकारी दफ्तर में काम करता हूं। रोज देखता हूं कि लोग बाद में किस तरह परेशान होते हैं।''

''मैं भी जानती हूं। पर महीने-भर पहले ब्याही औरत भविष्य के सपने देखती है। उसे वसीयत के बारे में सोचना जरा अच्छा नहीं लगता। बदली हुई परिस्थिति में शायद मैं खुद इस विषय में पहल करती। पर आपकी उतावली देखकर वितृष्णा हो आई।

इसके बाद तो एक्सप्लायटेशन का एक अनवरत सिलसिला शुरू हो गया। मेरे टेलीफोन का बिल दुगना-तिगुना आने लगा। सब लोग छेड़ते कि रात-रात भर मियां से बात करती होगी। उन्हें क्या पता था कि मियां ने घर पर बात करने के लिये एकदम मना किया हुआ है। और दफ्तर में बात करना मुझे अच्छा नहीं लगता। उन्हें कैसे बताती कि यहां आकर श्रीमान को सारे दोस्तों के, भाई-भतीजों के जन्मदिन याद आ जाते हैं। सारे रिश्तेदारों की मिजाजपुरसी और मातमपुरसी यहीं से होती है।''

''यह तो शायद तुम्हें भी पता होगा कि लांग डिस्टेन्स कॉल्स संडेज को सस्ती पड़ती हैं। और अक्सर संडेज को मैं यहीं होता हूं।''

''हां, मुझे पता है। और मुझे यह भी पता है कि इंदौर का कपड़ा मार्केट बहुत अच्छा है। इसलिये चादरें और परदे यहीं से खरीदना चाहिए। यहां की रेडीमेड गारमेंट्स की मंडी भी मशहूर है इसलिये बच्चों के जन्मदिन के कपड़े यहीं से लेना चाहिए। यहां जब-तब गरम कपड़ों की सेल लगती है इसलिये अम्मांजी के लिये शॉल और स्वेटर यहीं से जायेगा। इसके अलावा और भी फर्माइशी आयटम्स हैं जैसे फरियाली सामान, नमकीन, राहुल के लिये कैमरा, एटलस, रीना के लिये बार्बी का सेट, कलर बॉक्स वगैरह—और मुझे यह भी मालूम है कि आपने घर पर यह कभी नहीं जताया होगा कि फर्माइशें कौन पूरी कर रहा है।''

''देखो ज्यादा एहसान जताने की जरूरत नहीं है। हिसाब लगाकर रखना। अगली बार आऊंगा तो सब चुकता कर जाऊंगा।''

''हिसाब करने की जरूरत नहीं है, क्योंकि यह सब मैंने अपने घर के लिये, अपने बच्चों के लिये किया था। जिस तरह शादी के बाद ये घर आपका हो गया—मैंने सोचा कि वह घर भी अब मेरा ही है। इसलिये एहसान की कोई बात नहीं है, बात अधिकार की है। राहुल को जन्मदिन पर डांस करना था, आप यहां का म्यूजिक सिस्टम ले गये। बच्चों को गर्मियों में पिक्चर्स देखनी

थीं। आप यहां से वी.सी.डी. प्लेयर ले गये। बार-बार बिजली गुल होने से बच्चों की पढ़ाई हर्ज होती है इसलिये मेरा इमर्जेन्सी लैंप भी भोपाल पहुंच गया—मैं शिकायत नहीं कर रही हूं। आपको अधिकार था और आपने उसका उपयोग किया। पर यह तो वन-वे ट्राफिक हो गया। मुझे तो कोई अधिकार मिला ही नहीं। मेरा तो सिर्फ एक्सप्लायटेशन किया गया।''

''एक्सप्लायटेशन? वाह?''

''सुनने में तो बुरा लगता है न? शोषण कहूंगी तो और भी बुरा लगेगा। पर मेरे साथ यही हो रहा था और वह मेरी समझ में भी आ रहा था। पर मैंने मन को बहला लिया था कि मैं घर की किश्तें चुका रही हूं। घर जिसकी मुझे अरसे से तलाश थी। घर जो रिश्तों की मजबूत जमीन पर खड़ा हो, घर जो आपसी सामंजस्य और सद्‌भाव के सहारे टिका हो। पर वह घर तो मुझे मिला नहीं—आपने दिया ही नहीं।''

''देखो, तुम्हारी तरह मैं साहित्यिक भाषा तो नहीं बोल सकता। लेकिन—''

''आप खूब बोल सकते हैं। आपका 'हुस्नपरी' वाला जुमला तो अब तक मेरे कलेजे में गड़ा हुआ है। कल रात मैं दर्द के मारे सो नहीं पाई थी। पर यह दर्द उस दर्द के मुकाबले कुछ नहीं था जो उस रात आपने मुझे दिया। ये घाव तो कल को भर भी जायेंगे। पर यह घाव तो ताउम्र हरा रहेगा। और आज तो आपने कमाल ही कर दिया।''

''आज? आज मैंने क्या किया?'' वे हैरान थे।

''आज आप सिर्फ मेरे सच को परखने यहां चले आये। मान लो मैं चली ही गई होती—तो आपकी क्या इज्जत रह जाती। या मेरी ही क्या इमेज बनती। आपकी तो ये दूसरी शादी है। इतना तो आप भी समझते होंगे कि दाम्पत्य का आधार होता है विश्वास—और मिस्टर कश्यप! आपने उसे ही नकार दिया। फिर शेष क्या रहा?''

तभी दरवाजा खड़का, नीतू शायद चाय लेकर आई थी। हम दोनों अच्छे बच्चों की तरह चुपचाप बैठ गये। वैसे भी बोल-बोलकर मैं इतना थक गई थी कि कुछ देर आंख बंद करके लेटने को जी चाह रहा था। और चाय पीकर मैं सचमुच लेट गई। नीतू बोली—''जीजाजी! शाम को क्या खाना पसंद करेंगे बताइये।''

व्यंग्यपूर्ण मुस्कराहट के साथ वे बोले—''मैं गरीब क्या बताऊंगा। अपनी दीदी से पूछो। गेस्ट ऑफ ऑनर तो वो हैं।'' और इतना कहकर वे बाथरूम

में घुस गये। नीतू थोड़ी देर बैठी बतियाती रही पर मेरी ओर से कोई प्रोत्साहन न पाकर चुपचाप उठकर चली गई।

वे फ्रेश होकर आये और बालों में कंघा फेरते हुए बोले—''अच्छा! तो मैं निकल रहा हूं।''

मैंने प्रश्नार्थक नजरों से उनकी ओर देखा।

''रतलाम वालों के आने तक रुकने का इरादा था। पर देखता हूं उसकी कोई खास जरूरत नहीं है। तुम्हारे अड़ोसी-पड़ोसी बहुत अच्छे हैं। खूब अच्छी सेवा-टहल कर रहे हैं। मेरी वजह से बल्कि असुविधा ही हो रही है।...और हां, तुम्हारी सारी चीजें अगली बार ले आऊँगा। अगर आया तो—वरना किसी के हाथ भिजवा दूंगा।''

मैंने उठने का उपक्रम किया तो बोले—''लेटी रहो। मेरे लिये फॉर्मेलिटीज करने की जरूरत नहीं है। वैसे भी आदर-मान बहुत हो चुका है।''

''सी ऑफ करने के लिये न सही, दरवाजा बंद करने के लिये तो उठना होगा।''

मैं लड़खड़ाते हुए उठ खड़ी हुई। लंगड़ाते हुए जब तक दरवाजे पर पहुंची ये दो मंजिल उतरकर बिल्डिंग के गेट तक पहुंच चुके थे। खिड़की से मैं उन्हें जाते हुए देखती रही।

फिर मैंने बहुत मुश्किल से दरवाजा बंद किया। इतने से श्रम से भी मैं हांफ गई थी। देर तक बंद दरवाजे से पीठ लगाये मैं निस्पंद-सी खड़ी रही। सामने वही खिड़की थी जहां से मैंने उन्हें जाते हुए देखा था। मुझे लगा, वे मेरे घर से ही नहीं जीवन से भी चले गये हैं।

''अलविदा मि. कश्यप'' मैंने कहा—''आज से मेरे घर का और मेरे मन का—दोनों दरवाजे आपके लिए बंद हो चुके हैं। घर का दरवाजा तो शायद कभी मजबूरी में खोलना भी पड़ेगा क्योंकि इस शादी को इतनी आसानी से मैं नकार नहीं सकती। इसके लिये मेरे भाइयों ने बहुत सारा श्रम और पैसा खर्च किया है। इसलिये इस शादी को तो मुझे ढोना ही पड़ेगा—पर मेरे मन का दरवाजा अब आपके लिये कभी नहीं खुलेगा—कभी नहीं।''

□□